美国式谋杀

（美）迈克尔·道格拉斯·卡林
（美）罗素·普尔 著
蔡宏波 纵华政 译

新星出版社 NEW STAR PRESS

图书在版编目（CIP）数据

美国式谋杀 ／（美）迈克尔·道格拉斯·卡林，（美）罗素·普尔著 ；
蔡宏波，纵华政译 . —— 北京 ：新星出版社，2019.7

ISBN 978-7-5133-3403-7

Ⅰ．①美… Ⅱ．①迈… ②罗… ③蔡… ④纵… Ⅲ．
①纪实文学－美国－现代 Ⅳ．① I712.55

中国版本图书馆 CIP 数据核字 (2019) 第 063703 号

美国式谋杀

（美）迈克尔·道格拉斯·卡林，（美）罗素·普尔　著
蔡宏波，纵华政　译

责任编辑： 简以宁
特邀编辑： 粽　子
责任校对： 刘　义
责任印制： 李珊珊
装帧设计： 悟阅文化

出版发行： 新星出版社
出 版 人： 马汝军
社　　址： 北京市西城区车公庄大街丙3号楼　　100044
网　　址： www.newstarpress.com
电　　话： 010-88310888
传　　真： 010-65270449
法律顾问： 北京市岳成律师事务所

读者服务： 010-88310811　　service@newstarpress.com
邮购地址： 北京市西城区车公庄大街丙3号楼　　100044

印　　刷： 北京美图印务有限公司
开　　本： 660mm × 970mm　　1/16
印　　张： 20
字　　数： 249千字
版　　次： 2019年7月第一版　2019年7月第一次印刷
书　　号： ISBN 978-7-5133-3403-7
定　　价： 59.00元

主要人物简介

1. 图派克·阿玛鲁·夏库尔（Tupac Amaru Shakur）（1971年6月16日—1996年9月13日），美国著名说唱歌手、演员，拥有超过7500万张的全球唱片销量纪录，在MTV的“有史以来最伟大的说唱歌手”榜单中位列第二，滚石则评其为最伟大艺人中的第86位。1996年9月7日，在拉斯维加斯遭遇枪击，6天后不治身亡。

2. 克里斯托弗·华莱士（Christopher Wallace）（1972年5月21日—1997年3月9日），绰号Biggie Smalls“大个小子”和The Notorious B.I.G.“臭名昭著大先生”，美国著名说唱歌手，时为东海岸说唱界的中心人物，1997年3月9日被枪杀。

主要人物简介

3.小马里奥·苏格·莱特（Marion Hugh Knight, Jr）（1965年5月19日—），绰号“糖熊”，死囚牢唱片公司首席执行官，曾对美国西海岸说唱音乐圈掌控一时，与图派克一同遇袭，幸运地死里逃生，有血帮背景，因涉及其他案件至今仍在美国监狱。

4.小雷吉·怀特（Reggie Wright, Jr），死囚牢唱片公司副总裁、怀特之路保安公司负责人、康普顿警察局前警察，苏格的童年伙伴。图派克被枪杀前，他曾下令解除安保人员武装。其父亲雷吉·怀特为康普顿警察局前警长。

5. 大卫·肯纳(David Kenner)

知名刑事诉讼律师，苏格的商业伙伴，曾是哈里奥-哈里斯在死囚牢唱片公司的代理人。

6. 谢丽莎·莱特(Sharitha Knight)

苏格的分居妻子，洛杉矶警察盖恩斯的情人，史努比狗狗的实际经纪人，苏格生活娱乐公司经理。

7. 小卡尔文·科多扎尔·布罗德斯(Calvin Cordozar Broadus Jr.)(1971年10月20日—)

艺名史努比狗狗(Snoop Dogg),曾获格莱美奖提名的美国说唱歌手、唱片制作人、演员,"狗狗镑"创始人,创造"狗狗风格"。如今因其西海岸说唱界的教父地位而知名,有瘸帮背景。

序

大约三年前，罗素 · 普尔找到我，邀请我参与图派克和大个小子谋杀案真相的调查。经过几个月的电话交流，我与罗素在威尼斯木板路上的一家咖啡馆会了面。此后的日子里，我们一直试图从那个充斥着大量证人的夜晚，整理出整个事件的来龙去脉。对我来说，这简直是一场持续三年多的战斗。而罗素，为此战斗了近 20 年。以至于现在，在这场搏斗中我不仅失去了我的好伙伴罗素，同时也动摇了我对美国的信任。

罗素是洛杉矶市一名警察的儿子，在一个尊重警察和警务的环境中长大。他的父亲努力摆脱赤贫成了一名警长，依靠一份警察诚实的工资，为罗素和家人提供了生活保障。罗素也一直以他父亲为榜样，工作十分出色。罗素也曾是一名向社会公开洛杉矶警察局警察贪污腐败的侦探。他在洛杉矶警察局工作了 19 年，其间参与过 500 多起凶杀案调查。罗素曾发誓，不管肤色或信仰如何，决不让任何力量阻止他的调查。他对这一信条严肃认真，希望每个谋杀案都能够解决，并且将犯罪者绳之以法。一次，他在侦破一个案件中功不可没，但他的调查最后指向了洛杉矶警察局的大厅。当丑闻对洛杉矶警察局领导来说太过丑陋时，罗素被要求停止调查。这种要求最后变成一个完全的掩盖行为，于是罗素提出了他的辞呈。罗素做了别人没有勇气去做的事情——他在法庭和媒体上反击，把洛杉矶警察局的腐败向洛杉矶市民公布——从而促使了联邦政府的介入和改革的开始。

与罗素合作期间，我曾深深地体会到他的痛苦。直到今天，我们一起调查的案件，杀人者及他们的同谋者，从未受到正义的惩罚，而且这些罪行还在继续伤害着其他无辜的人。

以前，我写过一篇关于社区警务和我们的警察如何回归到基层社区的文章，以便警察能以更加温和的方式做他们的工作。但是，最终发现我们会有各种各样的理由来害怕警方。因为系统性的腐败会一直蔓延到高层，而一旦到了领导层，警方自然对凶手们视而不见，一味放任继续谋杀和诽谤无辜的人。这使我认为，他们希望我们对他们心存恐惧，这样我们就会乖乖地遵守他们的规矩。恐惧往往是恶霸强加给你的“人为刀俎，我为鱼肉”的威胁。

我想我们都知道好警察和坏警察的区别。

在三年前，我会嘲笑那些告诉我警察腐败的人。而现在我已成为书写这种历史的一分子。

电影《美国联邦警察》的洛博[①]曾警告我说，腐败并没有到边界就停止。我当时还嘲笑了回去。当我在墨西哥边境与洛博一起工作时，我了解了那里的腐败。他的一半时间是作为墨西哥国家警察和联邦特工，把罪犯绳之以法；另一半的时间为犯罪活动提供便利，并以此潇洒地赚钱。他从政府收到的全职薪水的支票往往不用兑现而直接存起来，因为真正的钱是从他的战利品中获得的。我记得当时我对他所说的美国警察腐败嗤之以鼻。他感到了我的鄙视，纠正我说："你认为腐败就停在边界？"他取笑了我的天真，"当毒品越境以后，会交给腐败的警长、边防巡逻队、警察局，有时还会是联邦特工，他们全都在与我们进行地下交易。"记得我当时摇头不信。现在我已经不会再为这个而摇头。

无法无天当然不是答案。任何认为警察并不重要的人，大概都没有到过墨西哥边境。居住在那里的人，由于对枪杀和恐吓的畏惧都不敢出门。事实上，在美国一些城市也是这样。那里的学生们无法去上学，或者他们不得不穿过危险的帮派区才能到达学校。

我一直是民权活动家和宪政律师康妮·莱斯的大粉丝。她让我意识到公民个人安全是所有其他公民自由的基础。她在"兰帕德时代"[②]非常活跃，曾对警方施加压力，促使他们改革。后来警方通过她的帮助，从内部进行整改。她还与查理·贝克有着特殊的合作伙伴关系，虽然她曾公开谈论《兰帕德报告》对洛杉矶市警察局丑闻中所有犯罪行为的揭露，仍存在不足，但她是第一个肯定警方多年来改革取得成果的人。一次我去参加洛杉矶市中心的一个社区会议，莱斯和贝克正在那里讲话。当他们谈到用社区警务取代"兰帕德时代"野蛮执法

① 洛博是参与电影拍摄的一名墨西哥警察。

② 20世纪90年代，兰帕德任洛杉矶警察局局长时期，警察腐败严重，曝出"兰帕德丑闻"，引发洛杉矶警察局改革。

时，所有听众都深受感动。

我仍然相信，大多数警察都是诚实、勤奋和希望真相胜利的人。但是，尽管我们给予洛杉矶警察局一切机会，在图派克和大个小子谋杀案中做出正确的选择，他们还是一再逃避、推卸责任和泄露信息，这让我非常疲劳。罗素和我曾合作准备了一份我会到警察委员会宣读的文件。我们反复送上草稿，以便使查理·贝克再次有机会做正确的事情，并调查新的嫌疑人。作为后续行动，在罗素的帮助下，我再次向查理·贝克写了一封信，要求他和警察委员会重启案件的调查。

在图派克和大个小子谋杀案调查期间，我还发现许多案件被注销为无法解决的“帮派事件”。执法部门的态度是：“谁会在乎少数帮派成员被杀？让他们自己在街上处理这件事得了。”然后，一个“帮派事件”就会涌上街头或乘坐公共汽车，年轻的科丽·威廉姆斯就是这样完全无辜被枪杀。当她从世纪高中放学回家时，她的年轻生命被活生生夺走了。她的公共安全保证在哪里？她追求幸福的权利在哪里？她家人追求幸福的权利呢？当一名无辜者遇害时，执法部门必须加紧努力，将肇事者绳之以法。为什么要有无辜的生命失去以后，才能让执法者去做他们宣誓时发誓要做的分内之事呢？科丽案中的五名凶手被绳之以法，但这并没有挽回她的生命。如果执法部门当时不是作为简单的帮派事件而拒绝调查，那么他们是否会在街头互相射杀呢？相反，现在的情况是，街道上还有成千上万的谋杀案没有解决。

将犯罪视为“帮派事件”来自将证人标示为老鼠、奸细、叛徒或最底层废物的沉默代码。没有目击证人，执法难度更大。他们要求普通公民冒着生命危险说出犯罪现场发生的事情。但他们做什么呢？在雷伊剧院凯利·贾默森遭到殴打时，有许多下班的执法人员在现场。尽管他们中的许多人都是事件的重要见证人，他们也没有出来做证。因为他们担心会失去太多的东西。

当警察互相保护彼此的犯罪行为时，他们就成了一个合法的黑帮。

当初，罗素让我接洽拉斯维加斯警察局。我第一次通过推特接洽他们。他们回答说，图派克对警察的第一句话是“去你妈的”，所以他的谋杀案不值得去侦破。然后，我联络了龙姓侦探，他在电话中对我傲慢无礼和脏话连篇。他拒绝面谈谋杀案中的证人，只因为证人是记者。我向他指出，这个人是一个凶杀案的见证人，只刚好是一个记者。“我永远不会跟记者说话。”这些偏见让我们无语。

他们还指责苏格没有做好他们的工作。他们责怪图派克。他们责怪每个人，但就是不责怪他们自己没有履行自己宣誓要做的事情。多年前，他们指责图派克的歌词要为他们的同行的死亡负责。这种指责哪里才是尽头？

我认为，一个黑帮对帮会奸细的打击和偏见与那些做同样事情的警察之间没有什么区别，除了显而易见的一个状况：都在犯罪，戴徽章的警察比黑帮对社会更加危险。

我意识到，当没有执法机构能追究那些躲在“沉默的蓝墙”[①]后面的犯罪分子时，我们公民是最后的一道防线。普通市民必须填补空白，诚实的警察必须除掉腐败分子。我们必须有一个这样的社会，在这个社会中，我们所有人都严格遵守法律，以确保孩子们可以过马路去上学，但我们也必须反对任何形式的歧视。

必须承认，有些事情是从无辜开始的。有些警察同意一些“副业”，于是进入了一个滑坡谬误。这是一个赚取一点现金的机会。现金意味着“警察”不必将其作为收入报告。这是真正的登记册之外的收入。由于工作所得是“全部现金”，所以不需通过适当的渠道向上

① 阻止警察检举同行的潜规则。

头报告——轻微违规。在年底，“警察”要报税的时候，现金没有得到适当的计算——这是另一项违规行为。而当家庭开始依靠这个收入来维持生计时，一次违规就将导致行为模式升级，该警察可能会冒更多的风险去赚取更多的钱。

一旦腐败发生，以后的操作就会变得很简单。一个腐败会导致下一个腐败，小的腐败变得越来越大，直到灵魂变得冷酷。

人类的DNA有缺陷。人人都渴望拥有更多的钱，人人都会轻易破坏自己的价值观。有些人会通过改写过去来慰藉自己的良知，让他们做的或说的事情在更强的光线下，被删除或重新想象，把自己装扮成圣人一般。但“全部的真相，不是别的，仅仅是真相”，当它折射出人类的缺陷和弱点时，可能会是一个非常难看的景象。

迈克尔·道格拉斯·卡林

2017.12.12

目 录

CONTENTS

（上）告诉露西

（下）罗素调查手札

（上）告诉露西

迈克尔·道格拉斯·卡林

1.罗素之死

洛杉矶警察局凶杀案调查员信条

为一个人的死亡作调查，是一名案件调查员无上光荣而又十分艰巨的任务。他有责任做到不受种族和信仰的影响，毫无偏见地找出事实真相，并克服任何阻力，不带个人色彩地把真相呈现于法庭之上。

罗素·普尔曾告诉我，当他是一名侦探时，他把凶杀案调查员信条的复印件放在办公桌上；而当他不再是一名侦探时，他仍会把凶杀案调查员信条的复印件放在触手可及的地方。

而在 2015 年 8 月 19 日之后，罗素再也无法触及这张信条了。在另外一个世界，也许没有凶杀，不再需要警察；也许没有邪恶，不再需要正义；也许没有谎言，不再需要真相——这张信条在另外一个世界，也许毫无用处。

那天下午，罗素死了。

那天上午 9 点时，我还与罗素通了一次电话。当时，他正在去往蒙特利公园的洛杉矶地区警署的路上，在 60 号公路旁的金刚石酒吧附近，遇到了交通阻塞。关于这次会面，在这前一天我还跟他讨论过，并再三劝他取消。但是罗素觉得，不管怎样危险，即使仅出于对吉姆·麦克唐纳局长的尊敬，还是应该如约去拜会。

他受邀去向洛杉矶地区警署，准备介绍关于图派克和大个小子这两起谋杀案的案情概要。

罗素在电话里说，他会在会议结束后立刻给我打电话，向我通报会谈内容。

我的中国女友露西[①]当时在镇上。我向她谈到了罗素与局长会面后与我会合的可能性。“我们会看情形而定，他答应会在会议结束时立刻联系我。”我还兴奋地又强调了一遍。

露西的翻译海伦要几天后才能来到洛杉矶，因此露西这次从中国来洛杉矶参加会议有一位临时翻译。这个人是一位华裔，但在洛杉矶的一个帮派区长大，任何有关调查与帮派有联系的或者谋杀的谈话都会让他很紧张。在他替补的几天里，得知我与罗素一起参与调查这些谋杀案件，他便与露西经常讨论目前的危险。这让露西也开始对我表示出一些担忧。

露西之所以还能冷静的原因之一是罗素，因为她知道罗素是一个正直的凶杀案侦探。以前当我们在微信上交谈时，罗素会偶尔参加进来。他总是告诉她我是一个多么幸运的男人，因为我有这样一个美丽的女人。

在等待罗素回话期间，我的一位朋友打电话来告诉我，他在长滩[②]的画廊今天开张，邀请我去参观。挂掉电话，我试图权衡如何安排去画廊以及与罗素的会面。

一谈到去长滩，露西的翻译就咆哮起来。他知道长滩是危险地

① 中国某电视台前知名节目主持人，露西为其英文名。
② 洛杉矶县的一座城市。

区，他甚至因为我仅仅是考虑要不要参加这样的一场公众活动而对我斥责。

我无心与他讨论，不过还是决定耐心地等待罗素回话。然而迟迟没有得到罗素的回信令我感到有些沮丧。我认为也许是会议进行得很好，让他的午餐错过了，因此他没有时间打电话给我。我不断地试着安慰自己：当他有时间的时候，一定会联系我。

大半天过去，还是没有得到他的任何消息。我发了好几个探询的短信也没有得到任何回复。

直到下午 5:30，我的一个秘密线人发来一条信息：罗素死了。

我立刻登录谷歌进行搜索，上面已有媒体报道。按照他们的说法，这个曾有信心去对抗存在腐败嫌疑的洛杉矶市警察局的家伙，抱着怎样强大的信心被邀请到了洛杉矶地区警署，在等候室向办公室人员呈报案情时，不幸心脏病发作摔倒在地，猝然离世。

从听到这个消息的那一刻起，我便清楚地知道罗素的声音已经被彻底关闭了。

我所知道的事实是，罗素从来没有过心脏问题，而且他最近每天坚持远足六英里，比我以往见到他的任何时候都更加健康。也许他感到应该有人能给这个案件做一个了结了，这些天他的精神非常好。况且在地区警署，有数百人接受过心肺复苏培训，一些设备就近在咫尺。

他的母亲是在我告诉她之后才知道这个不幸的消息，一听到就痛哭起来。奇怪的是，媒体居然在他的家属被通知之前就报道了。

同样奇怪的是，Bomb1st 在当天公布罗素去世的消息后，对死囚牢唱片公司安保负责人小雷吉·怀特进行了采访。小雷吉·怀特说他很高兴听到罗素死了。他同时也详细地谈到了关于两起案件调查的概要，好像这个案情概要就摆在他面前一样。他一定早已清楚罗素在地区警署的会议上将要讨论什么。

我之所以知道这个概要，是因为罗素和我花了几个小时讨论和准备这次会议。作为此案件的一个犯罪嫌疑人——小雷吉·怀特，他怎么会在罗素死后就立刻知道警署办公室人员与罗素谈论了什么呢?

无论如何，我的朋友罗素死了，他死于他的信仰。他死了，因为图派克和大个小子的案子，让他日夜揪心。他要破案，而当他真的破了案，真相需要大白于天下时，他死了。

这是摆在面前的现实，我知道接下来我应该做些什么。

因为罗素早已明白他所做的事情有很大的危险。我们也讨论过这种危险，并达成一个协议：如果我们当中的任何一个人被杀，另外一个人将立即把所有的信息公布于众，以便将凶手绳之以法。

2.被爱的闪电击中

可以说，在 2013 年万圣节来临之前，我与大多数美国人一样，只是用不停地工作和聚会，来释放自己的生命能量，生活中的每一天都大同小异，自然了无新意，波澜不惊。

我曾有过很多女朋友和两个妻子，但爱已成为我脑海中最遥远的事。事实上，我已经放弃了寻找真爱。直到有一天晚上，在洛杉矶海边的一家餐馆里，我坐在一位对英文只字不识的中国女子对面，而我对中文也是一窍不通，真爱却突然降临。就在那么一瞬间，在语言不通，完全不了解对方的情况下，两颗心却碰撞出雷霆般的火花，真爱弥漫在空中，这的确令人费解。

我能够想到的与中国最有关联的事情，莫过于早年当我居住在瑞典的时候。我们基本上每月会节省一些钱，然后去吃上一顿特殊的晚餐。打完篮球后，我们会在寒冷的冬季去吃一顿中餐，用一盘宫保鸡丁和几个春卷犒劳自己。现在，多少年过去了。当我的经纪人打电话给我，问我是否有时间为一个中国电视节目组帮忙拍摄两个电视节目时，我对中国一无所知。听说是一个中国女歌唱家要在奥斯卡颁奖的剧院舞台上举办演唱会，在好莱坞明星们的舞台上她要唱什么？这个项目听起来很有趣。恰好我可以腾出时间，我就同意了。

电视节目的名字叫《好莱坞唱响中国声音》，这是北京演出机构组织的大型演出活动。他们中间有一些北京电视台的工作人员，在申请美国签证时遇到了相当大的麻烦，几乎所有的摄制人员全部被拒绝拿到签证。在最后一分钟，他们向美国方面寻求帮助，我的经纪人接通了电话。有无数个可能，我不会遇到露西。也许这就是命运，也许这就是“缘分”，也许这就是“狗屎运”（这是我后来从中国人那里学会的词语）。

我们的相见平淡无奇，她是我的客户，我只是通过加州大学洛杉矶分校和南加州大学提供的口译员与她交谈。由于翻译员孩子们尽力传达了关于这个项目的必要信息，我和露西的交流哪怕是目光接触也是有限的。我们有两台摄像机，我带了一个摄像师来操作另一台摄像机。有一天，我的摄像师给了我一摞她的名片，告诉我不要接近她。原来，我们并不了解这是中国人与陌生人见面的礼貌。对美国人来说，只有在生意场上才会普遍发名片，通常我们不会把名片发给初次见面不太熟悉的人，在我们看来这是一种“糟糕的形式”。

美国的万圣节是孩子们的节日。人们身着各式奇装异服，年幼的孩子们在他们的社区挨家挨户地讨糖。门铃响起，主人应门时，孩子们会齐声喊叫“要礼遇还是要捣蛋”。居民可以在分发糖果的同时检查服装并发表评论。一个额外的特殊服装将得到赞誉，也许还会得到一份特别的礼物。年龄较大的孩子，包括大学生们，在上午就开始准备参加派对。因此，万圣节之夜，所有南加州大学和加州大学洛杉矶分校的学生都计划与朋友一起出席参加派对。我们的翻译员不会错过这个机会，所以他们几乎是毫不犹豫地告诉我：“你去带露西出去吃晚饭吧。”我想都没想就答应了。现在想起来，很难说我是不是要寻找一个向露西献殷勤的机会，但我也确实是一个不喜欢参加万圣节派对的人，即便从这一点来说，我也是可以答应让他们放一晚上假的人。

当我真正要去酒店接露西时才感到问题的复杂。为稳定情绪我特意穿上深色的西装，将一块口香糖送进嘴里猛嚼，细想：“没有南加大的翻译在场，我该怎么向露西解释，其他人去派对狂欢，只有我一个人来接你去吃晚餐？”天哪，紧急时刻现代科技让我从担心的哑巴状态有了解脱的办法——我搜索了苹果手机的应用程序商店，并找到了两个翻译程序。我把这两个程序都下载到我的手机上，然后去酒店接露西。

我把车停在她所在酒店的停车场，并想好打一辆出租车去海边一家最有特色的餐厅吃饭。我需要时刻对着手机与露西用语音进行沟通，并且不用因驾驶而分心。

手里有了说话的武器，我大着胆子敲响了露西的房门。打开房门的露西看着门外只有我，环顾四周没有找到翻译，顿时表现出茫然不知所措和窘迫的表情。从她的眼神中我能猜到她的疑惑：“翻译去哪了？说好要一起吃饭，为什么只有你一个人？”正当窘迫的气氛笼罩在我们之间时，我对着手机说道：“今天晚上我可以请你去吃晚餐吗？”流畅的软件翻译瞬间打破了紧张的窘境，露西非常惊讶地听懂了，她对着我的手机说：“你怎么发现了这神奇的东西？这太有意思了！”然后我们摸索了怎样使用这项新技术。刚开始有点笨拙，但慢慢开始掌握了节奏。

事实上，在出租车里并没有发生如我事先设想的那么交流顺畅，露西几乎拒绝用语音翻译程序和我说话，也许她还不适应这项新技术，也许她还不能接受这个突如其来的“约会”，其实我也不知道我为什么会这么做？从酒店到海边餐厅的路程并不长，但是车内无人说话的气氛，感觉像电视默片的慢镜头一样，宁静而冗长。

露西是一位电视记者，她是以与人交流为生。她就像美国很有名的主持人芭芭拉·沃尔特斯一样，有许多年在北京电视台主持一个电视节目，不断采访那些在中国有名和有趣的人。现在，我要与一个有熟练采访技巧的人坐在一起。我曾经在一家报社做了超过十年的编辑，在我需要在报纸上写点有趣的东西时，也做过一些采访。两位传媒人士虽然有无穷的话要说，却只能像哑巴一样地盯着对方。由此导致我俩的沮丧，哇，这将是一场灾难。对于我这个一贯喜欢表达的人来说，面对一个不会说英文的中国“哑巴女士”对视良久，这是我一生中史诗般的失败。此时的露西只能用英文说：“I don' t know”，我只能用中文说：“谢谢。”仍然的陌生感让我们好像忘了摆在面前的手机语音翻译程序。我必须得打破这种凝固的气氛，否则节日的晚餐在“I don' t know”和“谢谢”中进行，会是对我们两个人痛苦的煎熬。

我操作的“欢迎你来到洛杉矶”的语音打破了僵局。我们俯瞰大海的窗外景色，开始了缓慢而蹩脚的会话。从简单的生活话题，发展到更重要的话题和更复杂的翻译。我会把中文再翻译回英文，并确保我打算沟通的内容得到了恰当的翻译。这个办法似乎很好。结果我发现，露西对那些总让我感兴趣的故事也同样感兴趣。当我耐心地告诉她，我在墨西哥边境采访唯一一个曾担任墨西哥联邦警察的美国人遭遇到的危险境况时，她非常感兴趣地聆听。

露西也谈到了她自己的故事，她告诉我她在狱中采访杀人凶手时，如何勇敢地询问他们有关他们的生活和他们的罪行。我们甚至用语音翻译器谈到了世界和平，谈到了一个国家必须尊重女性，否则这个国家就没有希望的话题。这样的对话在旁人看来简直是不可思议。通过硅谷的科技进步使我们正在发生着“真正的联系”。

露西谈到了她的母亲 13 岁就成了一名军人，我认为所有的中国军人都是毛主席军队里的士兵。这是发生在中国的战争年代，对我来说意味着露西的母亲是中国的一名英雄。我们俩都非常尊重那些保家卫国的军人们。我告诉她，我最近在拯救一名越战期间曾为美国政府工作过的被判有杀人罪的凶手的生命。因为这个人曾帮助拯救了许多美国士兵，我觉得我们需要替他说情。我在与两位最可爱的人一起做这件事，这两个人是洛杉矶警察局高级探员罗素·普尔的阿姨和叔叔，我们现在正在超越自己。有一段时间我们成功地推迟了执行死刑。我对这次成功记忆犹新。

我与露西分享了这个故事，这引发了她顺畅地使用手机翻译软件，告诉我她曾看过一部讲述一名黑人男子杀死一名白人男子的纪录片，被杀害的白人的母亲通过法庭要求判处黑人罪犯死刑，但有一天在法庭上，她看到了这位年轻黑人罪犯的母亲，对她产生了恻隐之心。第二天，她烘烤了一块蛋糕，并要求准许把蛋糕带到法庭。当她获准说话时，她拿出蛋糕，并告诉这个黑人囚犯，她原谅了他，不再追诉他的死刑。“我失去了我的儿子，但我不希望你的母亲也失去她的儿子。”这个年轻的犯人感到很困惑，他不敢相信地回味着这位母亲刚才说的话，想知道它的确切含义，当他与这位母亲的眼睛再次对视时，他发现宽恕自己罪恶的白人母亲眼里，饱含的泪水在默默地流淌。他明白了这位母亲的话，于是他转过身来对她说：“如果我能免于死刑，如果你不嫌弃，我会成为你的儿子去照顾你。”

当这个故事通过软件翻译传达给我时，我的眼泪夺眶而出。露西和我通过翻译技术分享了一个故事，让我们两个都深深地感慨。我们的手握在一起，彼此安慰，我们彼此凝视着对方，两个人的心像是共同分享着这一温柔的时刻。它就发生在那一刻！我们分享了那爱的闪电划过的一瞬。我们的生活从此不再一样。

走出餐厅，是码头上吹过来的散发着海盐气味的习习暖风。餐厅给我们叫了一辆出租车，我们俩的手机上的电池都没电了，这让我们又回到了言语不通的哑巴状态。回她旅馆的路上显得很安静，我们紧挨着坐在出租车的后座位上。当我们的眼睛在沉默中再一次穿透彼此的心房，立刻激发了爱的火花。然后，第一次，我们热烈相吻。

在接下来的工作中，露西和我就我们的关系保守秘密，没有让同在剧组工作的其他人知道，无论美国人还是中国人。我们努力工作，收工后在一起，利用翻译软件彼此加深了解。正是那时，我更多地了解了露西的母亲。在第二次世界大战之后，露西的母亲被招入毛主席的部队，成为一名军人，拿起了一杆为解放中国而奋斗的步枪。

我和露西都认为，能在中国和世界这样一个重要的历史时期内进行战斗，是她母亲的巨大荣耀。我和露西都强烈地认为，警察、消防员和士兵都是英雄，因为他们勇敢面对危险，保护他们从未见过也许永远不会知道的人的生命。露西和我，两个成长在如此不同环境的人，怎么会有着如此共同的情感纽带？或许是我们的价值观不仅仅是相似，而是完全一致。

那一周过得很快，但绝对是很重要的一段时间。正是在这一段时间里，尽管语言障碍巨大，露西和我还是很快变得相互熟悉。在我带她去机场的那一天，我们在她旅馆的大堂餐厅享用了最好的早餐。我们一起登上了去机场的巴士，当她在验票口检查她的包时，我仍然陪着她。我们饮了最后一杯咖啡，并做了一个简单的吻别，不知道未来会怎样。

瞬间，她飞走了。

后来，我们使用微信进行沟通。我们手机上的另一个应用程序——微信，让通信成为可能。因为它提供了用于短信的翻译服务，并可从世界各地提供免费的电话和视频通话，只要有互联网连接即可。

3.初次会面罗素

打乱我平静生活的不仅仅是露西，还有一个人，就是罗素。如果你真的了解他，你是不会拒绝认识他的。是的，遇到他，你很难拒绝。直到现在，他在我心里仍是一个英雄。

那个令露西着迷的墨西哥故事，在我拍摄的《美国联邦警察》纪录片中被讲述出来。露西回国的几天后，这个纪录片在世纪城举行了约有 200 人参加的放映式。其中有三位观众与罗素有关，爱德、乔治和罗素的母亲一起参加了放映式。爱德曾是一名在检察院办公室工作多年的检察官。

当时，我并不知道罗素·普尔是谁。正是在这次会面中，爱德和乔治一起建议我见一见他们的侄子——罗素·普尔。从爱德和乔治提供的描述中，听起来像是我应该见的人。

在我与罗素见面之前，爱德又发给我一份电子邮件：

“我想向你介绍我的侄子罗素·普尔。罗素是洛杉矶警察局的前凶杀案侦探。虽然他前一段时间主动离职了，但他以前一直是图派克和大个小子谋杀案的首席调查员。最近他参与撰写了一部详细介绍这些谋杀案的书稿，正在寻找一位可能对这个故事感兴趣的制片人。相信您可以帮助他。”

罗素的父亲退休前是洛杉矶地区警署一位工作数十年的老警长，显然罗素来自一个执法世家。爱德理解罗素在洛杉矶警察局工作的19年半的时间里经历了什么，对罗素十分尊重。

后来我知道，在罗素任职的那段时间里，他已经处理了500多起凶杀案，其中300多起是首席调查员。

与死亡打交道会对人造成伤害，许多急诊室医生、护士、紧急医疗技术人员或医务人员会容易患上创伤后应激障碍（PTSD）。而调查一个人结束另一个人生命的谋杀案件，当然会给人一种完全不同的压力。听说大多数凶杀案调查人员都面临着酗酒、家庭破裂以及通宵达旦工作的痛苦。

在与罗素真正见面之前，我们进行了几次电话交谈。罗素为追寻图派克案件真相花费了大量的精力，从死囚牢唱片公司的大厅到洛杉矶警察局的大厅，其中涉及腐败警官的调查，一度被当时保护这些腐败警官的领导所阻拦。只差六个月就满20年警局工作的罗素，随即提出辞呈，决定以个人的名义继续将事件真相呈现给美国人民。

罗素本可以对他所看到的事情视而不见，以保障他的薪资和福利收入，但熟悉他的人都知道，那不是罗素的选择。他是一名坦坦荡荡的警察，并且清楚坚持原则会面对什么后果。

在电话里我们相谈甚欢，彼此互有好感。但我们的第一次会面，对我来说是压倒性的。

在威尼斯木板路上的一家咖啡馆，罗素给了我超量的信息。坐在那里的一个小时的时间里，有上千个名字、日期和地点砸向了我。起初，这一切都令人困惑。如果要对案件进行有意义的写作，需要简化，以便读者能够理解发生了什么。

我需要赶紧补课，以便我可以跟上他。对于在这个案件上投入了这么多年的罗素而言，当时我问的问题一定是非常愚蠢，看到我需要了解每一个细节，或许他可能会感到很沮丧。

随着图片变得越来越多，线索越来越清晰，自然引发了我更多愚蠢的问题。当然，随后也会有一些比较明智的问题。

我至今还保留着我与罗素见面前的信息：

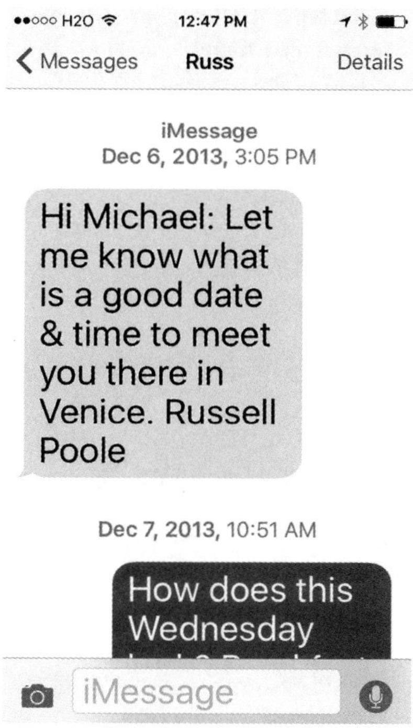

罗素与迈克尔手机短信交流截屏（一）

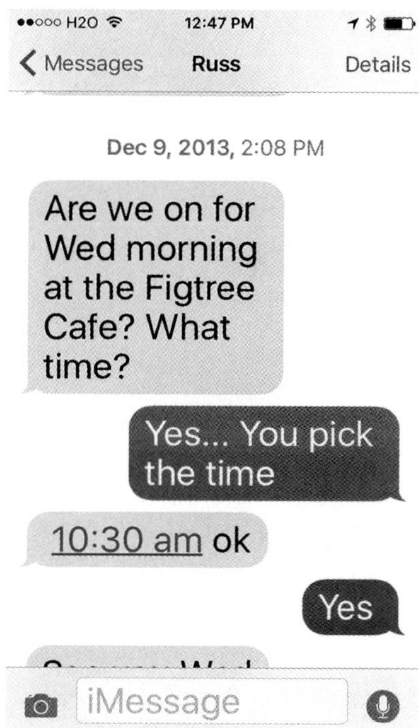

罗素与迈克尔手机短信交流截屏（二）

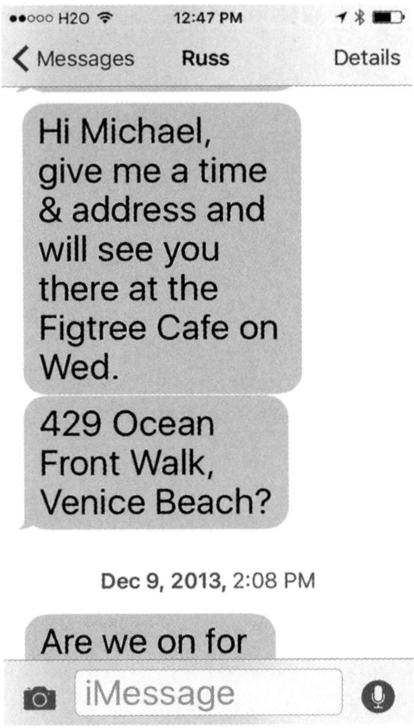

罗素与迈克尔手机短信交流截屏（三）

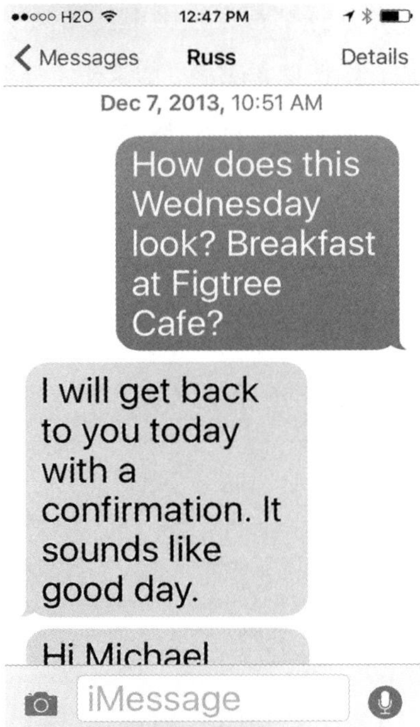

罗素与迈克尔手机短信交流截屏（四）

如今罗素再也不会给我发一些信息了，也无法告诉我有关案件的任何一条线索和推断，甚至就是简简单单地打个招呼，发来一句“Hi”，他也没有办法做到。

4.一场并不成功的谋杀

经过一夜未眠，有关谋杀案件信息的文稿终于成形。尽管非常粗糙，在 2015 年 8 月 20 日这天凌晨，我还是将它发给了 3000 名娱记。

我发布了一个带有链接的新闻稿，尽可能地公开了我们掌握的这些案件信息。

吃过早饭，露西强烈要求马上搬到好莱坞的一个公寓里。我也认为公布这些信息势必会带来不可预知的危险，于是同意了她的想法。接下来的几个星期我们会住在那里，等待不可预知的结果。

在公寓里，我不时看看网上发布的信息，心神不宁。露西看到我这样失魂落魄的样子，一再劝我去休息。可是我的脑袋还在高速运转，案件文稿中无数的名字、日期、图像一直在脑海里游荡，一刻也不想停下来。

“既然这样，那就跟我说一说吧，嗯？就是这些事情。”露西叹息了一声，用手指着书桌上那一堆资料。

拿着手机，用我们早已习惯的交流方式。尽管露西如今已经可以用蹩脚的英语进行简单交流，我还是要预备一下，毕竟案件涉及的东西很多。

新闻稿就在电脑的桌面上，露西并不能看懂。我尝试着用电脑软件把文稿翻译成中文，等待翻译的过程中，用手机的翻译程序给她做补充性解释。

我首先告诉她说：“关于图派克被枪击的详细记录文字，在美国早已人人皆知。”

然后开始一句话一句话地把电脑里的文稿翻译给她。

图派克被枪击事件发生在 1996 年 9 月 7 日，准确的时间是当天晚上的 23:15，地点在拉斯维加斯的火烈鸟路和科维街交汇处。图派克坐在一辆黑色宝马车副驾驶位置，正在等红灯。此时一辆内华达车牌的白色凯迪拉克开到他的一侧，相距大约四英尺远。与其他任何遇到红灯要停下来的车子一样，一切看起来并没有什么不同。

可是事后通过监控录像仔细分析发现，黑色宝马车的另外三面被一些车辆挡住了，只留下右侧车道开放，而开过来的这辆白色凯迪拉克正好完成了第四面的阻挡。

这时，从摇落的凯迪拉克车窗伸出了枪口，12—13 发子弹密集射向宝马车内。

驾驶宝马车的是死囚牢唱片公司的首席执行官苏格。枪响之后，苏格在火烈鸟路上急忙掉头，向西驶向拉斯维加斯大道，然后飞速左转。尽管是晚上，当时赌城大道交通还是一片繁忙。慌乱的宝马车在汉蒙街的十字路口附近，撞上了道路中间的分隔栏，路障随即扎爆了一个车胎，宝马车被迫停下。

闻讯到达的一群警察，马上封锁了现场。他们发现宝马车的乘客中了四枪，司机的头部似乎被碎片击中。

有一颗子弹击中了图派克的要害，穿过胸腔进入了肺部，而苏格只受了轻伤。子弹是非常松散的霰弹型。

“看起来这并不是一场成功的谋杀。”露西说。

“是的，当时所有人都这么认为，毕竟那时图派克还没有死。”

图派克被送到医院时病情严重。在这个时候，有很多人相信图派克会战胜他的伤势。拉斯维加斯警方当时认为，没有人死亡，意味着这还不是一个凶杀案。他们还认为，与以往发生的枪击案一样，图派克可能会活着，调查人员不必为此付出太多的努力。

五天后，图派克仍处于非常危急的状态，必须依靠生命辅助器维持。此时他的家人和数以千计的世界各地的粉丝们，对图派克的生命仍抱有希望。

而到了 9 月 13 日下午 4 点 03 分，警方宣布，图派克因枪杀直接造成的伤害而死亡。这一天，离他庆祝签约死囚牢一周年还差三天。

同时，拉斯维加斯警察局也不得不把这个枪击案件，从“帮派”或“随机射击”重新归类为“一级未遂谋杀和一级谋杀”。

说到这里，露西又提出问题，另一个呢?

什么?

看我不解。她用手机告诉我，那天翻译说你们调查的是两起谋杀案。

“因此牵扯的谋杀案远远不止两个，而其中最引起人重视的是我们常说的两个案件。另外一个是大个小子谋杀案。在图派克死亡六个月后，东海岸著名说唱歌手大个小子，以类似的方式在洛杉矶被谋杀。当时他和吹牛老爹[①]在参加彼得森汽车博物馆的聚会。他们进了车，从停车场出来。一辆车试图阻止他们，但是没能成功。当他们接近威尔希尔和费尔法克斯的交通灯时，灯变成红色。吹牛老爹的车冲过红灯，大个小子的车停下了。黑色雪佛兰黑斑羚从大个小子坐的乘

① 吹牛老爹，原名肖恩·科姆斯（Sean Combs），美国东海岸说唱歌手、唱片制作人。培养了众多知名歌手，大个小子为其中之一。

客座侧开过来。一只手臂从敞开的窗户伸出来，开始以准确的模式开枪。大个小子当场就死了。”

“这样明目张胆？难道找到凶手不会很容易？”

“亲爱的，越是这样明目张胆越是不简单。这就是为什么罗素要付出那么多时间，甚至现在，他付出了生命才这么接近真相。一切不会像看起来那样。这是在美国，从来不会像看起来的那样。”

两件谋杀案曾引起全球瞩目，而且当时案发现场有数百名目击者，又能怎样？如今将近 20 年过去了，没有哪怕一个人因这两件谋杀案被判刑。

所有人都在问为什么，而罗素正是一直努力在为这个问题提供正确解答的人。

5.这是一个功利年代

我告诉露西，这样的谋杀案件只能发生在美国，只能在这样的年代，只能在这样的社会里。

露西问：那这究竟是一个什么样的年代，什么样的社会？

要把这句话解释清楚，我们必须把视线再回望得远一些。我们知道，恐惧在巧妙使用时是一件强大的武器。在诸如斯大林、希特勒和墨索里尼等人眼里，恐惧只不过是统治的另一个名字。不可否认，它在小场合如社区、村庄或家庭中同样也管用。这样的恐惧在美国就经常使用。比如，20世纪50年代对共产主义的恐惧让位于20世纪60年代对种族战争的恐惧；20世纪70年代，即便政府仍然担心共产主义和种族战争，也还是对“水门事件”[1]深感恐惧。

其实，归根结底是钱和利益。他们往往会用恐惧来获得资金，用他们中较为流行的一种说法是：“保持问题存在来保持资金流动。”

执法人员长期以来一直渗透到想要颠覆的团体中，以便从其内部

① 也称“水门丑闻”，是美国历史上最不光彩的丑闻事件之一。

监督或摧毁它们。纳粹党内有盟军间谍；黑豹组织[①]内也有情报人员卧底。如今执法部门继续利用这些手段，将卧底与受制裁的非法活动结合在一起，为一个外交场合否认的影子政府创造计划外的收入。

1981年，中情局在美国街头开始销售毒品，为尼加拉瓜反政府武装提供资金。可卡因被用来摧毁黑人家庭，同时以此筹钱来打败共产主义。

这事在1998年3月，中情局局长弗雷德·P. 希茨在国家情报委员会做证时得到了证实。

“我坦白说，我们发现了什么。”希茨说，“有些情况下，中情局没有以迅速或一贯的方式切断，与涉嫌从事贩毒活动的尼加拉瓜反政府武装的支持者的联系。”

这句话令那些立法者焦虑不安。当时华盛顿的国会议员诺曼·迪克斯问：“这些贩毒活动的指控是否发生在美国？”

希茨回答说：“是的。中情局和执法机关有一个绅士协议，以另一种方式看待这个问题。”据他说，协议的根源来自罗纳德·里根签署的1981年成为法律的第12333号行政命令。就在这个星期，他授权了中情局在尼加拉瓜的“业务”。当时还有人提供了关于贩运毒品以资助美国情报机构1983—1985年的秘密活动资料。

1996年8月18日至20日，《水星报》出版了由加里·韦伯撰写的一系列关于中情局在美国街头贩卖毒品，为尼加拉瓜反政府武装筹集资金和摧毁黑人家庭的文章。韦伯坚持认为，对非裔美国人的偏见被编入司法制度，在这个司法制度中，他们比犯相同罪行的白人罪犯受到了更严厉的法律制裁。

“等等，你是说毒品泛滥在美国大街小巷，是政府行为？！”

---

① 指黑豹党，一个活跃在美国20世纪60年代的黑人左翼激进政党，一直反对美国政府。

其实，被主流阶层刚刚知道的事情，在街头早已被众人所知。

图派克在他 1991 年的《图派克现代启示录》专辑的歌词中写了这个现象：“对毒品说不，但政府一直让它在我们社区泛滥，杀死了团结。对毒品战争，是对你和我的战争，但他们说这是自由的家园。”

图派克的歌词增强了对真实的或想象的种族战争的恐惧。“你应该害怕，你应该逃跑，你应该试图让我沉默。哈，但你不能逃避命运，因为现在轮到我来了。就像你上升，你也会在我手上沉沦。美国，你播下什么种子就会收获什么果实。”

粗鲁的话让很多人不喜欢听，但是图派克在他的谴责中会更具体。“我去你妈的警察！去你妈的旧金山警察局！去你妈的马林地区警署部门！去你妈的联邦调查局！去你妈的中情局！去你妈的布什！”

《宪法第一修正案》[①] 保护了图派克，说“他妈的警察”可能是完全合法的，但他以后的生活证明，后果会很严重。

当美国副总统丹·奎尔谴责图派克的“言论自由权”——写下描绘这些家庭困境的歌词的时候，他是否知道中央情报局向美国运送的毒品为秘密活动筹集资金的同时，也在努力摧毁这些黑人家庭?

他的老板当然知道。他们还知道，对毒品深究下去，会指向洗钱和一堆谋杀。被政府收买的专家说，它从来没有发生过，但有 100 个消息来源会支持，他们就是这样做的。

说到这里，露西脸上不可置信的表情还没有消除，也许这些与她平日耳闻目睹的美国完全不一样。

① 其内容为：“国会不得制定关于下列事项的法律：确立国教或禁止信教自由；剥夺言论自由或出版自由；或剥夺人民和平集会和向政府请愿申冤的权利。”简单可归纳为“言论自由”。

“哦，不要这么惊讶！虽说美国是世界的灯塔和机会之地，但是，你应该知道，历史上美国是通过屠杀将土地从原来的所有者那里掠夺过来的，美国还纵容过贩卖人口。当然，如果只显示一面，你不能画出一幅适当的画面。是的，美国也从纳粹统治下拯救了世界，发展了遏制日本侵略的原子弹。”我对她说。

我内心里一直坚持认为，钟摆在一个方向上摆得太远的话，应该需要宪法赋予的权利使它摆回积极的方向。

20 世纪 60 年代的民权运动残留的对种族战争的恐惧和对共产主义的恐惧渗透到了美国的政策当中，正像今天对伊斯兰教的恐惧影响政策一样。那该怎么办？智囊团中的一个人提出一个“伟大”的想法：在少数民族社区安置可卡因，既可以破坏潜在的种族战争，又能利用现金打败共产主义。可谓一石二鸟！

但这个计划对我们的城区埋下了毁灭性的隐患。

“等等，你是说如今毒品泛滥在美国大街小巷，是政府行为？”露西表示惊讶。

事实如此。图派克便是这“可卡因政策”中的一个产物。图派克认识到了这一点，听到了钟摆摆得太远的警报，并通过音乐把人们深陷其中而一直挣扎的困境带进了所有美国人的客厅。

专辑《图派克现代启示录》发行后，引起了时任副总统丹·奎尔的开火，丹·奎尔说：“没有任何理由要发布这样的唱片，它在我们的社会里应该没有位置。”他呼吁抵制，并将一些罪责归咎于图派克。一个例子就是，一个年轻人在杀死警察之前听了《图派克现代启示录》，警察们认为是图派克的歌曲煽动导致的。丹·奎尔对图派克的战争宣言成为所有执法部门采取的宣言，使图派克成了一个烫手的山芋。

后来，《图派克现代启示录》被认证为黄金唱片并出售近 100 万张，但图派克的成功也导致了他的灭亡。

图派克在演艺方面所赚得的钱，实际上最终很少进入图派克的口袋。图派克只是一匹马，被演艺界骑着去获取唱片利润。说他就像木偶一样也不为过，但图派克并不知道木偶大师在它身上所牵的所有引线。

请记住，各种形式的执法机构人员，包括宣誓的警察、便衣情报人员、秘密线人、检察人员、法官和狱警，他们为达目的，比普通公民有更多的手段。

是的，露西，与你猜想的一样，他们也进入了音乐行业。

图派克可能知道这强大的力量背后有阴谋，他也可能清楚这场斗争会导致他的死亡。

所以说，亲爱的露西，故事实际发生的惊险，远远比你买票去坐一趟过山车更加刺激。所以，从现在开始，请系好安全带！

谋杀并不仅仅是几声枪响，在枪响之前，很多事情都已经在轨道上疯狂运转了。

6.关于说唱行业的洗钱

露西应该不喜欢说唱音乐。她说：“对说唱我算是一无所知，你知道，我完全没有接触过。”

在露西曾告诉过我关于她的很多往事里，的确没有任何说唱音乐的影子，更不要提匪徒说唱了。然而，想要了解这些故事的来龙去脉，必须要先弄清楚那时的说唱音乐行业。

说唱音乐行业总是以毒品、疯狂的歌迷、奢侈的派对而臭名昭著。尽管人们似乎从来没有从中得到应得的报酬，不可否认它也被称为一个产业。唱片公司以成名为诱饵，让年轻艺人整个一生都在渴望聚光。在为唱片公司创造了良好收益的几张专辑之后，艺人被抛弃了，几乎从未得到过适当的报酬。偶尔会有几个艺人通过名声幸存下来，跳到超级巨星。在这里，他们终于获得了一块馅饼，实现了财富梦。但是，经常是，那些遭受悲剧性打击死亡的艺人，变得更有价值。很多时候，艺人的家人并没有人来管理这个遗产。

这是为什么呢？

死囚牢唱片公司的职员兼公司杂志编辑尼娜·巴德雷斯瓦尔说

过："这一切都与金钱、权力、种族和美国梦有关，因为这是一个涉及文化、政府以及与说唱无关群体的危险处境。"也许，这就是为什么我们永远不会看到，在与死囚牢唱片公司有关的任何谋杀或者图派克和大个小子的谋杀案中，有人被逮捕和定罪的原因。

图派克被谋杀之前，死囚牢唱片公司正在接受联邦关于洗钱和敲诈勒索的调查。

音乐产业圈多年来一直都有洗钱指控，一直有专案组调查，一些人被起诉和逮捕。但这些案件很少会得到审判，存在很多可能的原因，让这些调查没有能够进行下去。这些邪恶的钱是进入政治竞选最简单的钱。政客们制定了能限制可能影响他们下一个候选人或现任政治事务的丑闻曝光的后门交易。他们需要很多的钱来竞选职位，并维持对大量政治竞选经费的最终来源的合理规避。

音乐产业圈是洗钱的好地方。音乐产业在 20 世纪 60—90 年代，从始端到终端，被全方位控制，其中包括创作记录、推广、专辑制作、发行、零售和音乐书籍出版。这是一个紧密结合的业务，适合洗钱。设想一个艺人，据称出售了一亿张专辑，而其中有 5000 万张专辑是仿冒的假碟，完全没有必要实际制作这些专辑。复制工厂可以开具从未发生的复制唱片的发票，开具从未离开车道的卡车的发货发票；将专辑发往从未出售过专辑的零售店。贩卖毒品的钱可以存入零售商账户，支票可以全部发送到上游，然后让邪恶的钱进入美国的银行系统中。死囚牢时代的许多艺人抱怨说没有收到他们应得的钱。

在死囚牢唱片公司时代，有许多关于毒品如何卷入音乐，以及毒品与音乐相结合形成强大伙伴关系的传说。再加上枪支，这就有了一个更加致命的组合。死囚牢时代的许多艺人说，他们的报酬是通过毒品来支付，他们必须出售毒品才能实际赚钱。只因为没有因洗钱被逮捕和定罪，并不意味着没有任何类型的洗钱活动，正如不能因为没有逮捕或定罪，就简单地否认所有与音乐有关的谋杀事件。即使有人因谋杀而被逮捕，定罪的人也没有确定到底是真的罪犯还是无辜的人。许多无辜的人因为不能或不懂去支付而受到监禁，只是因为他们没有钱。

在音乐产业圈，公正正在被出售，只是大多数人无法清楚这个标签的价格。

至于匪帮说唱，他们把它命名为匪帮说唱，有一个理由：他们是写作和歌唱他们流氓生活的孩子们。他们的真实性在于与美国联系在一起。这个真相就会引起共鸣。在帮派文化中长大的孩子们，写下了在20世纪60年代至90年代的动荡时期，他们所知道的和所看到的，在他们社区中发生的事情。公民权利让位于那些信奉帮派的毒品文化，给予他们收入来源和一个充满牢狱风险的机会，并有潜在的过早死亡。对于那些感觉被剥夺权利的孩子，他们很容易被说服加入帮派，信奉帮派生活。

在那样的环境，运动员将运动视为离开社区的方式，歌手将他们的歌曲视为他们社区的真实反映。不像那些极力避免帮派的运动员，歌手在许多情况下，写下并唱出了他们在帮派中的经历。实际上很少有人能够成功逃脱社区生活，更多的人卷入帮派生活，导致他们过早死亡或监禁。

在《慢性》[①]之后的死囚牢唱片公司，作为一个新的说唱唱片公司，诞生于动乱并成就于动乱。苏格已经取代Eazy-E[②]和杰瑞・海

---

① Dr.Dre单飞后出的第一张专辑《慢性》，被公认为所谓“西海岸之声”的代表，文中有双关意。Dr.Dre，原名安德烈・罗梅勒・杨（Andre Romelle Young），著名说唱歌手。

② Eazy-E（Eric Lynn Wright），原名埃里克・林恩・赖特 (Eric Lynn Wright)，为匪帮说唱 (Gangsta Rap) 团体N.W.A的原成员之一。

勒[①]，宣称是西海岸说唱产业的领袖。

据莉迪亚・哈里斯[②]的说法，他砍掉了死囚牢唱片公司中的一半属于迈克尔・哈里斯的股份，而特雷西・琳恩・库里[③]（The D.O.C.）和迪克・格里菲[④]在外面羡慕地看着唱片公司的成功。杰瑞・海勒、Eazy-E、迈克尔・哈里斯、莉迪亚・哈里斯和迪克・格里菲都想推翻苏格。

但请记住，并不是只有你的敌人可以伤害你。苏格最终还是被内部人士推翻。原本推动他走向成功的是嫉妒，最终导致他走向灭亡的也是嫉妒。

苏格是老板，他告诉旗下艺人自己发家的故事，说那将不可复制。苏格曾经告诉 N.W.A[⑤]的成员，他曾被骗走一大笔钱的故事。现在情形不同了，“深层封面”和“慢性音乐”配乐的成功给死囚牢带来了一大笔钱，苏格成了唱片公司的老大。

熟悉他们内部的人告诉我，“有一件事是肯定的，死囚牢知道如何开派对。他们有狂欢派对、性派对、下班后派对、后期制作包装派对——死囚牢是所有关于加利福尼亚州的爱的全部。越多越快活。”

像所有其他唱片公司一样，他们拒绝分享太多的财富给公司成员，不是给他们开支票，而是开始采取主办豪华派对和给艺人大量礼物的模式。

艺人会听到大约有数千万张唱片出售的消息，却不能得到体现这点的薪酬。真是太复杂了，这需要很多的解释。

但，苏格又有什么必要向艺人做出解释？

---

① 杰瑞・海勒（Jerry Heller）美国音乐产业大鳄。
② 毒品大王和死囚牢唱片公司初始投资者迈克尔・哈里斯的妻子。
③ 知名歌手，是著名说唱组合 N.W.A 里的制作人。
④ 迪克・格里菲，西海岸太阳能唱片公司老板。
⑤ 一个歌手组合，Niggaz Wit Attitudes，“黑鬼有态度”。

苏格认为，他让人成名，他们应该感激。的确，死囚牢唱片公司的名声超过了任何人的想象。唱片公司是非常成功的，关于数亿美元唱片销售的头条新闻不会转化成数亿美元的录音艺人的银行账户。向任何艺人解释总销售额、零售商利润率、分销费用、商品销售、外部促销者的费用、无情唱片公司的诉讼和解提成，以及死囚牢唱片公司中所有需要在艺人获得余额之前支付的员工费用等，是一个十分艰巨的任务。再加上关于洗钱，这真正难以言喻的事情——任何关于记账的谈话，都会有潜在的麻烦。

唱片公司按照现金流量进行操作，其中唱片公司将预付唱片销售额的一小部分与实际销售额相比，实际销售要直到实际唱片发布后的九个月或一年。预付款由于所有可能的原因而被收取高额利息和费用，因此对艺人的收入收取费用。为了进一步复杂化，给新艺人的预付款与经验丰富的艺人的收入进行了交叉抵押，因此死囚牢唱片公司的整个融资结构很快变得非常混乱。

为了简化所有这些，将唱片公司归类为不想因任何原因支付任何人的公司。在支票确实发下来的时候，它或者是作为一个预付款（他们将收取一年或更多的利息），或者是因为赚取了足够多的收入后，他们不能再做出不支付的任何借口。

主要由流氓黑社会组成的匪帮说唱世界，派对永远不会结束。苏格不吸毒，但是其他许多人吸。苏格也确实有享用他身边从不间断的歌迷。他的妻子谢丽莎知道发生了什么，但她只能对此视而不见。死囚牢家庭的其余成员享受所有附带福利，但被按照实际费用的 3 倍或 4 倍收取费用。

可以想象，不需要太久，金钱、枪支、嫉妒、酒精和女人就会找上门，从而让他们惹上麻烦。

7.关于死囚牢唱片公司

很多人通常会认为，死囚牢员工只是一群流氓和匪徒，一群想做坏事的流氓和匪徒。事实上，我遇到的大多数员工都是很勤奋、很聪明的人，而且对苏格表现出极大的忠诚。其中许多人在苏格没有提供给他们工作之前，从来没有过一份工作。

The D.O.C. 创建了死囚牢唱片公司的名称。他原来想称为 Def Row 唱片公司，由于杰维尔误解，称之为死囚牢唱片公司，名称就这样定了。该公司的原始协议是 The D.O.C. 占 35%，Dr.Dre 占 35%，苏格占 15%，迪克·格里菲占 15%。The D.O.C. 服了兴奋药离开苏格的房子后，发生了一场车祸。这个事故损坏了他的声带，并差点要了他的命。在医院待了一个月后，当他再出现在唱片公司时，发现他的股份与他作为一个说唱歌手的职业生涯已经一起结束了。其中的故事暂不多说，尽管 The D.O.C. 还能继续写歌词，但再也不会像他能原来能表演时那样有价值。

死囚牢唱片公司是一个幸福的家庭。他们有钱，有名誉，有财富，前景很光明。前提是，不要在意录音室偶尔发生的争吵，不要在意地毯上的血迹，还要忽略墙上偶尔出现的弹孔。这些只是一个成功的匪徒说唱唱片公司接受这些黑帮的孩子并将他们转变成超级明星的一些简单标记。

露西，请不要误会，我向你保证，这是一个危险的唱片公司，绝对是苏格用铁拳统治的帝国。

一本杂志上为谈判学校刊登的广告说："你不会得到公平的东西，你只能得到你谈判的东西。"苏格可以很容易地获得该学校的教学资格。他是一个谈判大师，从来没有让别人得到公平的东西。苏格总是为他的公司尽量压价。虽说还有其他人是潜在的股东或者实际上的股东，但死囚牢唱片公司无疑是苏格的公司。他在贫民窟长大，像许多他的同龄人一样，只要得到他的那一份，才不在乎钱是从那里来的。

有人说，"苏格是一个恶霸"。还有人说，"苏格的钱绝对都是肮脏的钱，所有的钱，都是肮脏的钱"。是的，很多人会围绕唱片公司抱怨，但不会太大声。

苏格拥有唱片产业中一个伟大商人的所有特性。他最大的技巧是留心。他看着杰瑞·海勒以数百万美元的价格击败了 Eazy-E 和所有其他艺人。

苏格用海勒自己的贪婪来剔除他。苏格来到那个曾悬吊万利亚·艾斯[①]的酒店阳台，意有所指。你有没有试图把任何人悬吊在阳台上？如果你没有这样做，不建议尝试。这实际上是不可能的，绝对没有证据表明苏格实际上是对万利亚·艾斯做过这样的事。有恐吓吗？最有可能是的，但是还有签署的合同和从银行账户转入银行账户的钱。但是，如果苏格正在音乐行业中建立他无所不能的声誉，那么

---

① 一名说唱歌手。

为什么他要去纠正任何人说他有能力将某人的踝关节悬吊在一个阳台上，或者为图派克保释提供了一笔钱的传说呢？

音乐是表演、宣传、恐惧、贪婪和律师的行业。是的，一定有可怕的律师。如果没有艺人、唱片公司、经销商与音乐会场地之间的权利协议书的签订，就没有任何真正的音乐流动。当然，有时合同也是为了阻止流动。偶尔一个艺人在法律问题上陷入困境，需要刑事法律服务——这在匪帮说唱世界很容易频繁发生。

死囚牢唱片公司幸福家庭留下了简单的幸福，因为它成为机会和保护的交汇点。创造难以置信的音乐的艺人自己不能在复杂的版权法世界中摸清方向。在死囚牢，苏格是一位有才华的执行官，他知道何时该提前写一张支票帮助一位有才华的艺人去解决一个法律问题。苏格了解到许多商人知道的——时机就是谈判中的一切。

任何有才华的艺人都不会有任何特殊的处理，即使已经有多张白金专辑销售，除非有一些硬伤。苏格利用这些弱点。这听起来很险恶，但让我们这样来看，所有优秀的商人或女性通过利用弱点来谈判获得可能的最佳交易，苏格正在留心。

万利亚·艾斯的硬伤来自一个声称，他并没有写他向别人表示是完全由他写的歌曲。苏格能够给那个做出这一声称的艺人版税。合同公平吗？谁真的知道，会有很多年的争议。但有时当有硬伤的时候，写下并同意了的合同不是公平的合同。只是大家都同意了的，哪怕是迫于压力。那些有强硬手段的人通常会“砍下”更好的价格，做成更好的交易：这就是商业指南。

电影《冲出康普顿》将苏格描绘为一个简单的流氓。没有因为他在音乐方面的才能而表示他的功劳——他发现艺人的能力和将他们与其他艺人融合在一起的能力，不仅通过市场营销来推广音乐，而且还通过颠覆传统营销策略的公开做秀来推广音乐；没有因为他在死囚牢唱片公司、新视镜、时代华纳、优先唱片公司和环球音乐集团的书籍上投入了数十亿美元而表现出他的功劳。

确实，苏格闯进了律师事务所，并索取了杰瑞·海勒拒绝提供的合同。也许德雷打电话给 Eazy-E，告诉他他想要解决所有事情，当 Eazy-E 到达时，苏格在那里恐吓 Eazy-E 并签下德雷、米歇尔和 The D.O.C.。这听起来很像在《冲出康普顿》摄影棚和随后在唐氏汉堡店对苏格设置的陷阱。

苏格拿到了签字，但杰瑞·海勒提起了诉讼。这是令人困惑的地方。诉讼往往造成混乱。首先，死囚牢唱片公司的份额是 The D.O.C. 占 35 %，Dr.Dre 占 35 %，迪克·格里菲占 15 % 和苏格占 15%。在某一时刻，迈克尔·哈里斯加入公司，并将肯纳带进了这个混合体，并成为教父娱乐公司的子公司，以《慢性》的名字继续工作。随着专辑完成，诉讼得到解决，死囚牢唱片公司作为一个新公司正式推出，其中 Dr.Dre 拥有 50%的股份，苏格拥有 50%的股份。杰瑞·海勒和 Eazy-E 将 N.W.A 转移给苏格……苏格稍后将作为未来谈判的一部分使用。看到了吧！苏格非常有心。

当然，告诉 Eazy-E，“巅峰之外”的百分比将大过在支付费用之后的收益，会很快使杰瑞·海勒与 Eazy-E 的关系变得复杂化，这将导致无情唱片公司在 Eazy-E 神秘地死于艾滋病并发症之前变得分裂。有趣的是，Eazy-E 是一个臭名昭著的玩家，他的床上每天最多有十几个女人，没有一个从他那里感染了艾滋病的女人浮出水面。谁会从 Eazy-E 的死亡中获利？

像“慢性”图表显示的，杰瑞·海勒和 Eazy-E 从专辑的销售中比艺人们拿到了更多的钱。所有这些侵权的歌曲使 Eazy-E 和杰瑞在收银机周围高兴得手舞足蹈，而不是像艺人预期的那样痛哭流泪。

德雷、米歇尔或 The D.O.C. 赚的每一美元都进入了杰瑞·海勒和 Eazy-E 的口袋里，所以难怪死囚牢唱片公司转移方向推出一个新的艺人史努比狗狗。狗狗风格被认证为四次铂金，随后的“狗狗食品”是双铂金。当苏格后来告诉图派克，死囚牢唱片公司是史努比建立的房子时，是无可争辩的事实。

但是，将唱片公司提升到一个新的水平的机会就大概在新视镜建议与图派克保持距离的那段时间内呈现出来。图派克对新视镜来讲曾是一个政治烫手山芋，所以他们希望他不要露面，但他们想保持收入来源。这似乎是完美的安排。

好啦，露西，这里有剪不断理还乱的各种商业上的问题，一大串人物关系错综复杂，我知道你心中有 100 个疑问，但有些人在这些谋杀案中并不重要，你只要跟随我了解一些主要的人。现在，我将试图帮助你弄清楚这些人。

8.死囚牢是如何变成盗贼王国的？

恺撒曾说，他想的太多了——这样的人是危险的。[①]

一个单一事件可以随着时间的流逝泛起涟漪。1987 年 3 月 3 日，Eazy-E 付钱给洛伦佐·帕特森，要他安排一个与杰瑞·海勒的会面。Eazy-E 当着海勒的面付钱给洛伦佐，然后给海勒放了一首 N.W.A 的歌曲《男孩和邻里》。

“因为邻里的男孩总是很艰难。你来谈论这个垃圾，我们会拉掉你的牌。”

杰瑞·海勒要求 Eazy-E 再放一次，之后杰瑞取消了所有与其他客户的合同，并同意仅签下 Eazy-E。

“放了两遍《男孩和邻里》，我就被说服了。”海勒说。

“我准备放弃我的一生，并投身于这首音乐。如果这首歌是他唯一的歌，我会用自己的一生做这一首歌曲。”

① 电影《教父》中的台词。

杰瑞·海勒和Eazy–E将创造一个非常有利可图的唱片公司，但是秃鹰很快就会推翻他们创造的东西。

N.W.A由“Eazy–E”，DJ.耶拉，冰立方，阿拉伯王子和Dr.Dre等组成。Eazy–E和杰瑞·海勒将创建无情唱片公司来分发专辑。20世纪90年代初，无情唱片公司，发行了现在经典的N.W.A专辑《冲出康普顿》，使冰立方和德雷成了明星，并且改变了音乐产业的景观。

根据纪录片《欢迎光临死囚牢》，Eazy–E为Dr.Dre保释，条件是以他的专辑作为回报。Dr.Dre将继续成为说唱史上最伟大的制片人之一。他们创造的收入来源将成为强大力量的靶子。一个事件开办了一个唱片公司，一个事件也会使它垮掉。杰瑞·海勒说过，他很遗憾让雄心勃勃的年轻的苏格进入他的世界。

音乐来自街头。艺人来自生活艰辛的贫民窟，故事讲述的是与美国有关的音乐。让以前在街上默默玩耍的孩子能够进入舞台中心，并继续在会议室里表演。在唱片公司和街道上展现的戏剧是交织在一起的。要了解任何单一的高调说唱谋杀案，就必须深入了解整个说唱运动。当牵涉到钱时，人们会做奇怪的事情。在说唱中，有这么多钱而且来得这么快——在邻舍，你只有能够保持它，才可以称得上拥有了它。

那时候，图派克还是默默无闻的。他在数字地下开始作为备用舞者和跑跑龙套。他接受这样一个低级职位，只是为了和小组一起去参加巡回演出。他的爆发的到来是在巡回演出时出现在舞台上，裸露上身，人群与图派克相连。他的歌曲来自他的成长与黑豹成员的联系，图派克将详细说明他们在街上的抗争和生活。当他的单曲《布伦达有了一个宝贝》发布时，他的独唱生涯才开始起飞。

据图派克数字地下身边工作的安全总监Nzasi Malogna介绍，“图派克是戏剧的魔术师”。他的专辑销售引发争议。图派克被爱了！图派克被恨了！作为一名说唱艺人，图派克的音乐使美国变得两极分化。他的音乐和歌词引起了共和党和民主党领导人的关注。他的音乐将一度隐藏的城市内部的抗争暴露在镁光灯下。在阴影中操作的帮派被推向中心舞台，黑帮生活的文化被褒扬。

随着美国青年开始倾听和歌唱图派克的歌曲，一场压制说唱音乐的运动形成了。

但是，这制造了一个专辑销售的恐慌，并使图派克成为强大力量的靶子。来自美国各地领导人的强烈反抗很快就会在图派克和整个说唱行业中产生影响。在相对较短的时间内，他将从默默无闻上升为超级巨星。但是，许多明星的光亮提前熄灭了。在一个拉斯维加斯的9月的晚上，图派克遇到了悲剧性的结束。

图派克谋杀案在死囚牢唱片公司中成了关于“新金钱”冒险的逸事。这是一个关于避免犯罪后果的逸事。这是有史以来一个关于白手起家，重钱轻色——关于不受约束的贪婪，关于友谊和背叛的含金量最大的故事之一。这些主题会一遍遍地播放。情况会改变，但人类的行为仍然存在。

Dr.Dre为苏格敞开大门。Dr. Dre要The D.O.C.去洛杉矶。当他到达时，他睡在是他的兄弟“洛杉矶德雷”博尔顿的沙发上。苏格和The D.O.C.开始凑在一起。当苏格组建“他妈的够了”唱片公司时，正是因为The D.O.C.的歌曲《这他妈的够了》。

The D.O.C.曾经去过俱乐部，坐在女洗手间。他想待在女人们待的地方。苏格会守住门，所以没有人打扰The D.O.C.。有些妇女愤怒，有些认为这很酷。当苏格和The D.O.C.厌倦了这个后，他们会移到舞池，The D.O.C.会拍打一个女人的屁股，等待接下来发生的事。有时候，女人喜欢这样，但大多数时候，当男人看到后会导致一场打斗。苏格和 The D.O.C. 开始在俱乐部斗殴，一次打四五个人。在某段时间，他们被禁止进入好莱坞几乎每个俱乐部。

Eazy–E 犯了错误，没有认识到 Dr.Dre 的工作价值。结果是，Dr.Dre 与苏格走到了一起，苏格因为他在一个阳台上悬挂万利亚·艾斯，强迫他支付版税的故事，获得了恶棍的名声。万利亚·艾斯否认了这个故事，但是苏格不会在意，并且瞥见了街头帮派的商业策略。

“我会给他一个他无法拒绝的报价。”——唐·科莱昂①

The D.O.C. 将带来苏格，让 Eazy–E 和杰瑞·海勒很愤怒，但他们也很害怕。苏格的 6 英尺 4 英寸和 315 磅的大块头很吓人。况且他们听说过万利亚·艾斯事件。他们也知道很多钱流入了无情唱片，但其中只有一小部分是给了艺人。

一个苏格将在以后继续使用的效果好的模式，当苏格要求看到艺人的合同时，他被拒绝后冲进无情唱片的律师办公室，翻遍文件柜直到找到合同。有了信息，The D.O.C. 招募了 Dr.Dre 和他的女朋友米歇尔，让他们退出无情唱片公司。苏格直接使用教父里面的流氓黑社会方法，与 Eazy–E 谈判让他们解除了所有这些合同。

据杰瑞·海勒介绍，Eazy–E 被 Dr.Dre 邀请到太阳能录音棚去解决所有这些问题。当他到达时，Dr.Dre 不在那里，但是苏格与他的两个跟班在。苏格告诉 Eazy–E，他扣着杰瑞·海勒做人质，如果他不签字让这三位艺人离开，杰瑞就会死。Eazy–E 签署了 The D.O.C.、Dr.Dre 和米歇尔的离职合同。

① 电影《教父》中的台词。

“我的父亲给了他一个不能拒绝的报价。”

凯：“那是什么？”

“卢卡·布拉西拿枪指着他的头，我父亲向他保证说，或者他的脑袋或者他的签名将在合同上。”——迈克尔·科莱昂[①]

死囚牢是盗贼王国，苏格自命为“红王”。如果他的王国要成功，他将需要资金。大概在那个时候，莉迪亚·哈里斯找到苏格和Dr.Dre，要他们为她录制一个小样。

1970年在参加一个关于大卫·扬森扮演的一名私家侦探的电视节目后，她嫁给了迈克尔·哈里斯，或者叫哈利奥。当时哈里斯因为谋杀和贩卖毒品而被监禁。他的定罪还不能真正反映他的真实情况。他的经销商网络从洛杉矶到纽约，他直接与哥伦比亚和墨西哥卡特尔进行交易，以提供如此大量的毒品。

据莉迪亚说，苏格似乎对她丈夫的钱比对她的音乐更感兴趣。但是，与录音公司关联的饶舌说唱组合N.W.A的热点制作人Dr.Dre听了莉迪亚的小样后，告诉她可以重新混音。莉迪亚·哈里斯的专辑从未实现，但哈里斯把苏格介绍给了他的刑事辩护律师肯纳。

每个国王都有他的“梅林”（传奇魔法师）：可以用他的话来影响人们的力量和判断力的巫师和魔术师。“红王”有肯纳成为死囚牢唱片公司的法律顾问。肯纳拥有“娱乐律师”的素质，张扬的个性和“黑手党”形象。肯纳成为死囚牢唱片公司机器的重要组成部分，因为说唱歌手只能通过法律问题来提高街头信誉。

1991年年底，苏格、莉迪亚和迈克尔·哈里斯，以及律师肯纳，创立了一家名为教父娱乐的公司。迈克尔·哈里斯以150万美元的投

---

① 电影《教父》中的台词。

资收购了该企业50%的所有权。当哈里斯被关进监狱时，肯纳代理了这个交易。

被拘留的哈里斯依靠肯纳和他的很少商业经验的妻子莉迪亚·哈里斯。其结果是，莉迪亚·哈里斯说，肯纳能够迎合她，并成为苏格和迈克尔·哈里斯之间的唯一桥梁参与业务。

哈里斯的150万美元给予了苏格所需要的杠杆，让他在唱片公司中占据更大的份额，而不是像当初的与迪克·格里菲、Dr.Dre和The D.O.C.的伙伴关系。他还提供了从迪克·格里菲那里购买录音室的钱。当它最初成立时，死囚牢唱片公司是迈克尔·哈里斯作为一个幕后伙伴的教父娱乐公司的子公司。

死囚牢的开业派对在比弗利山庄的惬森举行，创造出将为死囚牢唱片公司设定基调的气氛。这个派对标志着苏格的巨大财富的开始。在派对上，肯纳在播放的录影祝酒时，举起杯子说："特别感谢哈里斯！"联邦调查局没收了这张录像带。

唱片公司——死囚牢唱片公司，一个"盗贼王国"诞生了。唱片公司找到人才没有问题。西海岸的每个说唱艺人都想进来。苏格——"红王"，在洛杉矶办公室创建了一个"家庭"公司：其环境受到不断和奇怪的父亲般的暴力威胁。苏格用铁拳统治他的帝国。

"盗贼王国"成为人才、毒品、腐败和巨大财富的避雷针。在相对较短的时间内，该品牌销售了4000万张专辑。他们在点对点共享将完全消除之前，改变音乐行业模式。公司周围哗啦啦的钱被用来促进唱片，让艺人不再受拘禁，录制新的音乐，私下或公开影响官员。有一台拼凑在一起的机器，从来没有匹配他们的影响力或者他们的能力。

跟随"红王"的是"红王后"谢丽莎，苏格孩子的母亲。通过"红王"成立由"红王后"管理的，她成为史努比狗狗的实际经纪人。当时，“炼金术士”肯纳正在处理死囚牢的六件待审案件，其中包括对涉及史努比狗狗的保镖的谋杀指控。

过了一两年，“红王”似乎在后来某个时候在死囚牢之前添加“不可触碰”的称谓，实际上似乎是适合的。死囚牢的专辑是铂金，炒作爆炸，苏格成为非洲裔美国青年的民间英雄，他们都向他寄送希望被发现的他们的演示小样录像带。

民间传说有这样一种说法，就是国王由湖中的一位女士赋予了无敌的剑。在其他故事中，剑从一个无情的石头上拉出来，给新的主人授予了皇家权柄。“红王”也拔出东西来夺取了他的王国；但它不是一把剑，它是钱。红王用一种特殊的魔法统治，一个通过城市传说的战争将他的王国统一了一段时间。苏格的特殊魔法是，他知道如何让别人的钱消失无踪。其中一些是自愿的，一些是苏格自己的魔法品牌——谎言。

“盗贼王国”诞生前几年，唱片行业总是以容易成为罪犯的目标而闻名。唱片行业与黑手党之间存在着可疑的联系，这与唱片行业的性质和黑社会性质有很大关系。

“唱片行业是有组织犯罪活动的天然工具，因为您可以非常快地赚到很多现金，商品生产者——制作唱片的艺人——可以轻松地通过合同和他们的经理人来控制。”一位参与与暴徒有关的 1986 年的纽瓦克谋杀案调查的联邦调查局的探员说。

例如，黑社会长期以来一直卷入假冒唱片。不过最近，调查人员表示，他们发现越来越多引起了对这些做压缩和复制工厂感兴趣的有组织犯罪迹象，这些工厂经常被主要唱片公司用来处理其他工厂超额的生产任务。

有组织犯罪团伙最近越来越多地涉足唱片业。“其渗透程度和他们在其他传统行业差不多。”一个联邦调查局官员说。一旦暴徒渗透某个行业，“即使是通过合法的投资，他们也往往通过故意采取敲诈勒索的手段来占领竞争优势。”他说。

哈里斯从监狱里与苏格和肯纳打过交道。哈里斯声称自己有疑虑，因为他看到肯纳对自己的转变。有人说，娱乐圈的生活方式正妨碍肯纳对哈里斯的代理。肯纳曾经而且一直是莉迪亚·哈里斯和哈里斯的朋友。但是哈里斯有不同的看法。他说：“商业比法律变得更重要。”“合法情形已经变成‘次要地位’了。”莉迪亚·哈里斯表示，哈里斯开始听到传闻说苏格试图通过新视镜得到一个分配交易，但是当肯纳到监狱探访哈里斯时，没有提到任何待定的交易。哈里斯是在报纸上看到的，但肯纳坚持认为这不是真的。

正是在那一次，肯纳教授他的学徒苏格，他的第一个魔术：他让哈里斯的钱从教父娱乐中消失了。肯纳和苏格组建了死囚牢唱片有限公司，这是一个独立于教父娱乐公司的公司，基本上离开了教父娱乐，它的子公司死囚牢唱片公司没有资产。他们把他们手头所有事情都移交给死囚牢唱片有限公司，作为 Dr.Dre 和苏格的 50/50 交易。

根据莉迪亚·哈里斯的说法，当苏格拒绝向哈里斯承认分配交易协议已经签署时，哈里斯再次问肯纳。肯纳对哈里斯说谎，说苏格背着肯纳与新视镜达成了交易。

“一旦苏格尝到了聚光灯的味道，”哈里斯说，“他想要它，他想自己要它……”

“如果苏格不想成为我的伙伴，我没有问题。但至少赔偿我投入的时间和金钱。”

看来，肯纳从中间“玩弄了”哈里斯，去反对苏格。当苏格和哈里斯之间的裂痕太大时，肯纳也不得不选择一边。他选择了钱。他选择与苏格一起。即使苏格自己都说，正在开始成立死囚牢唱片公司，肯纳仍然在探监时，告诉哈里斯，根本没这回事。

无情唱片公司针对死囚牢唱片公司提起诉讼，阻止了与索尼的分销协议。苏格找到吉米·伊万宁，他是布鲁斯·斯普林斯廷的专辑制作人。伊万宁与杰瑞·海勒和无情唱片公司进行了交涉，解决了对死囚牢的诉讼。作为与新视镜交易的一部分，无情唱片公司将获得Dr.Dre的10%至15%的所有他的专辑的收入。该协议允许死囚牢唱片公司成为稳定的专辑供应商，并依靠新视镜作为融资增长的资金来源。

The D.O.C. 和 Dr.Dre 已经在协议公布时收到了100万美元的预付款，他们用来制作了《慢性》，成为死囚牢唱片公司发行的首张专辑。新视镜通过优先唱片公司发行专辑。所以想想有多少家公司打断了死囚牢唱片公司的收入来源。最高的15%去了无情唱片公司。优先收取分销费用，新视镜收取费用，并从支付给死囚牢唱片公司的任何预付款或花费之前先支付给自己。在给艺人分发报酬之前，苏格、谢丽莎·苏格、肯纳以及死囚牢唱片公司的费用都先获得支付。即使在《慢性》上有6000万美元毛收入，几乎无法支付Dr.Dre。Dr.Dre找到杰瑞·海勒，要求回无情，他抱怨说他没有钱过圣诞节。海勒给了他一张4万美元的支票，并从索尼唱片公司安排了2000万美元预付款。在最后一刻，索尼因为担心死囚牢唱片公司，大卫·肯尼和红王的诉讼，毙了这个交易。

当红王开始与他的艺人一起出现在杂志封面上时，哈里斯告诉他，他犯了错误；高暴露只会增加他的脆弱性。苏格忽视了他监禁的合伙人的建议，最终开始完全忽视迈克尔·哈里斯。哈里斯怀疑自己的律师花费了更多的时间来捍卫苏格和被法律困扰的艺人的死囚牢的稳定，而不是试图让他离开监狱。

有一段时间，哈里斯掌握了死囚牢公司的原始文件。他所了解的东西甚至让像哈里斯这种看破红尘的人感到震惊。它没有反映原始计划，死囚牢曾是教父娱乐的子公司。哈里斯拥有的文件表明，苏格和肯纳已经出来了，成立一个完全独立的公司，与教父娱乐分开的独立实体，该实体是死囚牢唱片有限公司。

“他们俩都绕过了我，”哈里斯说，“我是把他们带到一起的人”。

死囚牢艺人“漂亮的睿珂”指出，哈里斯是发现苏格的人，喜欢他，并要求肯纳与苏格交谈。据说，苏格能够不断保释，留在监狱外，是因为哈里斯的要求和通过肯纳的工作。

“但是当钱进来的时候，他们的行为就像‘什么？’他们全都在像捉迷藏，像‘嗯？什么钱？’”

当哈里斯询问资金和回报时，根据莉迪亚·哈里斯的说法，他被告知需要好几个月他们才会看到一个特许权使用费。她还说，“六十到九十天”变成了几年。

死囚牢的唱片制作人道格·扬，告诉《欢迎来到死囚牢》的制作人，死囚牢到监狱的电话从没断过，总是有人从监狱打电话过来。

“但后来，我认为是因为哈里斯，他们阻断了电话。”“我派我的代表到新视镜的办公室，安排收集信息。”哈里斯说。

当哈里斯的代表来到新视镜时，他们基本上直截了当地说，他们不能从新视镜获得资金，因为哈里斯与新视镜没有任何合同。苏格也试图否认与哈里斯的合作伙伴关系。肯纳和苏格朋比为奸，骗走了哈里斯和莉迪亚他们在音乐史上最赚钱的说唱唱片公司的应有份额。与肯纳一起，苏格完成了王国围墙的建筑，向哈里斯关上了大门。由苏格和肯纳组建的新的清晰实体及时成立以便获得《慢性》的收入。

将公司与哈里斯保持距离可能有优势。像音乐产业一样有利可图，毒品可以更有利可图。要想全面了解整个死囚牢唱片公司这家企业，就必须了解可卡因在西海岸每公斤价值18500美元，东海岸

26000 美元这样一个事实。雇用私人飞机将人员从一个城市运到另一个城市。这些喷气机里还有什么？与哈里斯的关系可能会引起错误的关注。

“阿文侦探听说洛杉矶瘸帮和血帮[①]向东海岸运送几公斤重的可卡因，以 18500 美元的价格在洛杉矶买进，以 26000 美元的价格向东部的艺人出售。苏格从来不是一个街头流氓，他一开始就是一名敲诈拉丁裔供应商的毒品经销商。”——来自洛杉矶警察局抢劫凶杀案警察报告

每个人都在谈论死囚牢唱片公司流动的现金。就好像有人去了银行，并兑现了一张 25 万美元的支票，并拿到了很多 100 美元面值的钞票。

虽然死囚牢唱片公司这个犯罪企业很可能是利用迈克尔·哈里斯的毒品关系建立的，但唱片销售的钱是商业的合法部分。每当犯罪企业需要从合法来源开出支票时，死囚牢唱片公司将根据掩盖的故事填写支票。汽车买来发送给苏格的定制公司，在那里安装了秘密舱，用以藏匿少量毒品、枪支或其他违禁品。如果大批货物需要从洛杉矶搬运到另一个城市，那么将雇用一架私人飞机，并计划一次“公差”。艺人被带上飞机，团队将为旅行提供理由。

合作是东海岸和西海岸的商业安排，但竞争和争论是转移视线。瘸帮和血帮在交战，但似乎毒品销售地盘标示得很清楚。东海岸和西海岸的仇恨是作为推动专辑销售的燃料，并为毒品交易转移注意力。

离开哈里斯对于忠于他的某些帮派来说，不是很好。如果苏格

① 美国最大的两个黑帮，互为死敌。

将自己与哈里斯疏远，那么对哈里斯以前网络的追随者应该怎么交代呢？记住，苏格是在自断退路。没有哈里斯指挥的帮派的直接“保护”，苏格被暴露了。

苏格需要一个“后门人”，他需要士兵。“后门人”可以掩护苏格不被攻击。苏格，红王，想让他的商业结构来模仿暴徒。在有组织犯罪的内部谁是那些“后门人”？

弗兰克·尼蒂，引起了芝加哥犯罪老板约翰尼“爸爸·约翰尼”托里奥和托里奥的新兵阿尔·卡波恩的注意。阿尔·卡波恩的家住在附近，尼蒂是卡波恩的哥哥和他们的犯罪团伙——海军街男孩的朋友。同样，苏格转向小雷吉·怀特，他们的友谊源于康普顿的同一所学校。他们的家人住在同一个社区附近。但康普顿不像其他社区。康普顿是血帮的起源地。在该地区，血帮与瘸帮的比例为三比一以上。在康普顿长大比在美国随便别的社区长大创造了更强的纽带。“国王”苏格创造了“红骑士”小怀特。

在托里奥的继任者阿尔·卡波恩领导下，尼蒂的声誉飙升，同样，在苏格投资了30万美元给怀特的“前门”业务怀特之路保安公司后，怀特的声誉飙升。尼蒂经营卡波恩的酒类走私和分销业务，从加拿大进口威士忌，并通过芝加哥周围的地下酒吧网络出售。怀特无疑是负责死囚牢的所有安全保卫行动，但是最近的采访表明，现在的“小怀特”在死囚牢的音乐业务中投入了很多，其中包括在1996年开始掌舵。尼蒂是卡波恩的高级助手之一，信任他的领导能力和商业头脑。怀特是苏格最信任的知己。

卡波恩对尼蒂非常器重，1989年他去监狱时，他将尼蒂命名为三人执政的成员之一，负责指挥暴徒。尼蒂是业务主管，杰克“油墨拇指”古兹克担任行政总裁，托尼“乔打者”阿卡多担任执法负责人。

清晰频道和麦克弗森对死囚牢唱片公司的诉讼证实，当苏格去监狱时，小雷吉・怀特在管理死囚牢。

巧合？

不。早些时候，尼蒂是卡波恩值得信赖的个人保镖之一。

尽管他的昵称是“执法者”，但是尼蒂使用黑手党士兵和其他人来实施暴力，而不是自己动手。

萨尔瓦托雷・“萨米公牛”・格拉瓦诺，1945 年 3 月 12 日出生，是冈比亚人犯罪家族的高级成员。最初是科伦坡犯罪家族的暴徒，后来是冈比亚人犯罪家族的布鲁克林派系；格拉瓦诺在规划和执行对对手暴民卡斯特拉诺的谋杀方面发挥了关键作用；这个阴谋提高了格拉瓦诺在家族中的地位，仅次于老板戈蒂。

值得一提的是格拉瓦诺，以及类似的弗兰克・尼蒂与阿尔・卡波恩的故事，因为他们都是直接从“老板”接受命令的人，他们当时都保持匿名的位置；每个人在他们各自的团队中都有一次或两次作为“执行者”。

正如前联邦调查局特工约瑟夫・D. 派斯通（又名唐利・布鲁斯科）所说：“事实是，黑手党也不会随便走出去无故杀人……对于从没有和暴徒打过交道或根本和暴徒没有任何联系的人来说，在暴徒的手中死亡，这是极不寻常的……然而，如果你是一个黑手党或与暴徒有一定的关系，你做了一些事情，你将会深陷进去……”

他们做的事情毫无浪漫可言。知道我们在谈什么吗——坏蛋。他们有趣吗？当然！对他们的妈妈和孩子们好吗？当然！慷慨助人吗？当然！但是在同一天里，他们可以给侍者 100 美元小费，他们也可能会把一个人的屁股打得皮开肉绽。大家都知道苏格在感恩节捐了火鸡，圣诞节给孩子们捐了玩具，但从我们所观察到的，他做起生意来毫不心慈手软。

9.盗贼王国的红色之王：苏格

有人说，如果最无情的拳击创办人——多恩·金，经营他自己的唱片公司，他将是又一个苏格。用金经营他的拳击场同样的残酷方式，苏格以同样可怕的方式统治他的说唱歌手的栖息地。这个说唱音乐最残酷的皮条客，将死囚牢中的每个人都置于他的铁拳之下，在他的命令中唱歌跳舞。

是苏格将音乐界快速发展的唱片公司——死囚牢唱片公司，变成了一个狂野的西海岸街头黑帮。一个从 1992 年建立直到 1996 年开始崩溃的帝国，在这段时间，苏格占有了西海岸说唱世界。

苏格一直是说唱领域最可怕和最强大的商业竞争对手之一。

苏格在加利福尼亚州康普顿出生和长大，这里是洛杉矶街头帮派血帮和瘸帮的起源地。因为他温和的性情，马里奥·苏格被昵称为“糖熊”（Sugar Bear），缩写为苏格。当康普顿因失去制造工厂而变得萧条，给社区带来绝望和失业时，苏格只有十岁。

与他的邻居的大多数孩子不一样，苏格的父母都有工作，父亲是加州大学洛杉矶分校的清洁工，母亲在电子厂工作。苏格在阿龙德大道北面和惠明顿大街以西长大，那里是吕德斯公园皮鲁血帮的地盘。在苏格少年时期，他因为身高六英尺两英寸，是一个才华横溢的运动员，而没有加入街头帮派的破坏力量。他在林伍德高中四年内在足球和田径上赢得了许多奖状，因此在 1983 年毕业后，最终获得了埃尔卡米诺社区学院的足球奖学金。

1985 年，苏格转到内华达大学拉斯维加斯分校，披 55 号球衣，从防守边锋开始，他非常健壮，运动员表格上体重显示为 260 磅。他被选为内华达大学拉斯维加斯分校年度最佳新秀，当选防守队长，并获得了第一队“最佳联盟”荣誉。在校园里，他作为一个有前途的运动员，以全美的笑容赢得了尊重。他在大学派对圈子里用毒品、性和酒精进行社交，而队友们则涉及持枪抢劫和强奸。他还作为棉花俱乐部的保镖，以赚取一份诚实的钱。

高年级时，苏格的声望改变了方向，为自己的公寓和一系列旧款轿车赚了足够的钱。经常有来自康普顿的访客，苏格似乎已经获得了可能是“校园里最大毒贩”的头衔。他被洛杉矶公羊 NFL（国家足球联赛）队征召，苏格迅速辍学并搬回了洛杉矶。在 1988—1989 年的 NFL 赛季罢工期间，他作为交叉边线替补球员。当 NFL 罢工结束时，他的短期足球生涯也随着职业球员的返场而结束了。

苏格的犯罪记录在离场后几乎立即开始。在与他的女朋友谢丽莎进行了几次争吵后，警方对他施加了限制令。他因为殴打她并在她母亲家门口剪断她的马尾辫而被捕。两周之后，在万圣节夜晚，苏格在拉斯维加斯，因为枪击一名试图盗窃他的日产马克西姆的男子的腿部和手腕，再次被捕。当拉斯维加斯警察局逮捕他时，在他的腰带里发现了一支 0.38mm 口径的史密斯和威森左轮手枪。这是一项特别严重的重罪，但他通过一个良好关系的律师的运作和作为全美足球运动员的声誉，下降到轻罪。最后得以释放，他被判 1000 美元的罚款和三年的缓刑。在 1990 年，苏格又用手枪打破了一个人的下巴。他因致命武器攻击重罪，再次通过关系，得以释放，被判以 9000 美元罚款和两年缓刑。

在这个阶段，苏格正在担任“节奏布鲁斯感觉”鲍比·布朗的保镖，在那里他学习了娱乐业务的基础知识。不久之后，他通过比弗利山庄体育代理商找到一名参与娱乐管理的新雇主——汤姆·克莱恩。汤姆·克莱恩很有兴趣参与音乐行业，聘请苏格作为司机和保镖。很快就将苏格演变成了一名天才侦察员。不久，苏格想尽快创建自己的唱片公司，就用克莱恩的办公室来试听当地的说唱艺人。

他第一个感兴趣的是年轻有才的说唱歌手 The D.O.C.，The D.O.C. 已经与 Eazy–E 的无情唱片签约，与“冰立方”新兴的传奇人物和一个叫 Dr.Dre 的激进和多产的制作人一起工作。苏格使用黑帮战术创建了音乐史上最成功的唱片公司，从而获得了一个“残酷商人”的名声。很多人清楚，苏格具有深厚的血帮背景。

苏格有动机杀死图派克是无可争辩的。许多人都猜测，苏格很厉害，可以自己也坐在车里。但最近的证据表明，苏格和图派克一样是“受害者”，而不是“嫌疑犯”。

10.红色骑士：小雷吉·怀特

虽然我们仍然在考虑图派克凶杀案的手段动机和机会，但文稿后面的高潮部分，将会揭示小怀特被认为是大个小子谋杀案的嫌疑人。他在大个小子遗属和洛杉矶市之间的民事诉讼中被提及。

2007 年 11 月 20 日，大个小子的家人提出了一项动议，迫使洛杉矶警察局提供以前泄露和隐藏的遗漏线索。双方达成协议，以秘密的方式提供这些信息。以此显示这些“开放线索”，或线索尚未用尽，仍然可行。洛杉矶警察局之所以这样做，是因为披露线索可能会有潜在后果。

那么谁是小雷吉·怀特？从 2002 年 3 月 12 日他在布莱恩·瓦特与康普顿市诉讼中的证词中，我们了解到小雷吉·怀特在林伍德高中完成了高中学业，1989 年毕业于加州州立大学长滩分校，获得刑事司法学士学位。他的专业是执法，辅修黑人研究。他还去过康普顿社区学院，长滩城市学院和里约洪多学院。

他在创办自己的怀特之路保安公司成为个体经营者之前，很明显，是康普顿警察老雷吉·怀特中尉的儿子。这是进入康普顿警察局的好路，但是很多人认为，因为他作为一名警官的时间很短，小怀特对康普顿警察和刑罚制度的了解很简单。事实上不是，在怀特之路于 1995 年启动之前，怀特已经保持了与康普顿警察局及其官员长达十年的关系。

他于 1985 年 1 月初次被雇用。小怀特是一名社区办事员，或更常被称为康普顿市的警察学员。他主要从事“冷”警报告，并在联络中心工作。“冷”警报告是指那些“不办理”的警察报告，或犯罪已经实施，但行为本身已经结束的报告。怀特的这份工作大约干了八个月。

小怀特接下来担任康普顿市的狱警，这项工作使他能够与当地的地痞流氓和毒贩进行日常沟通。他还不是一个宣誓的警察，这份工作干了将近四年。

作为一名警察新兵，直到 1989 年年底。怀特于 1990 年 8 月从警察学院毕业。从警察学院毕业后，他的职业生涯中的下一站，被康普顿市聘为警务人员，在那里他仍然做了大约 18 个月的实习警察。

有趣的是，根据他在大个小子凶杀案中的证词，小怀特被给予了一些独特和特殊的待遇。“整个时间，因为我被借调。我从来没有正式被指派到哪一个局，所以我的整个职业就是巡逻。我是在街头犯罪抑制科，像帮派抑制科，毒品科。一直到 1995 年我的警察职业生涯结束。我差不多主要负责城市的帮派问题，主要是情报方面，只是想收集年轻家伙或者那些在这个城市里活动的帮派成员，试图去了解他们，拍照、识别他们，实地访谈他们——我差不多是由警察局长亲手挑选的。”

怀特于 1995 年 5 月结束了康普顿警察局的职务，因踝关节受伤而被给予“病退”。怀特在以后一个对女友的临时限制令的申请中，他报告说他的“退休”金约 2000 美元一个月。显然，怀特在康普顿市没有坐办公室的工作，尽管怀特在同一份证词中声称，在受伤之前几个月，他已经在调查室工作，可能是一个“坐着的工作”。

怀特解释了他残疾的原因，“他们把我召过去，我被谴责——我认为，这是因为没有看道路两边。我在一个十字路口，正在追赶时被汽车撞倒。我认为他们发现我没有看道路两边或者注意安全。那就是我被谴责的原因”。

从监狱到帮派抑制科，到一个有帮派人员的唱片公司安保部门的领导，可以肯定地说，到 1995 年，小雷吉・怀特可能是一部掌握权力和影响力的帮派成员的活字典。有传闻说小怀特已经制定了毒品交易路线，要控制康普顿市的贩毒活动。

1998 年 5 月，凯文・杰克接受了罗素和弗雷德・米勒的采访。据记载，洛杉矶警察局侦探米勒表示：“小雷吉・怀特控制了加利福尼亚州康普顿市的贩毒活动，怀特的父亲，康普顿警察局的老雷吉・怀特，掩饰自己儿子参与街头犯罪行为”，并认为小雷吉・怀特打电话指使别人，在毒品交易时实施谋杀。

其间，小怀特表示：“肯纳曾与苏格直接工作过，在我看来，他们差不多是一起在运行公司。”

这时候，该了解一下律师了，为什么前面我有一次说了“可怕的律师”，接下来你会明白，这绝不是空洞的描述。

11.红色盗贼王的炼金术士：肯纳

肯纳是“红色盗贼王”生活的重要组成部分，特别是因为肯纳拥有一个独特的技能，“红王”需要它解决他自己的法律麻烦以及很多死囚牢唱片公司艺人的麻烦。

根据他自己的网站，肯纳 1968 年开始被允许在加利福尼亚州执业，并在全国处理数以千计的州的和联邦的刑事事务。除了他所处理的所有刑事事务之外，肯纳先生已经发展了大部分的专门用于民事诉讼的业务，最为典型的是针对政府的咨询业务。他的网站吹嘘自己曾经接手过针对美国检察院、地区检察院、总检察长的案件，并曾面对联邦调查局、美国缉毒局、中央情报局、美国烟酒枪炮及爆裂物管理局，有组织犯罪贩毒执法工作组案件，以及政府合同欺诈等许多诉讼。

肯纳尤其擅长如何打赢洗钱案。肯纳是美国第一个联邦“毒品大王”的辩护律师，在他的职业生涯中，处理过几乎每一种联邦犯罪，包括白领犯罪、武器指控、联邦凶杀案、美国商品期货交易委员会和美国证券交易委员会等事务。

不管肯纳多聪明，他不能挽救他自己。他的违法行为遭到报应，根据 2002 年联邦针对他逃税的起诉书，肯纳承认，他仅 1994 年一年就赚了 410 万美元；检察官说他有意向国税局隐瞒收入。

所有与死囚牢唱片公司有关的人都普遍认为，肯纳从来没有远离红王或红色骑士。尽管他否认，1997 年，肯纳和红王苏格及他的妻子谢丽莎也被称为“窃贼的红色王妃”，在美国运通卡上花费了 170 万美元——一笔从未支付的债务。

肯纳通过在北美建立了最大的可卡因分销网络的迈克尔·哈里斯，又名哈利奥－哈利斯，结识了苏格。死囚牢开始创业的钱就是通过肯纳从哈里斯来的。在某种程度上，苏格和肯纳之间的关系加深了，与哈里斯的关系随之受到损害。莉迪亚·哈里斯曾说：“问题的核心是肯纳，他玩弄苏格和哈利，让他们彼此相反。”

肯纳因为说唱歌手惹上法律麻烦才会提高街头信誉。而这些缠身的官司给艺人进行了免费宣传，对收入来说是非常好的，但是抑制了艺人的表演能力。

对一个炼金术士的技能最好不过的是，肯纳设计了一个被多次使用的调查过程，被称为“五要素战略”。

第一要素涉及事件本身：发生了什么。然后投入第二个要素：初步调查和事实的初步发现。如果第二要素被证明不利于肯纳或其客户的利益，肯纳将激活第三要素：以证人篡改、误导报纸文章的形式进行干预，谣传造成虚假信息，诋毁可信的信息来源，普遍的误导和引起证据消失。所有这些组件将协同工作，以创建第四要素：转向、劫持或重新定向的调查。最后的要素是一个选项——如果需要的话，第五要素：进攻法，涉及一个或多个行动，以激发肯纳刻在脑海的形象或理论。这就是公众将会记住的“无可辩驳的真相”，即使是一个谎言。

死囚牢唱片公司将这种炼金术完美到一种艺术形式，将它应用在更多的高调案例。在图派克和大个小子的谋杀案中，这也是最为明显的。

肯纳坐在一个非常有趣的十字路口。他代表了最大的洗钱者，最大的毒品分销商，现在他在死囚牢唱片公司占有一席之地，给了他进入被称为洗钱和滥用毒品的音乐界的特别通行证。

通过苏格，肯纳拥有需要他作为刑事辩护的稳定客户群。他对犯罪世界的广泛知识和联系对于创建被称为死囚牢的犯罪企业可能是非常有用的。他能够以隐藏律师客户特权为借口，在“红王”的耳边低声说话。他展示了一种背叛的模式，玩弄他身边的人，而许多人并不知道他们被玩弄了。对苏格的背叛和图派克的谋杀是他的成就加冕吗？

12.窃贼的红色王妃：谢丽莎 · 苏格

拉斯维加斯警察们是否认为，苏格也是图派克凶手案的一个目标呢？布伦特 · 贝克尔在 2006 年对图派克暗杀进行的采访中表示，这不是“典型的杀人案”，并将这次枪杀与一名公司“首席执行官”的枪杀案进行了比较。这可能不是巧合；在这个时刻，贝克尔可能一直在考虑苏格在车里，这会如何影响调查。没有证据表明调查人员是在顺着这种思路。

涉及已婚人士的“典型杀人案”会发生什么？动机是不是一件要考虑的事情？据 F.B.I. 报告“美国犯罪研究显示”（2003 年）美国的凶杀案可分为两个基本类别。第一类，对犯罪者知之甚少的谋杀案，占联邦调查局报告的凶杀案的大约 30%。第一类凶杀案是受害者和罪犯通常有一些先前的关系。80％的凶杀案是由认识受害者的人所犯的。在美国所有谋杀案中有 14％是亲密的伙伴实施的。如果受害者最近与罪犯分开，这种风险就会增加。

小怀特几年来一直处在阴影下。谢丽莎也不是很公开。谢丽莎在台后做得很好。她在已经公布的有限的关于图派克谋杀案的调查文件中从来没有出现。不是任何人都认为图派克谋杀案的调查是全面的。但是，如果他们把调查方向改成试图谋杀音乐唱片公司的负责人呢？如果是那样呢？让我们暂时撇开图派克，问一下：现在有什么？现在有一个谋杀苏格的企图！

谢丽莎与苏格结婚并分居了。根据敢于把苏格称为“妈妈的男孩”的 Thugmusic.net 的这篇文章，他们声称苏格患有分离焦虑症。根据这篇文章，谢丽莎有苏格的街头硬汉的个性，她说粗话，怨恨富人，警惕，有强烈逃避康普顿贫困的野心。虽然她没有直接插手死囚牢唱片公司的所有丑陋故事，但研究和一系列的文件清楚地表明，作为死囚牢的女王，她的手可能像苏格一样肮脏，看看史努比狗狗和其他艺人被如何对待就知道。谢丽莎・苏格最终归还因为少给而亏欠史努比狗狗的至少 16 万美元。

题为“谢丽莎・苏格美国运通”的破产法庭文件（Box B-044）填写了美国运通信用卡收据，这是肯纳、谢丽莎和苏格所欠美国运通 170 万美元的一部分。显然，法院和美国运通从来没有同意肯纳的史蒂夫・坎特罗克应该对该债务负责的说法。

没有丝毫迹象显示，在谋杀案发生的那天晚上，谢丽莎在凯迪拉克车上，但谢丽莎有杀死苏格的动机是不可否认的。她有权继承所有的苏格在死囚牢唱片公司的股份。当时死囚牢唱片公司价值数亿美元。谢丽莎与苏格分居，并与洛杉矶警察局警官凯文・盖恩斯保持长期关系。关于死囚牢唱片公司的发展方向的争论经常发生，金钱似乎是一个永恒的议题。

最终，1999 年谢丽莎的离婚之战中，法庭判决，苏格支付她的孩子抚养费欠款为 735000 美元。《巴尔的摩太阳报》报道，2002 年 10 月，苏格公司向法院提交了约 60 万美元的接管债务给这笔抚养费欠款。

死囚牢唱片公司的员工戴伍说："她就是一个街头婊子，但是穿着漂亮的衣服，你可以把婊子从别人家里带走，但是不能把别人从婊子那里拿开。总有关于钱的斗争，她担心自己的未来，而且我的印象是她的很多东西被照顾和安排好了。我记得他买了一座房子，他们用现金买了他妈的房子，这样她就被照顾好了，纯粹是从长远考虑，所以她不会乱说话。因为她知道很多，我的意思是她知道死囚牢的内部工作。"

13.“顶级泡面小屋”的图派克

“为什么是图派克？”露西问我。

为什么他们会选择朝图派克开枪？从某种角度来说，图派克也许是幸运的。图派克·阿玛鲁·夏库尔，即便他的生命仅有短短 25 年，在这个星球上仍然名声响亮，而且他还创造了超过 2.5 亿美元收入的音乐和电影。

但图派克的生活并不总是充满美酒和珍珠。他曾经的生活像许多其他内地城市的青年一样艰难。直到一位叫蕾娜·斯坦伯格的经纪人，从住在位于奥克兰附近的北加州马林市的图派克身上，看到了一些独特的东西。

“我们把这个地方称之为‘顶级泡面小屋’”，一位早年与图派克很要好的备用舞蹈演员拉里·斯派曼记得，“这是你可能进入的最具‘贫民区神话’的地方。我们所有的橱柜都是空的，没有哪怕一点食品。每天基本上只有面条。每个人都吃面条，如果没有一个碗，你拿走你的调料，放在你的塑料袋子里，抖抖袋子，就在那里干吃面条。在那里没有人还有其他的食物，冰箱可能有一些 40 盎司的饮料，

Kool-Aid 饮料……也许有时候会有。”

“大家主要在玩多米诺骨牌，就好像，主要在打骨头。我不记得他（图派克）是否打骨头打得很好，我们往往会打上几个小时。当每个人都在玩骨头时，他会写点什么东西。你知道，他总是有他的小笔记本，写，写，写，然后他会把它丢掉。现在回过头来看，我想说，嘿，我真希望我捡了一些他那时丢在垃圾里的东西。因为他丢掉了很多的歌。”

“后来，图派克和我们所有人都被踢出了‘顶级泡面小屋’，最终，我们被踢出去了，因为我们遭到了突袭！那时蕾娜说，‘来，住到我这里’，她已经有五个孩子了。你想想，五个孩子和五个或更多的大人睡在一起，所以我们只能睡在她客厅的地板上。”

“那些记得过去，记得与图派克在一起的日子的人，都知道，我们都睡在地板上。你只需要记住你地板上的位置。但至少我们有一个去处。当下雨的时候，当很冷的时候——在海湾，天气会冷，我们至少有一个去处。”

蕾娜·斯坦伯格证实了斯派曼的说法：“我不记得有多少人和我们住在一起。他们会提醒我，他曾经什么时候住在我那里。这是我的一部分，我永远是许多人的母亲。”

“我们有一个共同的经理，一个名叫蕾娜·斯坦伯格的女士，”斯派曼说，“蕾娜与整个湾区有联系。不管是东湾、北湾，还是南湾，她到处有关系。”

“他们组建了一个团队，我每天都会把他们带到奥克兰，”斯坦伯格回应道，“我会把图派克的小组里的人赶到录音棚，但是他们做他们的专辑，我努力帮助图派克与他们的团队录音，我可能是那时唯一一个有汽车和合法车牌的人，所以我就像一个专职司机，帮他们干所有的手工活。”

图派克的视频制作人兼未来商业合作伙伴特雷西·罗宾逊表示："图派克介绍了我们，他好像说：'你必须见见蕾娜！你们必须一起工作。'当我们做苹果商城视频时，她是他的经理人，这可能是我最喜欢的视频之一。"

"我是一个年轻的母亲，有我自己的艺人的梦想，"斯坦伯格回忆说，"我遇到了一个不怕尖叫，让大家知道他是谁，他正在经历什么，他想要做什么的人。

"从我遇见了 17 岁的图派克的那一刻起，他就是我见过的最令人吃惊的人之一。他曾是，现在仍然是最惊人的声音之一。我立刻喜欢上了图派克。"

对斯坦伯格而言，图派克不是后来的死囚牢那一类型。"图派克知道缺席，"她说，"他知道感情。他有一个在他身上播下了惊人种子的母亲，她非常心疼他。他某种意义上指定了我。我总是觉得我会尽我所能帮助他们，我在灵魂和精神上深爱他们，但我对管理并不真正感兴趣。"

图派克居住在帮派社区的边缘，与他将来会见到的马里奥·苏格没有什么不同。然而，图派克和苏格的关键区别在于：一是图派克没有成长在被"街头帮派"所包围的环境，二是图派克在他的一生中从未声称是一个"帮派"人员。

"他知道流氓黑社会，他们会认为他也是流氓黑社会；像苏格一样的难缠的家伙。"图派克的阿姨格洛丽亚·考克斯说。

"他根本不认识'帮派人员'——那些'帮派'的人。但是，存在了 99 年的黑豹党也是一些难缠的家伙，他们用革命的手段教导他，你应该怎么做这个应该怎么做那个等。"

特雷西·罗宾逊对图派克的深度加了一句话："他有使命，我认为即使在 1993 年我遇到他时，他就有一个使命感。他总是实话实说。

“我在一个录像场地遇见了他。这是我第一次见到他，我想他正在做‘我周围’或别的什么视频。是在我的一个朋友的房子里拍摄。这家伙就闪闪发光。

“你已经有了上帝给你的能量，人们认识到了这一点，包括好人和坏人，他们打击你的能量。他们揪住你的历史，他们想窒息你的火。”

朋友雷·卢夫说，尽管图派克在法律上和社会上有许多问题（总是在寻找一个家庭），但他拥有一个“大于生命”的个性，而不是只求补偿。我觉得，那就是图派克，当事情不顺利的时候，向外大声宣泄。

“他不能隐藏。”他的阿姨格洛说。

“他怎么可能？你知道我的意思？他不是那样的人。他说出他的想法，不管对他是好是坏。他将他的感觉说出来，有时候这些感觉是“嘿嗯嘿”，有时候是“哦，我的主啊”，但他们是他的感觉，而且是真实的。

“他会打电话给他的妈妈几乎说些废话。有时候就是，‘猜我和谁出去玩吗？猜猜我是给谁做的？’像这些，她不想听到——但是我想听。

“我们有一次去拉斯维加斯，我们进了他的房间，他住的是一间带浴缸的大房间，我们印象很深。他穿着他的小水貂拖鞋来回走动，告诉我们，我们在赌场，我们不用乞求人们给钱。我们以前从来没有真的赌过博，只是听说过而已。

“所以我们就这样坐着，像再次受到惩罚——然后他说有一个女人打了电话给他，跟他说了话。我就调笑了他。他看着我，因为他现在要证明给我看，他的阿姨——我告诉你，他曾是我的掌上明珠，他知道——他是一个男人。

“现在他告诉我，他和这个老太太一起出去了，我说：‘哦，真的吗？’他回答说：‘是的。她几乎和你一样老！’我说‘什么？真的？’

我跟着一起玩，‘好的，小可爱的东西，你不是很可爱吗？’

“他笑了起来，但那是责怪我；让我知道，现在他长大了，我不能教他，‘你现在不能告诉我该怎么办。你不能给我所有这些建议。我不想听’。但这很可爱。”

到 1996 年 8 月，图派克达到了音乐事业的巅峰：根本不用担心以后很长一段时间的住宿和食物。这时候他从监狱保释出来，并与一个新的有希望的唱片公司死囚牢签了约。当图派克在监狱里等待的时候，他已经卖出了超过 3000 万份他早期的作品，他成了超级巨星。还有特许权使用费囤积在那里，缺心眼的图派克，并没有担心这些钱——他相信这些钱在等着他。

考虑到这一点，图派克的热切愿望是，确保他有足够的音乐写下并录制下来，以便如果他最终还要回到监狱，他仍然可以为家里赚到钱。

但是图派克并不打算成为死囚牢的长期赚钱机器。这一点他身边的工作人员非常清楚，苏格与图派克签订了三张专辑的合同，除此之外，苏格没有什么可以控制住图派克。苏格也知道，在某个时候，图派克对死囚牢缺少忠诚将成为不得不去面对的事情。

但是在死囚牢唱片公司中还有其他的变化，使这里成了对图派克来说是一个非常危险的地方。因为图派克不仅被死囚牢的一些人惦记，他也被警察所憎恨。

“我的翻译有一次说，图派克还和麦当娜有过一段感情？是不是？”

“是的，这有他们交流的证据，一会儿我会让你看到的。但这些不是我要说的重点。”

14.警察讨厌图派克

如果有什么是让警察讨厌的，那就是杀害警察的凶手。你不必杀死一名警察来招惹他们的愤怒。你甚至不必对警察开枪。任何拿枪指向警察的都符合条件。事实上，任何人开玩笑或谈论将枪指向警察的人都会在全国各地遭到执法人员的愤怒。谁能怪他们？警方的保护和服务是轮岗制。让将枪指向警察的人在街上自由漫游，增加了每一个警察在每一个班次上面临的风险——他们再也不能回到自己家里或者朋友家中。每个购买穿甲弹并把它们带到街上的人，都是想击穿警察赖以保护自己安全的凯夫拉尔防弹衣的人——这也会招致警察的愤怒。当警察抓到一名杀警凶手时，那个人在去警局的路上会经历粗暴的恐惧或颠簸的车程并不罕见。一旦被监禁，据了解，如果监禁者被标记为凶手，看守们会对这人进行额外的惩罚，不管有罪或无罪。

图派克最初因为他煽动性的歌词被标记为警察杀手。1992 年，得克萨斯公共安全部门巡警比尔·戴维森，截停了驾驶一辆被盗车的罗纳德·雷·霍华德。戴维森被霍华德开枪击中脖子，后来死于当天晚上的枪伤。霍华德说，他在开枪时正在听图派克的《战士的故事》。

这首歌描述了“放倒警察”，歌词在霍华德的审判中被用来辩护。这使得图派克引起了副总统丹·奎尔的注意，他要求“新视镜唱片公司撤回这一唱片，让它在我们的社会中无处可存”。

这是一件导致警察公开抗议以便使得公众注意到他们反对的事情。要让警察下定决心去打击一个人是完全不同的。奎尔让图派克引起了全国范围内执法部门的注意，图派克成了一个打击目标。

图派克的成功也是他的失败。图派克搅动了一池清教徒社会的清水，以获得名利和销售纪录。他的“暴徒”哲学可能在街头流行，但当某些强大的人听到他们的孩子们背诵“暴徒”的歌词时，他们开始密谋让这个动作沉默下去。对于唱片公司而言，这意味着三重铂金营销广告。为了争取我们年轻人的思想而陷入了两种力量的中间？这个十字路口可以赚很多钱。丹·奎尔对说唱的战争使他成为头条新闻——这使他能够保持被关注。让他的名字保持在那里成为一个潜在的总统竞选人。它给了他自己庄重的营销广告。它也驱使那些原本应该被奎尔保护的年轻人成群结队地赶到唱片店。快买，这是有争议的！是禁果！！！将很快从唱片店货架上消失。

随着说唱战争升级，美国副总统亲自宣布了对图派克的战争。一个现任副总统拥有美国政府的全部资源，而他最可能的敌人则除了时间什么都没有。图派克的背上钉上了靶心，他漂浮在他无法理解的洪流中。奎尔的战争宣言是图派克的一个死刑判决。一个倏然的暗杀无法提供无良媒体所需要的很多头条新闻。不……这个死亡事件将被抽出来。它会慢慢煎熬，变得有意义和痛苦。图派克将是一个更大的游戏中的棋子，它不涉及人们的心灵和思想……它涉及美元，由头条新闻所带来的数百万美元。

图派克作为一个麻烦的磁铁创造了这些头条新闻。他因袭击豪华轿车司机而被捕。根据图派克的说法，是司机先拔出了一把枪，因此，指控后来被撤销了。图派克被控袭击和殴打电影导演艾伦休斯，和在奥克兰与一名警官发生口角。想象一下那可能会是怎么发生的：

一名奥克兰警察对图派克说："别动，否则你今天会死。"

图派克嘀咕着说："我宁愿死也不会被困在一个活的地狱里。"

警察说："这是不是好像我要被一个毒贩动粗了？"

图派克："你强迫我，好像我的命运只能是贩毒。迫使我选择保释和入狱。我不能走在街上，而没有一名警察骚扰我，要求我出示身份证，搜查我。"

警察："现在是时候教会你认清楚自己了。"

图派克："你的女儿是我的头号粉丝。去他妈的警察！"

警察在等待增援，然后继续给予图派克一击。被铐在混凝土上挑衅的图派克没法讲最后一个字。

"把我撞向墙上啊？我根本什么都没有干。也会轮到你自己的……总有一天。"

图派克后来谈到这一点，"我正走在街上，注意着我自己的事情，奥克兰警察在我穿过马路的时候截停我，问我要我的身份证明，我向他们显示了我的身份证，告诉他们我的名字是图派克，这恰好是我的真名。他们开始威胁我，我最后说了'去你妈的警察'，他们跳向我，'因为你不应该跟警察顶嘴'。所以他们跳向我，猛撞我的头，拷着我，把我抓去监狱十个小时。控告我拒捕。"

图派克反控警察暴行，要求1000万美元赔偿。如果他们对他的信息恐惧的话，他们一定是记得在法庭上，他的母亲在面对谋杀罪时在法庭上为自己辩护而获得自由的事。为了制服图派克，他们需要等待另外一天。

加在他的身上暴徒形象和杀警凶手的是这样一件事。1993年10月31日，图派克在亚特兰大枪击了两名下班警官。故事的一个版本是，图派克的车几乎撞到他们，引起了争执。莫普林有一个不同的故事，“我们在酒店停下来。有两名白人警官，他们下班了，他们喝醉了，他们骚扰一个没有做任何坏事的黑人，而且没有任何理由，图派克从他的车里跳下来，走过去，问他们有什么问题。他们告诉他别管闲事，回到自己的车里，他照做了。然后，他们走到图派克的车旁，用他们的一把枪砸了窗户。这是两个拿着从证据储藏室偷来的武器喝醉了的下班警察。他们整个都是错的。当车窗玻璃被打碎后，他们就离开了汽车。这个时候，图派克从车上出来，单膝跪地，枪击了两个警察的屁股，他胜了这个案子。他们在另一个地区，他们喝醉了。在美国，一个黑人用枪射杀两名白人警察的机会并不是太多，而且也没有时间。”

现在，他不仅仅是一个写下和录制枪杀警察的说唱歌手，还实施了不可饶恕的枪杀警察的行动。对图派克的指控被撤销，因为亚特兰大警察马克和斯科特·惠特威尔当时在管辖区外，拿着从证据储藏室偷来的枪，而且他们喝醉了。图派克躲过了枪杀指控，这让他成为年轻人的超级明星，但也让他成了全国的执法部门非官方悬赏的报复对象。

“穆托洛相信，在亚特兰大枪击警察后，图派克成了警察的眼中钉。”“这些被剥夺权利的人——那些贫穷和绝望的年轻黑人——没有领导人，”穆托洛说，“他们的英雄是文化和体育的英雄，没有人——不是杰西·杰克逊，不是本·沙维斯，不是路易·法拉克汉（这些人都是黑人民权或者宗教领导人——译者注）——对这个阶段的人，有说唱歌手这样多的影响。”

报纸头版促进了专辑销售，推动了图派克在美国年轻人中民间英雄的地位，但同样嘲讽的头条新闻使联邦调查局将图派克放在观察名单上，图派克已成为所有警察的敌人。他们会把图派克放倒，这只是一个时间问题。只要图派克没有违法，他就不用担心好警察。但腐败的警察呢？这就完全是一个不同的故事。

如果图派克不会合法地被抓住，他就会被诱捕，所以警察终于可以羞辱他了。毫不奇怪，在四号录音棚枪击事件的同一名警察，抵达了捏造的图派克强奸艾琳·杰克逊的犯罪现场。图派克的案件被与海地·杰克的案件分开，杰克的指控被撤销。尽管证据不支持定罪，图派克还是被定罪并被关进监狱。他们终于让图派克受到控制，他们要惩罚他。在丹尼莫拉，他们让图派克生活在一个活的地狱。他像一个“战士”一样接受它，他还通过与他的律师合作拼凑金钱来提出上诉，开足马力以实现他的自由。尽管死囚牢唱片公司有功于图派克的上诉，但是在图派克与死囚牢唱片公司签署任何合同之前，他已经完成了上诉的申请，并从各种来源拼凑了上诉经费。问题不是图派克是否将被释放，而是什么时候被释放以及他打算做什么来创造他完成上诉和解决一大堆账单所需要的费用。

“我发现很难相信图派克强奸了任何人，在与图派克相处很长一段时间后，我也不相信他会是在旅程中实施性虐待的人。事实上他享受女人，她们也享受他，很难相信他伤害了任何人，事实是，他爱与女性性交。大多数情况下，这些歌迷们创造这样的机会。她们是试图见到他并与他在一起的人。她们心里有自己的想法。我想那个把他送到瑞克的指控，就好像是，如果你有数百万，为什么要抢一个银行。”

在图派克被判刑之前，他在四号录音棚被枪击。有传言说，这是关于图派克欠的钱，他在抢劫期间自伤了。图派克知道大个小子和吹牛老爹与四号录音棚的枪击无关，但是他在纽约等待监禁时，他们没有来探望他；他们没有为他凑钱；他们不接他的电话。对于大个小子和吹牛老爹来说，一个竞争对手已经出局了，他们放弃了他。说唱歌曲音乐现场的统治地位从西海岸转移到了东海岸。大个小子和吹牛老爹都是正当盛时，他们忘记了图派克，他们假设没有他们的帮助他就会在监狱里腐烂掉。他们为什么要帮助一个从监狱囚室掩盖他们成功光芒的人呢？他的专辑没有营销宣传，但在排行榜上排名第一。这是他们的卑鄙和无情。它使图派克生气。他加倍努力地筹钱，一定要走出去。他们的冷漠驱使他进入死囚牢的等待怀抱，在那里，其他暴风雨在地平线上升起。

在外面，新视镜唱片公司迫于时代华纳的压力与图派克保持距离。尽管他们对图派克冷漠，“我对抗世界”，却达到双重铂金状态。新视镜欠图派克数百万美元，像所有其他唱片公司一样，都会找到任何借口不支付图派克，或至少拖延付给他。图派克需要工作。苏格在一个非常适宜的时间向他伸出援手，图派克开始答复。尼娜·巴德雷斯瓦每周从死囚牢唱片公司办公室写信给图派克，向他通报一切的最新进展。在他被释放之前，他已经正在成为家庭的一部分。苏格在源奖（the Source Awards）对他喊话。在监狱中，图派克说匪徒生活结束了。他在给尼娜的一封信中澄清说，他已经上升到了一个“老板水平”，在绝境中曾与他患难与共的朋友们将会保护他，现在就像以前一样。图派克远离了暴徒和坏男孩，需要一个提供保护的团队。他需要展现强硬，决心取得成功，甚至冒险与之前拒绝的死囚牢唱片公司签订协议。

上诉正在通过必要的渠道。但并不是每个人都想要图派克从监狱释放。还有人认为，图派克还没有为枪杀警察或写歌词鼓动别人枪杀警察付清代价。他们还在追杀他，他现在要到外面了，在那里，是一个开放的地带，为尽早杀害图派克设立了非官方的赏金。

当图派克被释放时，他乘坐一艘喷气式包机到洛杉矶。死囚牢唱片公司雇用了许多下班警察来保护他们的艺人。枪和徽章是可以改变调查方向，避免法律纠缠的额外的保护。没有一个警察愿意保护图派克。他的保护留给了康普顿学校的校警（康普顿和洛杉矶警察局的警察不认为这是真警察）凯文·哈克，几乎没有执法背景的弗兰克·亚历山大，以及一名消防员迈克尔·摩尔。

工作几乎立即开始。派对也是如此。图派克努力工作，但他也努力玩。"所有的女人都穿着可怕的比基尼或短裤，或者裸体走动，他们在参加正在进行的狂欢。没有任何强奸或任何非法事件。都是成年人自愿的性行为，整个晚上都在性狂欢，这是一个只有死囚牢唱片公司知道如何的大的性交节日。"

药物和酒精麻木了感觉。派对是掩饰真正发生的事情的娱乐。在贫民窟，你只有能保留它，才能拥有一些东西。当人们搬入贫民窟时，他们通常在晚上做这些事情，这样邻居们就不能把自己的财物清单记下来便于以后偷盗。残酷的代码不歧视也不同情。如果有人的柜子里有值钱的东西，他们只有能够保留它才能拥有它。街上穿戴闪光的人或者有肌肉，或者是去狂欢，或两者兼而有之。这并不意味着街上没有秩序。没有许可不能做否则会有后果：街道正义。有明显的领土，层级的每个成员收集信息向上报告并向下传递信息。一切都按照一定程度的次序处理。当有人违反街头法律时，要付出代价。街道上有自己的规则代码。

图派克在这个环境中长大，了解这里的代码。盗窃是人类DNA的重要组成部分。毒品经销商处理其产品并收取现金。随着现金积累，它成为那些想要不劳而获的竞争对手和诈骗者的诱惑。销售毒品需要枪支来保护产品和赃物。任何通过街道运输有价值物品的人最好将贵重物品隐藏起来或带着武器。但是我们在街上看到的是全球性的。如果你拥有任何有价值的东西，没有足够的保护，人们会把你的贵重物品拿走，只是一个时间问题。

有些人说歌曲永远不会被盗，但这里再一次证明只有能保留才能拥有。许多人以说过的话而著名，在许多情况下，他们不是这句话的鼻祖，而是一个重复者。你是不是第一个说这话的人不重要，重要的是，你是说这话的有名的人。音乐圈也是如此。有多少个被盗的歌曲在那里？一些最著名的乐队都曾被指控窃取别人的音乐：披头士、麦当娜、绿日和齐柏林飞船（乐团）等。把这个法则放到邻里，会怎么样呢？你只有能保留它才能拥有它。

那些原创歌曲被偷走的人应该比那些把作品交给沉迷于名声的名人的人知道得更清楚。像可卡因或冰毒，名气，也是成瘾的。成瘾者将窃取任何东西，以得到他们的下一个目标。杰瑞·海勒发现了Eazy-E，并建立了一个生意。苏格来了，知道如何从他们那里获得生意，然后其他人就知道如何从他那里获得生意。

15.肯纳只是律师吗

所以对于专业人士（律师、代理人、管理人员等）来说，与流氓黑社会做生意的前景是或者至少可以是有利可图的，而刑事辩护律师往往是黑社会最有价值的专业人士。

要说一个人手中掌握着许多人命运的例子，谁还能比得过刑事辩护律师呢？人们在他们最需要的危急时刻来到他身边，拜倒在他的办公室。他们乞求不要对他们犯下的或被指控犯下的罪行进行惩罚。他评估他们的支付能力。无论他们拥有什么资源，他都能让他们为了他手中掌握的他们的未来而抵押。他们的罪恶越多，就越需要一个能用谎言让法官和陪审团相信他所说的都是铁的事实的反社会的律师。一些律师对听众表演得如此出色，以至于真相变得如此难以捉摸，没有人能够或者将会破译它。律师做出安排。律师连接那些权衡一个生命和消除危险所需代价的可怕的人——主宰人们是自由还是进监狱，是生还是死的人。

电影《搏击俱乐部》的第一个规则是没有“搏击俱乐部”。每个律师—客户特权关系的开始，都会出现类似的骗局。“记住我只是律师”，当咨询从建议性质转向命令——但最终，“我只是律师”的谎言让每个人都被蒙骗，就像墙壁崩塌。他的命令只是“建议”。许多人死了，但是律师毫发无损地赚了钱走开了。他的钱永远是肯定的——他赚得越多越好，并且无处追踪和不用报告的一袋袋现金是最好。谎言、耳语、半真相，甚至铁的事实都编织在一起构成木偶大师手里的牵引线。而他周围的所有人都被他用线穿上，并在游戏——他的游戏中，扮演自己的角色。当所有的混乱结束时，木偶大师走开了，每个人都同意——“哦，他只是律师。”

分而治之是一个非常古老的话题，但在任何时代都管用。该死的冲突稳步前进。保持你的每个客户和合作伙伴的一些东西，以便能够控制每一个棋盘。首选的毒药是详细的信息——“我就像是你的牧师，你可以告诉我一切。我有法律义务永不泄露我们的谈话。”但是他的内心在沸腾，“我要你告诉我一切，以便我知道如何使用它来对抗你。我有总是赏识一点信息的代理人和朋友。我有联邦政府的朋友，当我可以给他们一些有用的信息的时候，他们会帮我。当我需要它们时，它们看起来是另一回事——换取一点点利益。”

好和坏，对和错的交汇处是一个强有力的地方。位于这个十字路口是一个赚钱的地方。一位熟练的律师穿着隐形的斗篷轻松地进出自如。轻轻一推，有人死了，稍稍拉一把，槌子落下，监狱大门关上了。无辜或有罪全在律师的无形控制之下。祷告、汗水、泪水和血液都让位于这个十字路口决策所影响的生命。痛苦煎熬的长时间哭喊是这个邪恶的人的兴奋的主题音乐，因为他对无辜者造成了严重打击，他们唯一的罪恶就是到达了他的引力场。他不是刽子手，他用言词判决，与他同流合污的人行刑。他赢得别人一生都永远无法感到的近乎上帝的地位。他的隐形斗篷让他活着，它之所以存在，是因为他不断意识到他的听众是谁：有时是客户，有时是检察官，有时是法官，有时候是陪审团。但有时他的观众是黑社会的商业伙伴。在适当的耳边的耳语可以发出穿越时间的波纹。但请记住，“他只是律师”。

16.毒品俱乐部

肯纳通过他正在代理上诉的迈克尔·哈里斯，来到了死囚牢唱片公司。将肯纳放在您的法律团队上可能会大大提升您的案例，否则你会付出代价。如果苏格以在艺人面临脆弱的时候达成协议而著称，那么肯纳就成了完美的合作伙伴，因为肯纳从来不会错过为录音艺人造成法律上的麻烦的机会。关于这一点，有一个来自尼娜的线索，她对苏格说："图派克怎么办？我们要不要以某种方式帮助或支持他吗？他在监狱里，我已经收到了他的信。他的情况不好。"她可以看出苏格的反应，"有一会儿，苏格的脸像被雷打了一样黑。然后他笑了起来，看着肯纳说，'他是否告诉你他是什么时候被强奸的？'我很紧张，很困惑。我只是注意到'强奸'一词，没有明白他实际说的话。我以为他是说'他是否告诉你有关他强奸的女孩？'所以我自动地赶紧为他辩护。'这不是真的，你知道。他没有强奸。'苏格有点发怒，但继续笑着。所有的工作人员都目瞪口呆地沉默着。'图派克被强奸了！'苏格笑了起来，看着也笑着的肯纳。我越是为图派克辩护，苏格就对我笑得越厉害。"

苏格是如何知道丹尼莫拉监狱每天两次的空洞搜查的？为什么他看着肯纳？是否是苏格和肯纳引起的呢？尼娜说，她“为他（图派克）被新视镜所遗忘感到很伤心”。显然，肯纳并没有忘记图派克。他看见新鲜的猎物可以捕食。肯纳已经被授权查阅图派克的声明，以寻找机会，谈判正在进行中。图派克需要得到确认才能继续。苏格在源奖公开提供了确认给图派克，于是，图派克不久就签署了合同。

肯纳陷害图派克有多难？他获得了图派克自己的帮助，但是他也很有能力和关系实施和制订这样一个计划。是肯纳与图派克一起出现在一个拥有大麻的案件，并达成诉讼交易。对图派克的惩罚是什么？他必须在泰森 / 塞尔登拳击比赛结束后立刻在 662 俱乐部演出为一个警察慈善机构筹钱。这个事件还有三个星期的时间。有足够的时间进行规划。

肯纳和他的朋友们是被称为毒品俱乐部的律师卡特尔（垄断联盟）的一部分。他们是上流社会的一部分，他们知道他们必须一再盯着同一个检察官，并发展了一个称为与检察官和法官案件交易的物物交换系统，用来兑现财物。当检察官需要律师的帮助时，他们会以他们客户的自由做交易，以换取一个筹码，用于帮助律师需要的特别有利可图的案件。当一个客户有很多钱时，一个案件可能会停滞不前，以便从客户榨取更多的钱。当有人是危险的，并开始威胁律师或检察官时，他们可以被放逐到他们再也不会被听到的司法制度的最下面的一部分。传言是在计划中的那些人，瓜分了手提箱里满满的现金（这是洗钱的最佳方式）。对放逐一个不再有用的客户到监狱系统最差部分不会感到内疚或无辜。所有享受毒品俱乐部成员资格的律师均有权利感。当竞争对手，刑事辩护律师拉尔夫·塞唯和他的合作伙伴，建立了一个他们自己的卡特尔时，肯纳愤怒了。拉尔夫·塞唯在男子监狱内的入口处设立了一个转介网络，所有高盈利资金充足的案件开始签署给他的团队。持续流动的手提箱和客户正在从毒品俱乐部转移。当肯纳听到风声后，他无情地追打塞唯，直到塞唯关门失业。另一名代表哥伦比亚毒品大王巴勃罗・埃斯科巴的律师被捕并被送往监狱。肯纳不是一个好人，他不按规则出牌。“毒品俱乐部”不会允许任何人与他们竞争，让高盈利案件从系统流走。肯纳、唐纳德・雷、强尼・考克兰和安东尼・布鲁克里尔对竞争对手都是无情的。

这个与“死囚牢唱片公司”案件相关的律师们的音乐椅游戏，表明了毒品俱乐部的密切联系。“根据哈克（所说），代理死囚牢唱片公司各种法律事务的律师肯纳，代理了史努比狗狗。代理大卫・马克银行抢劫案的律师唐纳德・雷，也代理马利克。”马利克是史努比谋杀案中的共同被告。安东尼・布鲁克里尔曾经代理过苏格・奈特。代理 O. J. 辛普森的强尼・考克兰也代理了另一名史努比狗狗的共同被告肖恩・艾布拉姆斯。考克兰代表凯文・盖恩斯的家人，为他的谋杀案提起了国家赔偿民事诉讼。那个案子会在他有“新的信息”将使洛杉矶警察局感到尴尬的“考克兰的威胁”的阴云之下解决。”凯文・盖恩斯的个人档案失踪了。那里有什么东西那么有危害？强尼・考克兰以 2500 万美元的价格提出诉讼，仅仅威胁将会暴露洛杉矶警察局尴尬事件就获得了 1%的和解费。它到底是什么？大个小子的谋杀？不管它是什么，它是如此具有破坏性，以至于市议会在解决方案上受到规避，而且金额被分解为较小的支付，以避免需要市议会的批准。

正是肯纳，苏格指控他在苏格被监禁后偷走了 800 万美元，巧合的是，肯纳和布鲁克里尔两人都因没有缴纳所得税被定罪最后达成认罪协议。肯纳的定罪与死囚牢唱片公司的洗钱有直接关系。“检察官说：即使 1997 年 2 月被通知他受到刑事调查后，肯纳直到那年的 12 月，还没有提交所得税申报单。”这一诉讼被减为没有申报 1994 年税表的轻罪。“经验丰富的刑事辩护律师安东尼·布鲁克里尔因为没有提交 1993 年和 1994 年的联邦所得税申报表，星期三被判处在社区惩教所工作八个月，并经过五年的监督缓刑。”肯纳和布鲁克里尔两人所做的一定是非常严重的事，通过扣留联邦政府的资料来危害法律。律师知道风险。肯纳已成为洗钱专家。他处理了一批“洗钱案，其中包括最大的美国缉毒局的黑社会洗钱调查，被称为‘极地行动’。肯纳先生在那个案子中为他的客户赢得了撤诉”。ZZZZ Best（贝利·米克的 ZZZZ 最好公司）、迈克尔·哈里斯，以及他所有的其他毒品案件都涉及一定程度的洗钱。当肯纳的商业模式从刑事辩护转向如何使他的客户不被指控犯罪的咨询服务时，所有这些洗钱经历连同他的毒品和谋杀案件经验，将被证明是有用的，他的转介网络被稳定收入的匪徒说唱客户所取代。

肯纳洗钱的经历开始于他代理地毯清洁王贝利·米克。米克将了解当有钱的人遇到有经验的人时会发生什么。肯纳会得到所有的米克的钱，而米克会得到一个经验。这将成为这些与肯纳接触过的人的一个反复模式，包括米克、迈克尔·哈里斯、莉迪亚·哈里斯、苏格、史努比狗狗、图派克等。他被认为是游戏中最具操控性的刑事辩护律师，当肯纳为他的客户辩护时，他会采用出色的技能，但是如果肯纳用这种技能来打击他的客户时，这也是致命的。

肯纳经常说服他的客户包括米克来反对他们自己的利益。大多数 ZZZZ Best 内部人士同意与检方达成认罪协议。肯纳说服米克，说联邦检察官提供的认罪协议过于苛刻。传言他说服了米克用一手提箱现金来打这场官司。结果，米克获刑 25 年，远远超过了检方提出的认罪协议。

ZZZZ Best 创始人有罪是毫无疑问的，但年轻的孩子真的是主人吗？台面上的认罪协议会损害许多其他人，有些人是非常强大的：来自黑社会的反对势力，希望米克沉默并得到保障。他们也付出了代价，所以在审判中不会有太多的表现，肯纳向他们保证，他们的秘密将保持隐藏。充分地坦白可能促成米克的自由，但是这个自由可能是短暂的。

米克天真地相信肯纳有能力争取陪审团的承诺。米克可能也天真地相信那些与 ZZZZ Best 有过丑陋交易的黑帮人员。在《洛杉矶时报》打破了米克涉嫌 72000 美元诈骗信用卡案的故事之前，米克积累了上亿美元的财富。这个上亿美元的帝国坠毁了，米克昂贵的衣服和名人身份换得了一件橙色囚衣和监狱放风时才能呼吸到的新鲜空气（听起来与苏格的协议相似吧）。整个行动是为在街上贩卖毒品洗钱。有传言说，米克从公司里抽走了 2300 万美元。

“‘有组织的犯罪需要替罪羊，贝利·米克提供给你了这样的机会，他可以被认定有罪，所以其他人可以被开脱了’，肯纳律师在米克诈骗和敲诈勒索案审判中的最后辩论时强调说。”

肯纳喜欢在他的公共角色里玩弄文字游戏。尽管有许多关于肯纳自己与热那亚犯罪家庭关系的传闻，肯纳喜欢援引米克的关系。肯纳签署了图派克与死囚牢唱片公司后，“街上的传言是还有数百万美元（图派克的钱）已经去了暴徒（Mob）那里。不是那个在苏格的钻石戒指上的 M.O.B——‘血帮成员’，而是那个以热那亚维斯名字命名的纽约黑社会家族。”

肯纳也许付了一些米克的钱给暴徒。显然，肯纳说服了米克，并在他脆弱的时候和他谈判。米克被判处在联邦监狱服刑 25 年，并收缴 2600 万美元赃款。也许他最好当时没有接受肯纳的建议，而是同意检方给他的最初提出的认罪协议？

米克将肯纳介绍给了迈克尔·“哈里奥”·哈里斯，帮他上诉，并将肯纳带进了匪帮说唱世界。哈里斯被称为“北美最大的毒贩”，同时通过他妻子莉迪亚成为合法企业的老板。据说哈里斯同意给死囚牢唱片公司投入 150 万美元，没有人知道是否是真的。我们确实知道，在唱片公司有一条只有迈克尔·哈里斯会打的电话专线，而且莉迪亚在唱片公司工作。韦蒙德·安德森说的不一样，他说，苏格和肯纳同意为哈里斯在唱片公司洗钱。无论哪种方式，在迈克尔、莉迪亚、苏格和肯纳之间有一些关系。这其中的一个说法一定有一些事实，因为他们打了一场官司，死囚牢唱片公司被判向迈克尔和莉迪亚支付 1.06 亿美元。苏格对哈里斯的电话专线也很敏感，当时两兄弟捆绑在一起。苏格与他们发生了冲突。苏格要他们所有人都出去，并用手枪抽打他们。警察被叫来了并被起诉，经肯纳调解，苏格因为殴打只被判缓刑。检察院处理这个案件的是助理地区检察官拉里·龙戈。

对于哈里斯来说，肯纳似乎从那时开始，对音乐行业更感兴趣，而对他的上诉并不感兴趣。这当然是迈克尔·哈里斯对肯纳的抱怨，因为他分心处理死囚牢唱片公司，而几乎没有时间处理哈里斯的案件。

哈里斯觉得肯纳是有操纵力的。在刑事辩护律师的世界，这并不是一个秘密，那就是他们有权操纵法庭，法官、陪审团，特别是那些常常最容易被操纵的客户。

莉迪亚·哈里斯（迈克尔的妻子）曾经质疑苏格的忠诚，但肯纳拒绝相信她。有一天她决定给苏格玩一个高中恶作剧。她与他和肯纳进行了一个三方通话，她问苏格，他对肯纳的看法，当他蔑视肯纳时，她以为自己已经赢了。肯纳肯定一直在想，“苏格整个一天都会后悔说了我的丑话”，但是，被从死囚牢唱片公司赶走的是莉迪亚。

肯纳是一个恶毒的敌人，但请记住，只要你代表薪水，他就是你的朋友。在莉迪亚不能够为他的消费习惯提供资金，或者把他介绍给那些能提供资金的人的那一刻，她就被裁掉了。肯纳也会攻击迈克尔·哈里斯，他也以同样的方式利用了贝利·米克。至于哈里斯，根据迈克尔·哈里斯的说法，肯纳在欢迎死囚牢唱片公司纪录片的活动中在一听七喜饮料中对他下了毒，哈里斯几乎死亡，必须坐在轮椅上。哈里斯当时告诉肯纳，他打算为他的所有权起诉死囚牢唱片公司和新视镜。苏格和肯纳因为迈克尔·哈里斯的情况而相互指责。

肯纳从不冲动。他有耐心可以等待，他深信君子报仇十年不晚。他可能从来没有向苏格透露，他曾经在莉迪亚·哈里斯与苏格的三方通话中。他可能从来没有说过一个字。他只是等着。没有人曾经谈过这个事件，但显然肯纳决定现在需要和苏格在一边。现在就去掉苏格的赌注太大了。肯纳会磨刀，等待适时的时间去掉苏格，这件事发生的时候会很壮观。现在，他只需要缓慢而有条不紊地磨刀。

但是在这个匪帮说唱世界里，肯纳的事业很好，每个艺人都有自己的案件需要通过法律手续进行辩护或诉讼。Dr.Dre 攻击了迪伊·巴恩斯，苏格有攻击案件，包括对斯坦利兄弟的攻击。史努比狗狗以前因“拥有毒品和贩卖毒品（可卡因）”而被捕。死囚牢的附属公司也没有缺席，也陷入了争议。对于刑事辩护律师来说，这是一个梦想，因为有足够的钱通过公司流通，以支付他的费用。肯纳熟练地将案例在前后炉灶间移动，在前面他们可以炖，在后面可以煮。

相比之下，苏格和德雷的案例比较简单。肯纳可以利用这些案例来操纵苏格和德雷。尽管肯纳并没有拥有死囚牢唱片公司的股份，但他把自己置于公司的业务中心，他控制一切。他影响公司的力量即将飙升，因为他生命中最大的案件来到了他的身边。

警报响了，这时苏格和史努比遇到了麻烦！大麻烦！！！

17.当然是谋杀

在 1993 年的洛杉矶，死于谋杀的人近 2600。其中一起谋杀案将动摇死囚牢唱片公司的基础，当时他们应该正庆祝即将发行的《狗狗风格》。根据地区检察院办公室的调查员肯·贝尔采集的早前的证人陈述，菲利普·沃尔德马里亚姆与史努比狗狗之间有一个争吵。史努比狗狗的保镖，麦金莱·李带着枪出现了，沃尔德马里亚姆逃跑了。这不是对抗的结束，因为黑帮的规矩被打破了，史努比狗狗被轻慢了。所以史努比、麦金莱·李和肖恩·阿布拉姆斯又名肖恩狗狗出去寻找沃尔德马里亚姆，但沃尔德马里亚姆避免了与这三人小组碰面，他在伍德宾公园里与他的朋友们一起在吃一些卷饼消闲。星期三下午公园有繁忙活动，许多目击者接受了检方调查员的采访，了解当天在公园发生的事情。警方报告说，菲利普和史努比狗狗随行人员之间随后发生了争吵。当菲利普转身躲开枪击时，他被两把不同的枪在臀部和背部击中了三下。史努比狗狗驾驶车辆加速离开了。沃尔德马里亚姆踉踉跄跄离开公园，瘫倒并死在附近的一个车棚内。当警察几分钟后到达时，他们发现沃尔德马里亚姆死了，手无寸铁。“请记住，他是从背后被枪杀，从背后，”检察院调查员肯·贝尔说。警方调查人员从对目击者的采访中，拼出了一副麦金莱·李、肖恩·阿布拉姆斯和史努比狗狗立即出门寻找沃尔德马里亚姆，满西洛杉矶追逐他的图片。他们把车停在公园旁边，李先走上来，确认沃尔德马里亚姆是在公园里，然后开车过来并威胁他。没有证人说李有枪。至少有四名证人说，沃尔德马里亚姆在整个时间里都举着手。重要的是要注意，史努比狗狗是司机，他可以通过简单地开走来避免这种情况发生。两名证人证实，菲利普转身跑开——逃命。

根据一个证人的描述，史努比狗狗是枪手之一。李也向监狱狱警发表声明，称他不是唯一一个开枪的人，史努比狗狗也开了一些枪。作为司机，史努比狗狗可以随时开走，以阻止事件的发生。史努比狗狗不仅仅是谋杀的帮凶，对检察官而言，他就是凶手，如果法官和陪审团能够想到他手拿着枪，脚踏在油门上的图片，他就可以被定罪。如果这次审判不顺他的意，史努比就会成为所有被告中损失最大的。他是所有共同被告人中财富最多，事业最繁荣的人。史努比的共同被告与当局合作有风险。当检察官试图分而治之的时候，将会是一个可怕的时刻——一个被肯纳变得更困难的任务。如果故事里有任何裂缝，史努比都会失去一切，而他代表了死囚牢唱片公司的重要收入来源，所以肯纳不会放弃这次机会。

什么救了史努比狗狗？那个几乎立即打给苏格的电话。苏格知道这是一个需要他立即关注的情况，而且肯纳已经在快速拨号上，不用多长时间就组建了一个强大的团队。现在时间以分钟计算。所有的人都意识到，官司即将到来，没有办法避免。史努比的祸根可以追溯到与艾斯·库伯[①]有联系的 Dr.Dre 的匪帮说唱，艾斯·库伯最先唱的

① 或译为冰块酷巴，老欧谢·杰克森的艺名。

“去他妈的警察”。当逮捕令签发时，史努比将要上头条新闻。当他被逮捕、指控和提诉时，他将制造更多的头条新闻。执法和检察机关都会认真对待这个案子。进监狱的可能性对死囚牢唱片公司肯定是不利的，但对专辑的销售则肯定更为有利。

苏格的权力欲太强。他的血帮弟兄和史努比狗狗的瘸帮之间总是有距离，还有康普顿和长滩分部，以及艺人和管理部门之间。这场新的危机可能有助于弥合分歧，让他们像才从战场下来的士兵们一样，生死与共。史努比打电话给苏格是正确的决定，它改变了一切。苏格亲自打电话。大家齐心协力。肯纳布置了任务，死囚牢机器被充分动员起来去击败敌人，在这种情况下，是洛杉矶警察局和检察官。当警方正在进行调查时，苏格的人也正在收集自己的情报。他们正在收集证人的名字，汇编受害人、他的朋友和邻居的资料。这些信息全部被过滤后到了肯纳的个人档案中，在这里，“律师—委托人保密特权”可以使其远离任何传票。

在八小时内，他们获得了关于证人的大部分细节和对受害者的评估。苏格接触了他在康普顿警察局内的一个联系人，要求从执法部门的电脑里找到一些帮助。一个装有适当现金的信封可以在附近走很长的路，很快就有结果。到目前为止，只有一名证人看到了第二把枪，但即使是一个证人也太多了。他们需要将枪支放在菲利普手中来证明这件凶杀案是正确的。这需要看起来像自卫，否则史努比狗狗将被终身监禁。

肯纳想要在一个黄铜（弹壳）上得到一个直接答案。每个枪手都知道你不要让你的黄铜掉在混凝土上，但这是一个黑帮飞车枪杀。肯纳反复听到“知道我在说什么吗？”后，变得越来越警惕，因为这并没有越来越接近真相，时间是以分钟计数。搜索车辆已经发现了一个弹壳，但是每支枪都丢了两颗子弹。这意味着每支枪中至少有一个弹壳已经溅到地面上，很可能被凶杀调查员收集了。这有一个问题，一个很大的问题！如果这些弹壳被测试，会显示使用了两把枪，从而证明史努比也开了枪。这样会在法庭上废掉任何自卫的理由。史努比将被判处终身监禁，他的音乐生涯将被停止，可能肯纳和苏格的也会停止。

肯纳带来了一名法律顾问加入团队。他与嫌疑犯讨论了所有细节，并帮助他们准备一个叙述，他们每个人都可以用自己的话来重复。它需要自然流畅。这些故事的细节可能会有所不同，因为这是自然的，但关键点需要相符，否则，陪审团可能会看出他们在说谎。他们需要不停地说这个故事，让它像是确有其事。肖恩狗狗和麦金莱·李将首先投案自首。因为肯纳在谈判投降条件，史努比将等几天再说。在这段时间之间，三人组合是一个危险的时刻，因为他们将会有一场精神斗争，最终的结果是让他们互相开打。

康普顿警方的内部人士回复说，弹壳和血衣最终在洛杉矶警察局太平洋分局的证据储藏柜里。苏格担心是死胡同。肯纳并不是那么绝对认为洛杉矶警察局不能被渗透，但他很聪明，不和别人分享他的打算。肯纳的智慧迅速唤醒了他们所需要的东西。来自苏格社区的谁在太平洋分局内部工作？信息静静地通过网络有效地发出去。很快，可能的警察名单就出来了。但这是一个冒险的行动，他们承受不了任何错误。他们必须真正考虑任何计划，并彻底调查他们接近或最终将采用的警察背景。这是从刑事辩护工作走向彻头彻尾的犯罪行为，而且肯纳必须保证自己不被出卖。时间至关重要。如果证据被发送到 FBI 弹道测试怎么办？他指望警察的低效率，在他心里他们只是政府的雇员。

肖恩·阿布拉姆斯和麦金莱·李投案自首了，他们被控谋杀。阿布拉姆斯很快被以 20 万美元保释。麦金莱·李的保释被否决，因为他被控开枪，而且，他没有携带枪支的许可证。

由于有大量的证据，这个谋杀案对肯纳来说是一个艰难的案子。如果控方案件起诉成为头条新闻，陪审团将受到影响，公开是不可避免的。呵呵，肯纳是如何面对挑战成长起来的。一个高调的案子真的可以突出他的形象，特别是如果他能够实现无罪释放的话。不管怎样，电视上的形象、报纸上的文章和电台采访等即将到来，但是，死囚牢唱片公司很好地装备了深厚的宣传资源来引导这个事件。有普通的行业杂志可以永远依赖，但这种宣传需要更有针对性的营销手段。他们需要将自卫性质的叙述纳入调查记录中，去布满任何潜在的陪审员的头脑。这些最先发表的人们能读到的文章真的可以给读者定调。没有人会真的阅读随后的文章。传闻八卦将全部在头几个小时确定。《洛杉矶时报》在 ZZZZ Best 案例中的文章非常有效。肯纳期待《洛杉矶时报》纳入他的计划。作家查克·菲力普出现了。这将是一个使《洛杉矶时报》成为肯纳囊中之物的关系的开始。菲力普会将奥兰多·安德森描述为杀害图派克的凶手，苏格是在大个小子谋杀案的幕后。谋杀图派克之后，他也会打电话给图派克的保镖，试图让拉斯维加斯警察感到困窘，因为他们保护不力。尽管弗兰克·亚历山大（图派克的保镖）会告诉他，菲力普的问题是他和执法者之间的问题，也不会阻止菲力普改变和扭曲事实。当死囚牢唱片公司与康普顿警察署之间的界限变得模糊，市长也与他们进行了斗争时，他会说："那时候我和我的人确信时报是康普顿警察局的共谋者。"菲力普会写一个故事，依靠一个将被证据揭露的假的监狱线人，把图派克的谋杀定在吹牛老爹。这将导致菲力普在《洛杉矶时报》的职业生涯的结束。他没有立即被推出去，但最后还是被推出去了。肯纳知道如何使用宣传机器来改变他的案件的起诉。这是他之前磨炼的一种技能，但他会锻炼这种技能，并使其发展到一个新的强有力水平。

死囚牢唱片公司的风险很高，因为史努比已经成为他们的重量级艺人。但这不是驱使这个案件和辩护的动机。肯纳闷得慌，他把这看成一个真正占有新领土的机会。有一部伟大的克林特·伊斯特伍德的电影叫作《荒野大镖客》，演示了肯纳是怎样想有一个客户，“唱片公司（死囚牢唱片公司）与街头帮派，毒品贩运，洗钱和暴力行为的联系已经广泛报道”。在电影中，伊斯特伍德说：“我一方面是巴克斯特人，另一方面是罗哈斯人。一个人可以在这个城镇赚很多钱。”肯纳知道，随着所有这些犯罪活动围绕死囚牢唱片公司发生，他可以摆脱郁闷，并为处理这些有趣的案件赚很多的钱。肯纳常常演讲说，操纵就是把某种方式行动的人，送到一个能让他们可以预测地改变他们方向的轨道上。他的这个演讲的目的是操纵狗狗镑从事犯罪活动。如果只有苏格和史努比听了他的话，雇用了一个真正的会让艺人避免麻烦，而不是参与其中的保镖，他们不会陷入这个困境。现在，肯纳将不得不采取极端措施来维持这个形象。这对他来说很有趣。

好消息是，史努比的专辑《狗狗风格》计划在 11 月份发行。他们预计售出一百万张，随着这起谋杀案引起的免费宣传，预测也翻了一番。在营销一张说唱专辑上，数百万美元的广告不能引起像谋杀罪控告这样的轰动效应。如果说法律纠缠引起艺人或唱片公司不舒服，但唱片的销售却会有意想不到的效果。这种坏事传千里的宣传，正在收银机上起作用。史努比现在成了比以往任何时候都更大的明星。MTV 音乐奖就在不远处了。肯纳不断地向警方通报，他们将很快投案。苏格和肯纳知道，如果他们可以在电视出现之前展现，那将是爆炸性的销售。在这个奖项上的逮捕行动将会使销售冲上天，但肯纳坚定地表示避免逮捕，安排投案自首。因为，任何方式的逮捕行动都会让人以为史努比想逃跑以逃避法律制裁。最终陪审团也会觉得很坏。出现在颁奖现场的局面难以控制。警方想在电视摄像机前对史努比实施武力逮捕和示众，但史努比溜到背后，他和肯纳到达警察局自愿逮捕。肯纳和史努比赢得了对抗警方的第一次胜利。不到 24 小时之后，史努比在死因牢唱片公司缴纳 100 万美元保释金后自由了。苏格和谢丽莎与史努比在他在监狱的 24 小时内签署了一份管理合同。他们在商业上非常精明，在史努比最脆弱的时候把合同放在了他前面。

随着信息的涌入，检方能够采访几个没有被肯纳隐瞒的证人。他制定了一项战略，通过向受害者的家人提供美元来强制披露关键证人姓名。贪婪是一个强大的操纵者。肯纳让他的助理向一些他认为能够促使受害者家人最终提出死亡民事诉讼的律师，传送了家庭信息的传真。这将为宣传目的创造一个额外的新闻周期。它还将提供另一种了解有关检方案件的信息的方法，因为民事诉讼中的证据规则与刑事诉讼程序有很大不同。史努比及其共同被告有权迅速进行刑事审判，但也有能力减缓这一进程。民事审判很快就被提交，可以快速跟踪，让肯纳能够了解所有的证人陈述。一旦他们知道证人在说什么，他们可以处理如何打败他们或胁迫他们。民事审判给了他们所有的证人姓名和有关的陈述。

没有多长时间他们就遇到了一个重大的挫折。麦金莱·李因为承认开枪没有保释的可能性，被迫待在监狱里。当史努比获准保释时，李担心他可能要承担全部罪责。半夜，他呼叫监狱指挥官发表声明称，史努比当天也开了枪。一名检方证人证实，麦金莱·李告诉监狱指挥官，史努比也从车上开了枪。如果麦金莱·李的言论、目击者和弹壳呈堂，自卫故事就会戳穿。

肯纳和他的团队第二天一早抵达监狱，让麦金莱·李冷静下来。他们指出了为什么他的合作对所有人都有利的全部理由。该声明将是一个问题，但通过证据程序，肯纳能够让它从记录中撤回。这种崩溃是问题的另一个原因。现在要强迫检方审查现在位于洛杉矶警察局内部的证据。他们会更早地检查这个，因为有一个重要的理由相信第二支枪的存在。肯纳不得不加速处理放在太平洋分局证据柜里的弹壳和血衣。

如果一名刑事辩护律师是木偶大师，他的牵引绳线连着帮派成员、艺人、标签执行官和警察。警察？是的，警察！！！

18.坏警察

警察拥有神圣信任。他们在人们最脆弱的时候到达去帮助人们，他们在那里帮助人们把碎片放回一起。有人失踪了？叫警察。有人被抢？叫警察。有人被谋杀？叫警察。他们第一次见到人时，那个徽章和枪提供了一定程度的安全保障。这些男人和女人为了那些他们甚至根本不认识的人，置自己的生命于不顾。好警察是我们中最好的。坏警察？

找到可以腐败的警察对任何犯罪企业来讲，是一个福音。可用于促进犯罪的徽章和枪是一笔宝贵的财富。一些警察部门管理自己的警察，他们在第一次腐败迹象出现时祛除坏警察。但有些部门允许腐败增长和糜烂。“腐败存在于那个警察部门，因为该部门的领导允许它存在。”罗德尼·金给洛杉矶警察局讲课，要让洛杉矶警察局内部没有任何腐败的余地。但是他们学习课程很慢。罗素·普尔将正面面对这种腐败。

他随后的几次调查指回了洛杉矶警察局内部的警察，罗素被要求停下来。在他 19 年的职业生涯中，他从未被这样要求过。现在领导层被锁定在洛杉矶警察局内部的权力斗争中，他们正在清理案例文件。罗素认为这是妨碍司法的行为，当他离开了部门的时候，因为担心这些文件永远见不到光明，他带着他的案件档案。他的希望是，有一天，有人会负责任地处理这些信息，把杀害图派克和大个小子的凶手绳之以法。他没有活到看到这种情况发生的那一天，但他确实活着看到了一些腐败官员被定罪，然后是整个兰帕特丑闻的粉饰。

罗素知道，兰帕特丑闻甚至在这么多年后依然是政治足球。但他从来没有停止寻找真相。他也知道，任何形式的腐败都可以被利用来让该部门撤销指控、清理案件或参与非法活动。“政治不属于警务。”

一名警察被腐蚀时会发生什么？当一个警察被发现掩盖一个重大的事实或说谎会发生什么？它会导致对以前这个警察参与的所有案件表示怀疑。它为上诉、民事诉讼和大额和解敞开了大门——它可能是昂贵的。当警察说谎时，必须是一个非常好的理由。不分青红皂白的谎言是一个导致警察、警察部门和城市倒霉的滑坡谬误。

仅仅因为如果凶手碰巧带着一个警徽会让有的人难堪，而允许凶手逃脱正义时，我们的社会会是什么样的社会？兰帕特丑闻被掩盖。腐败被捂着，与犯罪分子前所未有的交易，使得他们能够保持养老金，保持偷盗的钱，无须归还，而且因为“沉默的蓝墙”无须供出他们的同谋。事实上，佩雷斯从来没有举报过他的同谋，但是他却诬陷其他警察（可能是好的警察），而让警察部门多年来会陷入权利听证委员会的调查中。在兰帕特丑闻时期表现出来的情况是，证据被安在嫌疑犯身上，嫌疑犯被殴打，警察参与枪杀、毒品交易、雇凶杀人、对嫌疑人的虚假证词、从证据储物柜里偷走可卡因，以及一笔 722000 美元的武装银行抢劫案等。被揭露的犯罪活动花费了超过一亿美元的和解费用。有动机通过掩盖犯罪来避免财政损失。这一切是怎么开始的?

确实有一个严密的团队在一起。他们拥有所有的专业人才。佩雷斯曾是一名海军陆战队员，非常认真地对待他的训练。其他的人也表现出色。他们在部队里没有学到的东西可以在新的行动中学到。他们的行为模式可以通过追踪他们的经验修改来不断升级。拉斐尔·佩雷斯不是一个普通的人。他可以融入西班牙裔，黑人，白人，警察和帮派。他讲完美的英语和西班牙语，能在不同的世界之间转换角色。他曾在海军陆战队任职。所有海军陆战队员有一个共同之处，他们都很看重海军陆战队生涯。他的伙伴也是非常认真的队员。凯文·盖恩斯和大卫·马克都很有才华。他们知道如何监视无线电频率和在任何行动中尽职尽责。他们运行着一艘非常紧凑的船只——一个绝密的有能力排除一切干扰的军事行动。他们的行动是完美的。佩雷斯受到了最好的训练——这就是来自美国政府的训练。

19.引狼入室

肯纳的研究确定了一名可能被说服的警察。接近一名警察并要求他窃取证据是一个非常敏感的话题，肯纳不能参与。谢丽莎·苏格刚刚与史努比签订了管理合同，如果史努比被定罪，那将失去很多价值。而如果她帮助使证据消失则会获得一切。通过仔细调查研究，他们了解了凯文·盖恩斯的两件事情，即他在值班时与女性调情被警告了无数次，以及他有路怒的历史。肯纳是大师级思想家，他认定，把某人或某物放在具有可预测行为的人的路径上，是最聪明的操纵方法。一个星期后，一队雇来的人跟着凯文·盖恩斯，谢丽莎被安排在许多场合偶遇他，给他一个诱人的样子。他们计划这件事花了一个星期，但是对于可预见的行为来说，这并不需要这么长的时间。他在她旁边停下来，介绍自己。

晚餐后，盖恩斯接受了挑战，并介绍他的朋友一起。他们起初并不那么热心。经过长时间的讨论，计划开始形成，肾上腺素驱使他们开始将这看作一个测试团队，并把大量的钱放在口袋里的机会。在计划进入洛杉矶警察局实施之前，费用重新谈判了几次。这是一个像特种部队或海军海豹突击队一样执行的高端的军事行动。他们监测所有警察的无线电频率，研究程序和步骤，并制订了打败洛杉矶警察局系统的计划。尽管他们是经过伯纳德·帕克斯精心挑选的，但是，最轻微的错误也可能会终结他们所有人的职业生涯。如果他们被抓住，即使是他也不能救他们，所以不能有任何差错。如果行动偏差，拉斐尔·佩雷斯将有最好的机会说出他的方式。每个人都执行了自己的任务，行动开始一个小时后，弹壳和血衣都被从证据储藏室中拿出来，没有留下任何痕迹。有这些证据到达时的文字记载，但没有离开的记载。洛杉矶警察局以为它被放错了，翻遍了所有证据储物柜，寻找它。拉斐尔·佩雷斯有几分钟的时间来检查里面的所有宝藏，他确信他们可以通过从证据储物柜中拿走更多的证据而获得新的商机。小雷吉·怀特向凯文·哈克吹嘘证据的盗窃。“哈克宣称，1996 年 1 月或 2 月，他在加州塔扎纳的康安工作室，当他和雷吉就史努比狗狗案进行讨论时，怀特表示，与案件相关的证据从西洛杉矶社区警察局消失了。”

当团队在太平洋分局外面集合审查他们新获得的战利品时，凯文·盖恩斯并没有考虑到未来的商机。他正在考虑他将带给谢丽莎的脸上的微笑。他有点喜欢她，肯纳为他能把所有潜在的意想不到的结果付诸行动而感到自豪，尽管他没有预见这个浪漫史。它会破坏死囚牢唱片公司中的平衡。它也让狼进了鸡舍。一旦盗贼被允许进来，就没有办法让他们出去，就像苏格很快就会学到的这个教训，因为小偷很快就会把目光投向他。

盖恩斯玩了谢丽莎一会儿，以提高她的反应。他伟大的微笑是传染性的，当他向她提供了史努比的自由时，谢丽莎不能相信她的眼睛。从那时起，他和谢丽莎变得不可分割。谢丽莎已经厌倦了丈夫的许多绯闻。她现在拥有自己的一个，他带着枪和徽章。凯文·盖恩斯很快与史努比和狗狗镑结下了不解之缘。死囚牢大家庭的另一股力量正在聚结。随着兰帕特丑闻警察的进入，苏格想与史努比和他的团队接近的任何希望减少了。他们有其他人甚至还没有想到的任务，但在死囚牢唱片公司的化学物质中添加这些警察是非常危险的。苏格喜欢警察隶属于唱片公司的想法，但他也对他们所代表的人物保持警惕。他们需要被看管住，如果和苏格一样大，他将无法控制。这些警察不能被欺负。苏格与马克有可以追溯到邻里的关系。“马克和苏格在康普顿一起长大。”

从洛杉矶警察局的证据消失的那一刻起，肯纳觉得史努比将被无罪释放。有一些令人讨厌的见证人可能会被吓倒，而且他还有苏格在康普顿警察局和新的洛杉矶警察局的朋友。街头帮派已经照顾好了受害者的朋友。他们参加了大陪审团的听证会，讲述了那个他们从菲利普身上移除了一支枪的故事。控方正在急于找到缺失的证据，但是难免上下颠簸。他们的官方声明是，它没有什么证据价值，所以失去它对他们的情况并不重要，但他们知道他们真正失去了什么。肯纳取笑他们，知道他们永远不会产生真实的证据。他指责他们隐藏这些证据，因为这将证明史努比是自卫的。对于洛杉矶警察局，没有办法赢。如果他们提供制造的证据，很容易被证明是假的，而如果他们承认在谋杀调查中丢失了物证，肯定会削弱他们的案件，并使警察部门感到尴尬。陪审团总是不可预测的，但是看起来像是胜券在握，从专辑销售的收入把钱放在了死囚牢唱片公司的银行账户，其中很多钱最后到了肯纳的账户中。

史努比谋杀案改变了死囚牢唱片公司的所有操作手册。警察被聘为保安人员陪同艺人，其唯一目的是能够亮出徽章和枪支以避免冲突升级。如果有人需要殴打或被逮捕，帮派随行人员也陪同艺人提供掩护。随行人员的工作是在事情发生的时候承担责任。大多数真的发生事情的时候，简单地亮一下徽章就能够阻止任何进一步升级或撤销任何调查。如果有麻烦的话，虽然苏格的哥们、狗狗镑，还有奥特洛兹是有用的，但是，总会有带枪和徽章的人守护着艺人。像麦金莱·李这样的保镖现在被视为一种责任，因为他们头脑中对这些情况很容易反应过来。首先是康普顿警察雇用保镖，然后是Code-4，最后是怀特之路保安公司。

“苏格很重视保镖的价值，尊重安全人员，为了让怀特之路工作简单，没有特别挑选任何一个人。死囚牢没有身高、尺寸或者肌肉的规格要求。只要有一个徽章就行。虽然雷吉·怀特拥有该公司，但苏格已经设定好，他的第一个规范是所有安全人员必须已经退休或聘用期间是下班的，即使是雷吉，在他开始为苏格工作之前也是康普顿警察，苏格希望警卫能够使他们摆脱麻烦，并且缓和冲突。”

如果史努比有一个带着徽章和枪的警察和他在一起，菲利普·沃尔德马里亚姆的谋杀将永远不会发生。徽章会阻止升级。值班警察可能被叫来将沃尔德马里亚姆带到监狱，在那里他将面临指控。有警察在工资单上是会带来一些安慰，但也令所有苏格的哥们感到烦恼。他们不信任警察，因为他们中许多人以前犯了罪行，服过刑。

到了1994年10月，苏格接触了老雷吉·怀特，并建议他定期向死囚牢唱片公司提供下班警察。老的把小的带进了讨论。“雷吉（小）在康普顿血帮和瘸帮中有一个很好的关系。”苏格和小雷吉一起打过橄榄球，也是老朋友。雷吉刚开始在新视镜唱片公司工作，律师很快感觉到直接雇用下班警察的许多潜在的陷阱，他们提出了一个公平的关系。小雷吉和老雷吉要求“守则四保护服务公司”的丹尼·斯奈德安排雇用警察执行死囚牢唱片公司的安全保卫工作。小雷吉·怀特为他负责管理。斯奈德与警察有很大的关系。他的信任是多年来与警察部门建立的，使他能够处理安全保卫。这笔钱是可观的，风险很小，所以有一段时间工作得很好。

“暴徒皮鲁斯，死囚牢唱片公司的保安，通过小雷吉·怀特连接到康普顿警察局，雷吉·怀特曾经是该地区巡警埃里克·佩罗丁的巡逻车搭档，深深根植于康普顿警察局和暴徒皮鲁斯。这就意味着，如果死囚牢唱片公司的副总裁兼安全部门负责人和前康普顿警察小雷吉·怀特，被牵涉进了康普顿的任何一次凶杀活动，老雷吉·怀特将会最终对此进行调查。这是一个易燃品，是经典的利益冲突。几乎每一个涉及南侧瘸帮和暴徒皮鲁斯的谋杀案都未解决。”

那些与肯纳、苏格、雷吉以及死囚牢唱片公司有“秘密交易”的犯罪集团在一起的人们，都可以依靠执法警察的帮派，在犯罪活动发生的时候，他们会视而不见或积极参与转移调查方向。那些没有“秘密交易”的人能够成为被抓的目标，使他们容易进行谈判或被关进监狱。肯纳和苏格知道如何和何时与易受伤害的录音艺人达成协议，这似乎是法律麻烦的磁铁。

洛杉矶警察局的证据储藏柜的证据丢失激励了死囚牢。他们增加了一个无形的安全层。在所有死囚牢方面，默默工作提供这层安全保护的下班警察，正在监视那些监视死囚牢的警方频道。有眼睛正在窥探着唱片公司。肯纳、苏格和雷吉需要知道谁指使的那些窥探。监视正在对应着监视。

罗素·普尔说：“执法人员正在为死囚牢唱片公司工作，那本身就是一个丑闻。”

“‘谢丽莎确实说凯文（盖恩斯）为死囚牢唱片公司做了一些安全工作，但她没有提供细节，’普尔记得……谢丽莎当时正是作为史努比狗狗的经理人，并为盖恩斯获得了作为说唱歌手保镖的工作。”

在 1997 年 3 月 31 日，警官 S. 古德瑞向狱警提供了一项声明，称囚犯知道凯文·盖恩斯为死囚牢唱片公司工作。囚犯“声称，盖恩斯警官和其他洛杉矶警察局警察在不同的犯罪活动中为死囚牢唱片公司人员提供了安全保障，这些警察在毒品交易期间陪同，担任监视和顾问。他们监视警方频道，协助选择毒品交易地点，并提供有关警方策略的信息。”

兰帕特丑闻警察正在继续其不断升级的行为模式，导致苏格的倒塌，图派克的被杀，并最终导致大个小子的被杀。

20.苏格建的房子

史努比是“慢性”的一个特别艺人，但他并未签约死囚牢唱片公司。他有野心，他开始为自己的项目“狗狗风格”录制几首曲目。莱尔·科昂听说了史努比，邀请他参加了一个会面，在那次会面上，让他签约到 Def Jam 唱片公司。当苏格听到这个消息时，勃然大怒。他们试图召集一次会面但遭到推诿。苏格不能接受。他带着一个随行人员飞往纽约，试图强闯唱片公司的安全保卫，造成了相当大的骚动。

这立刻引起了拉塞尔·西蒙斯和科昂的注意，警察被叫来了，担心如果没有处理好，将来会有更大的麻烦，双方达成协议，撤回对史努比的合同。苏格的恐吓正在取得成效，声誉越来越高。

随后史努比签署了与死囚牢唱片公司的合同（1993），现在私底下想，如果他早些离开唱片公司，并且早点与东海岸保持一致，那将会发生什么。但在苏格的巨大阴影下，那个门似乎对他只是礼节性地开着，即使是东海岸也不能提供他们真的合同。他们无意戳穿苏格。他们已经弄清楚，他不只是吠叫，他还真咬人——他们害怕他的咬可能是致命的。

苏格签署了除了两个人之外的狗狗镑艺人。他把“小半死”的合同卖给了优先唱片公司，没有签下把许多艺人带到了死囚牢的沃伦G，而且当他谈及这件事时毫无遮掩。史努比的表弟小半死，显然是被冒犯的。

根据德雷的建议，沃伦 G 走自己的路，他与 Def Jam 联系，他们签了他。“调整……G Funk 时代”（Regulate……G Funk Era）发行并且获得三铂金认证。有一个障碍，因为内特・多格出现在专辑上，他被签到了死囚牢唱片公司。苏格和莱尔・科昂之间的紧张谈判发生在死囚牢唱片公司的办公室，科昂没有带安全人员。苏格和科昂互相威胁之后，战争避免了，金钱易手了。

但是，苏格嫉妒沃伦 G 创造的收入来源，他可能现在得到了安抚，但是他想对 Def Jam 造成伤害，并且很快就会通过利用其他东海岸艺人的弱点来升级冲突。

沃伦 G 曾经谈到过图派克的天才，并给我们一些了解图派克创作音乐的过程。沃伦 G 一天晚上坐在家里，电话响了。来电者说他是图派克。沃伦 G 挂了电话。“这不是图派克。”来电者打电话回来，再一次说他是图派克，想要沃伦 G 和他作一些音乐。沃伦 G 很警惕，所以他带着他的点 45 口径手枪连同盒子和音乐装备一起去到工作室。当他到达回声录音室时，图派克在那里，他们开始合作。沃伦 G 弹了一个节拍，他们从那里开始工作。图派克以精彩的歌曲描绘了沃伦 G 因遭到德雷和史努比的抛弃所带来的焦虑。“我试图在这个说唱世界找到自己的位置，我告诉了他一段我的音乐设想。”图派克开始在一个记事本上写。图派克要沃伦 G 在他写下歌词时弹个节拍，他再写下来。没多久《暴徒黑鬼的定义》出来了。当他们在那里时，他们得到了加藤被杀的消息，他们决定写一个悼念的歌曲——《他们会哀悼我多久》。他们找到内特・多格，让他下来一起合作，没多久，两首精美的图派克歌曲就在一个下午被创作出来了。

多年以后，图派克有了自己的焦虑。他被虚假地指控强奸，在四号录音棚遭到枪击，被许多朋友遗弃，被监狱看守羞辱，并被赶出了“镜像唱片公司（新视镜唱片公司）”。尼娜已经安排了图派克和苏格见面，签署了合同，当他离开丹尼莫拉监狱时，苏格在等着他。图派克急于进入工作室，去写下他内心萌动急于释放出来的音乐。他受到几乎所有人的热烈欢迎。图派克曾经发誓要在外面保持清静，但是在乘车去工作室时，他被给予大烟和酒精。死囚牢唱片公司无法操纵一个干净清醒的图派克。因为图派克吸了很多大烟喝了很多酒，当他走出豪华轿车时就倒下了。丹尼男孩扶起他，当他醒来时，他开始写下《所有眼睛注视着我》的第一首曲目。

史努比在《慢性》很有特色，但他的《狗狗风格》《谋杀案》和《狗狗食物》让他成为重量级艺人。图派克要来到死囚牢唱片公司的消息，让已经有一只脚踏在了死囚牢唱片公司外面的史努比惴惴不安，根据苏格的说法，死囚牢唱片公司可是史努比建立的房子。但是，史努比是矛盾的，由于他依赖死囚牢唱片公司，他们在史努比面临的可能被判终身监禁诉讼中负担费用。

图派克到达死囚牢唱片公司不仅让史努比惴惴不安，它还让死囚牢所有的离职警察炸开了锅。图派克被这些圈子的人憎恨，其中许多人公开表示不喜欢他，许多人拒绝做他的保镖。“渴望”的说唱歌手杰罗姆·“黄油”·威尔逊在图派克去世后曾说：“警察不想知道是谁干的——他们认为不管谁做的都是帮了他们的忙，图派克毕竟枪杀了一个警察。他们只是高兴有人替他们把图派克除掉了。”这可能让图派克进入警察唱片公司——死囚牢唱片公司感到不舒服，但并没有让他迷茫。在他释放的那天，他就直接来到工作室，开始录音。他太专注，太努力了，甚至没有注意到，在死囚牢唱片公司有资源的竞争，自图派克签约到唱片公司开始时，图派克 / 史努比对抗很快就会加剧。“他们知道我写信给图派克，将他的粉丝邮件发送给他。史努比总是抱怨自己的粉丝邮件，并询问谁在管理它，但史努比的粉丝邮件远不如图派克的粉丝邮件多。”但是，对于图派克来说，竞争磨砺了他的技能，将他的音乐推向了新的高度。对于史努比来说，可能会更加愤懑。有一个待判的谋杀案可能会抑制他的真实情绪，因为判决过程中，他需要死囚牢唱片公司的全力支持。他已经给了他们足够的理由来推翻案件。他如履薄冰。他必须一起玩，直到他像他们向他保证的，只要他合作他就能被无罪开释。“史努比正面临着三年来一直笼罩着他的谋杀案的打击。他真的害怕他的案件，堆积如山的证据对他相当不利。”10 月份，史努比在工作室与图派克合作。“史努比播放了《两个美国通缉犯》全曲。我喜欢它。”

“1995 年 10 月，图派克出狱仅仅三周。史努比告诉我，他们星期二刚刚录制了这个曲目。”这是史努比与图派克一起在《所有眼睛注视着我》专辑中制作的唯一一首乐曲，尽管达兹制作了五首乐曲。

在万圣节，史努比在康安举行新闻发布会，发布《狗狗食品》，当图派克走进来，登上活动的舞台，媒体不再集中在这场新闻发布会的主角史努比身边，他们立即开始询问图派克关于他最近从监狱释放出来以及他的新音乐的问题。史努比气愤极了，是苏格让这种情况发生的，他显然不尊重史努比。苏格后来会告诉尼娜，“史努比什么也不是。什么也不是。当他是一个穿着粉红色的斯潘德克斯西装的瘦小的朋克小孩时，我接纳了他”。苏格后来后悔他是如何对待史努比的。拉斯维加斯的专辑发行会包括了所有死囚牢唱片公司的艺人，除了被软禁限制自由的史努比。

“狗狗镑的发行派对不可避免地会被纯粹的图派克的存在所淹没。已经有了一个沉重的气氛。”

但是很快，感觉被遗忘了而牢骚满腹的史努比，将不再孤单。

尽管图派克抢走了新闻发布会和发布派对的风光，专辑《狗狗食品》在万圣节发布后就排名第一，销售300万份。该专辑本该包含特邀乔治·克林顿合作演出的歌曲《看不见我》，但是在最后一分钟，被抽出来给了图派克的《所有眼睛注视着我》。德雷有一首歌《加州之恋》为他的专辑《慢性II》预留，但他自己并不情愿地将歌曲给了图派克。德雷以一种很好的态度进入了新的图派克时代，但很快就变味了。尽管这样，德雷和图派克创造了魔法，《加州之恋》非常畅销。图派克在一个下午创造两首精彩歌曲的工作态度撞到了Dr.Dre的墙上，“花了我很多时间来完成乐曲”。

因为掺入竞争的因素，最初同意处理所有创意并将业务留给苏格的德雷正在失去对创意控制的掌握。“图派克并不真正同意德雷。”德雷和图派克之间以及德雷和苏格之间正酝酿着紧张冲突。德雷不能再对死囚牢日益增长的艺人值勤名单表达自己的看法。太多的创造性决定在没有他的情况下被做出了，他很快就表现出了对苏格的不满。德雷与图派克一起在录音棚录制了《看不见我》和《加州之恋》，并摄制了两部《加州之恋》的音乐视频。第一首是在1995年11月10日在沙漠中拍摄的，应该被称为《加州爱情三角》。

“哈克告诉侦探，他在一个视频拍摄现场遇见了洛杉矶警官凯文·盖恩斯……他在其他死囚牢的相关活动上见过盖恩斯……对于死囚牢唱片公司雇员和苏格来说，这是常识，盖恩斯正在约会苏格的分居妻子，谢丽莎·苏格。”

在谢丽莎和凯文·盖恩斯见面并碰撞出对彼此的感情时，一部传闻中的加州之恋上演了。苏格非常气愤，决定表示一下。他和小雷吉用枪将凯文·盖恩斯和谢丽莎押送到了沙漠中的一个墓穴大小的洞里，命令他们脱光衣服。他们以为他们会死，会被埋在这个洞里。他把他们留在那里，想办法自己回家。传闻雷吉派人为他们送了一辆车去。为什么没有杀死他们？即使是黑社会的规矩也不允许暴徒杀死自己孩子的母亲。再说，也许苏格根本就不是像每个人都说的那样是一个凶手，或者他可能明白，杀死凯文·盖恩斯可能会导致声名愈来愈烈的兰帕特丑闻警察的报复。目前尚不清楚谢丽莎和凯文·盖恩斯被困了多久，但是当他们被救出时，他们一定为他们长时间的等待和裸体的羞辱感到很愤怒。如果事件确实发生了，那么苏格这样去嘲弄那个如果他发生了什么事情会继承他的股票的女人，或诱惑和嘲弄她的一个危险的洛杉矶警察局警察的情人，并不是特别明智的。但是加利福尼亚州的爱情三角，走一段很长的路程，解释了为什么凯文·盖恩斯会从图派克和苏格遭枪击的前两天一直到图派克去世后的两天，在拉斯维加斯执行洛杉矶警察局特别任务，或者为什么凯文·盖恩斯的储物柜在他自己被谋杀之后立即被搜查。图派克和苏格的 8cm × 10cm 照片被贴在储物柜的背面。“当盖恩斯的妻子乔治亚被告诉丈夫去世时，她的第一句话是，苏格的人杀了他。”

但康普顿、死囚牢唱片公司和洛杉矶的关系总是复杂的。如果凯文·盖恩斯是苏格的敌人，那么在同一个社区一起长大的他的朋友大卫·马克可能会更加同情。马克可能对图派克的死亡表示了哀悼，解释了为什么洛杉矶警察局调查人员会在马克的家中找到一个给图派克的神龛。马克比苏格更老，但他是一个传奇的田径运动员。曾经是俄勒冈大学田径明星，马克与苏格在康普顿的同一个社区长大。洛杉矶警察局调查人员采访的死囚牢职员表示，盖恩斯和马克共同参加了很多死囚牢唱片公司的派对和执行同样的任务。

“哈克表示，他在许多仅限于死囚牢老板、老板的同事或老板的核心圈子的亲密朋友的功能部门看到了马克和佩雷斯。”

“哈克说过去曾见过佩雷斯。在这些场合，哈克认为，佩雷斯没有以警官或唱片公司的职员的身份工作。哈克声称，1996 年 5 月或 6 月，他看到了佩雷斯和马克，同时在内华达州拉斯维加斯观看了迈克·泰森的拳击比赛。哈克表示在 1996 年 7 月，他再次看到马克在‘MTV’，题为‘扔上空中’（Toss it up——图派克的歌名）的赞助活动中！这个节目的特邀嘉宾是被杀害的说唱艺人‘图派克’。”根据哈克说，他看到大卫·马克在这次活动中，但他并没有和他说话。

哈克当时觉得，马克参加这个活动是为了社交，并不是为苏格提供安全保障。哈克记得，第一次看见马克在死囚牢执勤，是在 1995 年的“黑影奖”上。

“1995 年 12 月，哈克在死囚牢唱片公司圣诞派对中见到了盖恩斯。1995 年 12 月 24 日，哈克看到盖恩斯参加了由兄弟圣战会主办的食品赠品计划。”

“哈克说，他最后一次见到盖恩斯是在 1996 年 4 月的一个颁奖典礼上。”凯文·盖恩斯和苏格之间的紧张局势被嫉妒所激发。嫉妒与金钱，毒品和枪支，混合在一起是一种致命的组合。

苏格可能没有意识到洛杉矶警察局兰帕特分局的警察有多危险，他很快就会发现。

21.史努比重新被控制

11 月初，史努比的审判开始。他比以往任何时候都更多地依赖死囚牢唱片公司，但是他已经在几个月内一直在秘密策划另一次逃亡。他感觉到死囚牢唱片公司的政权将要结束。调查的传闻可能足以让大家惊慌失措。“他（史努比）告诉我，像我一样，他试图离开死囚牢唱片公司。他知道他有官司要打，没有人相信他，但如果我现在让他回来，他会确保我得到很好的照顾。他不会像死囚牢那样对待我……史努比能够看出我很生气……‘你走了，杰克走了，死囚牢现在要走下坡路了，没有人可以帮助我们。’”史努比一直在与华纳兄弟和长滩市机务组（Long Beach City Crew）合作，创建自己的唱片公司，他们有一个未来的大计划。这感觉鬼鬼祟祟的。显然，苏格是不会同意史努比与不同的公司建立一个唱片公司的？死囚牢 *Uncut* 杂志的前编辑尼娜·巴德雷西瓦在夏末离开了死囚牢，史努比联系了她，要求她处理新唱片公司的业务和宣传。史努比还要求她从死囚牢电脑中获取所有信息，并将其带给他。“我试图领导长滩市机务组的年轻成员，按照史努比、C. 风格的指示，根据华纳兄弟不断改变的时间表工作。

我仍然不太了解为何苏格居然不知道这一点。这很奇怪。”巴特·阿奇说，“达兹·库拉特、内特，大家都帮助了我们的录音，我们完成我们的录音稍微早了一点，它被炒作了，所以当达兹和库拉特本应该在做他们自己工作（死囚牢唱片公司）的时候，在跟我们一起录音，他们会来到隔壁我们的工作室，与我们一起嗨！当时真是很嗨。”当苏格听到华纳兄弟情况的风声时，他与史努比发生了冲突，逼他摆正与死囚牢的位置。非常勉强地，史努比不得不签署协议，因为死囚牢掌握着史努比的自由，并为其法律辩护付钱。巴特·阿奇说：“我们与死囚牢有麻烦。这只是简单地这样说，我不能说出全部事实，因为苏格会有阻拦。我不想把责任完全归咎于他身上，好像他完全反对一样，但是事情的经过是，他想要史努比与死囚牢签署我们的项目，而史努比没有，但他确实是在康一安录音棚录的音，康一安录音棚是苏格租来给他们录一个死囚牢项目的。而史努比利用这个录音棚录制了长滩市机务组的音乐，而不是他应该做的死囚牢的项目！一个史努比狗狗项目。”“在 1995 年他想努力摆脱死囚牢的时候，史努比开始了签署给华纳唱片公司的自己的唱片公司——狗狗风格唱片公司，后来在 1996 年被迫签署给了死囚牢。”由于史努比仍然梦想离开死囚牢唱片公司去建立自己的唱片公司，压制的后果将会很快表现出来。“（史努比）他向我展示了尚坦的电脑和办公室。‘把它全部放在家里，’他说，‘我们的事业，会有那么一天。’”

“在死囚牢这样一个人人密谋逃跑的环境，我也成了一个叛逆的逃跑者。”

史努比、图派克、苏格和怀特之路保安公司都非常清楚，有很多人在看着他们所做的一切。就像专辑《所有眼睛看着我》的抒情主题所描述的一样。艺人写下他们所知道的——他们所谈论的。当时的对话毫无疑问是对死囚牢唱片公司内外发生情况的观察。哈克是卧底，而且还有其他警官在监视着。图派克由现在正与最初签署了图派克的特德·菲尔德做一个连续短剧的联系人，海地·杰克，照看和安排在旅馆客房；菲尔德的女儿劝菲尔德说，图派克会成功。尼娜说："我不太明白为什么新视镜对图派克不积极。他是一个重要的艺人，正在事业高峰，被冤枉坐牢。这令我很困扰。"

图派克是一个多产音乐家。他让新视镜收到了很多钱，但是却无法筹到保释金，这笔钱在图派克与死囚牢签约之前就公告出来了。"像其他人一样，我知道东海岸/西海岸的仇恨是由说唱媒体传播的。但是觉得这是一个为唱片销售使用的策略，就好像是'苏格保释的图派克出狱'一样，这里面有些是真的，但不全是真的。无论如何，这不是死囚牢的主要剧目。"

尼娜看得出来，新视镜不能打扰图派克的宣传。尽管这样，图派克的专辑《我对抗世界》，首次亮相就排名第一，并在年底前获得铂金认证。"我知道死囚牢实际上没有钱，而图派克从他的最后一张专辑中获得了大量的特许权使用费——我已经看到了这个声明。那么为什么新视镜就将他拱手相让呢？不可理解。"

有很多不知道的复杂关系。不是每个人都想去审查。目前还不清楚新视镜是否与陷害图派克有什么关系，但肯定有人有。海地·杰克连续短剧是个旁证，但没有任何证据。或许像传闻说的，与死囚牢唱片公司关系密切的执法机关，已经接洽了新视镜？也许他们看到了一个把所有流氓黑社会全部放在这个只差一个火花就会爆炸的火药桶里的机会。看到有事情将要发生，不是太难。在死囚牢崩溃之前，德雷离开并创建了一个名为"余波"的唱片公司。甚至尼娜在图派克死前几个月就写了信给他，并警告他离开死囚牢唱片公司。"我告诉他（图派克）三个月内死囚牢就会完蛋，游戏就要结束了。'你告诉我，如果我需要什么，就打你电话。那么现在，我需要你相信我。你的生命有危险。’”而就在几个月之前，尼娜曾经猜测，没有任何事情可能会影响死囚牢。“死囚牢唱片公司可能会破产，但它正在事业的巅峰。没有什么会打败它。”有些事情确实发生了变化。

警示标志必须非常明显。“所有红色的照片，漆成红色的游泳池和大量的6英尺长的放大的苏格头像以及穿着红色西装的威武形象的照片，它们都发出了一个毫不含糊的与艺术不搭界的信息。”联邦调查局后来透露，他们正在调查死囚牢唱片公司是否参与贩毒和洗钱活动。成立了一个专案组来调查死囚牢唱片公司，苏格及其附属机构。专案组的负责人是来自检察局办公室的拉里·龙戈，成员来自康普顿警察局、洛杉矶警察局、地区警察署、联邦调查局（FBI）和美国烟酒枪炮及爆炸物管理局（ATF）。凯文·哈克和其他一些人是这个专案组的卧底，他们将他们了解的情况报告回来。由于康普顿警察和洛杉矶警察局兰帕特丑闻警察的联系日益增加，他们采用了反侦查技术，很可能肯纳和小雷吉·怀特了解到这一调查，并且也知道龙戈正在领导这个专案组。康普顿警察局可以进入系统查阅专案组的资料。一定会有人泄密。洛杉矶警察局的侦探弗雷德·米勒告诉凯文·哈克，小雷吉·怀特能够控制康普顿内部的毒品交易。这些指控围绕着死囚牢唱片公司是否卷入黑社会活动。与唱片公司相关的许多重罪传言引发了猜疑，提高了人们的兴趣。肯纳正在千方百计寻找破坏这次调查的机会。这将需要多维思考。

22.如果图派克与你同行

“如果图派克喜欢你，他满腔热情地喜欢你；如果图派克爱你，他满腔热情地爱着你，如果他不喜欢你，他打心眼里不喜欢你；如果他憎恨你，他打心眼里地恨你，没有中间地带。如果他喜欢你或爱你，他会以他所有的一切爱着你，反之亦然，没有妥协的余地。”

图派克在一个黑豹党家庭长大，那里的关系将持续到呼吸的最后一刻。黑豹成员使用“同志”来定义在斗争中建立起来的关系。苏格一直渴望与史努比有这种类型的关系，但是反复地，他的感觉总是受到伤害。当图派克离开监狱，与苏格一起摸爬滚打时，他们发展了这种更深层次的友谊。图派克准备好为死囚牢唱片公司牺牲自己，他准备好为所有的人战斗，包括史努比。图派克在史努比的谋杀案审判期间在那里支持他。他真心想要死囚牢家庭和谐平安。他来到死囚牢，与德雷和史努比一起录音。他很快就和苏格合拍了，他们形影不离。苏格曾在“来源奖”上表示，他与图派克同舟共济，这是一个非常庄重的承诺，超越了肯纳起草的合同。

消息的其余部分意味着给坏男孩唱片公司和吹牛老爹迎头一击。

吹牛老爹是一个精明的商人，他知道如果他出现在他的艺人的视频中，他可以向他们收取费用。如果他用他的房子或汽车，他也可以在他的公司报销这些费用。当艺人得到他们的权益金说明时，他们会看到这些费用，于是私下的抱怨开始了。苏格听说了东海岸艺人越来越多的不满。苏格也听说大个小子和吹牛老爹没有和监狱里的图派克接触，他对他们明显的不尊重感到愤怒。不用多久，苏格和图派克就开始谈论东海岸说唱乐景象，以及他们对吹牛老爹和大个小子的共同仇恨。

对吹牛老爹和大个小子的仇恨在苏格和图派克的内心沸腾。

史努比和狗狗镑去纽约肩负的一个和平使命，是去为纽约拍摄视频。最初的目的是想让所有的东海岸说唱艺人加入视频以消除任何敌意，但结果却是随后发生的枪击事件进一步加剧了东海岸和西海岸之间的紧张局势。

没有人知道枪击是真的还是宣传噱头，但每个人都认真对待。如果是宣传噱头，那只有那些需要知道的人才会知道，因为信息是封闭的。在视频制作期间，大个小子在接受广播节目采访时呼吁关注纽约西海岸歌手制作的视频。弗兰克・亚历山大在布鲁克林的视频拍摄中负责安全保卫工作，枪声想起时，他冷静地召集了所有的艺人，并带领他们到达安全的地方，这让他提升到了英雄的地位。后来图派克听说了这个，于是，要求弗兰克成为他的主要保镖，但请记住，没有一个警察想当图派克的保镖，他贴着“警察杀手”的标签。弗兰克没有徽章，图派克可能对弗兰克感到更舒服，也因为他的新英雄地位而想要他。

“那天晚上，我开始考虑大个小子打的电话，并意识到他妈的，大个小子让别人感觉我们与那里没有关系，这个人试图向我们的拖车开枪，显然是试图杀死某人。”

图派克和苏格目睹了在纽约对史努比的枪杀，因为枪杀是直接对着他们来的。他们记在心里，他们觉得他们与史努比同在一条船上，他们认为史努比也是这么想的。他们从来没有想过，史努比会与东海岸背叛他们。但即使在 1995 年 10 月和 11 月，史努比并没有憎恨东海岸。“我自己听纽约、东海岸的说唱音乐，像大个小子、基思・默里，当他们有什么狗屁东西出来时。他们应该也这样对待西海岸。说唱音乐应该是统一的。我们都是黑人，我们可能相距 3000 英里远，但仍然是邻居。它应该是友好的竞争：井水不犯河水。”

苏格和图派克将继续与东部的对抗，但史努比并没有与他们在一起。苏格和图派克在拉斯维加斯枪杀案发生前四天才发现这一点，认为需要反击，但在这之前，苏格和图派克一直对史努比坦诚相待。

所以图派克和苏格决定使用死囚牢唱片公司圣诞派对的活动来获取关于吹牛老爹的信息。尼娜出席了死囚牢唱片公司圣诞派对，尽管有人警告她，苏格已经雇了人杀她。“10 月 23 日，他（乔・酷）告诉我关于苏格似乎在塔扎纳的红房子雇了人来杀我。我笑了，因为这听起来很滑稽可笑。他要求 LT 和史努比支持他；LT 郑重地点点头。史努比则什么也没说。”诺里斯面对尼娜的质问，断然否认，并邀请尼娜参加派对。她一定觉得很安心了，因为当她出席派对时她发现那不是真的，她与苏格的弟兄玩在一起，包括苏格的重要幕僚笨雀。“曾经与苏格合作过多年的笨雀告诉我（尼娜），他已经受够了，也希望可以离开。”

尽管死囚牢家庭大部分人都在派对上尽情享受，下班警察正全方位地监视警察频道。如果警方、联邦调查局或其他方面将对死囚牢唱片公司进行监视，那么将会被发现。如果发生任何异常情况，这个安全小组会发出警报。

在派对开始之前，有来自死囚牢的人找到马克・安东尼・贝尔，向他打听吹牛老爹的家庭地址。如果他提供信息，他们就给他一个有利可图的合同。他根本没有理会，只管去做他自己的事，但是他也被邀请参加了派对。

马克·安东尼·贝尔到达并被带到楼上，遭到询问、羞辱和殴打。在殴打过程中，摄影师罗德里克·尼克松打了电话报警，当然，另外一层安全人员通过监测警察无线电频率截获了警察派遣情况。一旦提醒，贝尔的攻击者立即切换到伤害控制模式，释放贝尔，并对犯罪现场进行消毒处理。当警察到达时，贝尔已经在外面，但显然受伤了。在派对工作的下班警察亮了他们的徽章，并表示派对上没有发生任何事情。出勤的警察似乎很满意，所以他们离开了。两天后，马克·安东尼·贝尔报了警，并提供了有关殴打的详细信息。地方检察官办公室拒绝了这一案件，也没有对贝尔的袭击者提出任何指控。这并没有阻止案件以民事诉讼方式进行，最后以 60 万美元达成庭外和解。

那些涉嫌参与殴打的人的名单包括：苏格、Dr.Dre、苏格的核心人员，以及图派克。值得注意的是，不到一个月就要离开死囚牢的 Dr.Dre 据称也是帮凶。

东海岸 / 西海岸的仇恨将提供大量关于谋杀图派克的猜测。如果执法部门没有逮捕作为图派克谋杀案凶手的奥兰多·安德森，将很容易做到。有太多的证据表明，奥兰多不是凶手，这对小雷吉·怀特和肯纳来说是一个问题。以前的调查已经冒着很大风险而成功转移。说唱战争是完成这一举措的完美掩护。有很多会失去。如果第一个多米诺骨牌倒下，整个行动将被破坏。那会指向哪里？也许是那些很可怕的地方，那些肯纳的整个职业生涯中，都在引导执法部门离开的地方。

“东海岸 / 西海岸战争看起来就像一垛烟幕墙，只是一个幌子、烟雾和镜子。真正的战争与大个小子或纽约无关，所有的一切只与金钱、权力、种族和美国梦有关，这是涉及文化、政府和与说唱无关的群体的危险情况。”

图派克要求“愤怒夫人”指责利尔·基姆，她告诉他她不想。当她第二天到达工作室时，图派克把她锁在她的工作室外面，将所有的私人物品放在街上。史努比和他的妻子不得不搭救她，为她提供一个地方留下来。这显示了图派克如何对待与他不一条心的人。

同时，史努比的审判在持续，尽管有摩擦，图派克实际上花了很多时间在法庭上支持史努比。德雷被要求代表史努比出庭做证，但从未露面。在 1 月份，德雷离开死囚牢唱片公司，并与苏格签下终身管理协议，作为退出协议的一部分，他放弃了他在死囚牢唱片公司的股份。“德雷被给了一个选择，选择是：离开死囚牢唱片公司自己走出去，或者被拖出去，当谈到商业时，苏格不讲他妈的情面。”

有传闻说，Dr.Dre 在离开时大腿遭到枪击，但这只是为了给苏格的名声添油加醋。德雷觉得如果他离开，图派克将永远无法完成他的《所有眼睛看着我》专辑。图派克通过死囚牢抓到那些可以找到的艺人，借助德杰·奎克，完成了专辑。《狗狗食品》和《所有眼睛看着我》，将势头从东部海岸牢牢地转移了回来。死囚牢唱片公司现在已经达到了西海岸匪徒说唱的巅峰。

图派克的受欢迎程度超过了以前苏格、德雷、史努比和死囚牢所做的一切。“我开始注意到德雷再没有出现过。每当有一个死囚牢的活动，德雷会明显缺席，我不再在工作室看到他。”德雷带着抱怨离开了。

23.史努比被开释

谋杀案审判就是一场表演。警察署警长打电话过来给法官，告诉他，刚接到一个线人告密说，如果史努比没有被无罪释放，苏格·奈特将雇人去杀法官和检察官。

史努比知道这是别人以他的名义设的一个陷阱。像这样的信息，对于小雷吉·怀特来说水分太多，他不会沉默，而对于苏格来说，不利用这个来对史努比敲诈一把，那就太丑了。怀特希望让他的下班警察圈子的人知道，他知道洛杉矶警察局证据是如何消失的。凯文·哈克证实了这一点。但这种信息是敏感的。在警察之间可以知道，但超越这个圈子可能是危险的。“我后来才知道，他（小雷吉·怀特）是那种不信任任何人的人，因为他甚至不相信自己。”

史努比谋杀案的巨大问题已经被解决了。看到他被枪杀的目击者被强迫改变了他们的证词。沃尔德马里亚姆的朋友改变了他们的证词，并表示他们在警察到达之前从沃尔德马里亚姆的身体上取走了枪。那名曾说她看到史努比从吉普车上开枪的目击证人，收到了录音合同，搬走了，在庭审期间根本无法出庭。吉普车也在警察找到之前被清理好了，没有找到任何枪支。肯纳在破坏这起案件的起诉方面做得非常出色。

致命一击来自证据的丢失。兰帕特丑闻警察已经交代了证据被丢失。肯纳非常巧妙地指责检方，他向陪审员说，这个证据足以证明他的客户的清白，因为这个证明，沃尔德马里亚姆被枪杀时他正在拿他的枪。当检方不能提供这些证据时，他让他们看起来像是很阴险地想隐瞒这个证据，以便破坏肯纳的辩护一样。这是被动的积极行动，是肯纳的特征。

想象一下洛杉矶警察局在这个丢失的证据中的混乱状态。有证据被收集和到达证据储物柜的记录，在那里，它被登记进入计算机系统，但是当他们去寻找它时，却找不到它。他们知道它一定在那里，但只是放错了地方。他们疯狂地寻找，并向控方保证，它存在，但因为某种原因失踪了。执法机关和检察机关之间的关系有时会变得紧张，像这样的事情真的会加剧这种紧张关系。史努比谋杀案不是罗素·普尔的案件之一，但他记得这个证据丢失的事情曾引起警察部门内部不小的轰动。罗素是如此受人尊敬，因为他告诉检察官关于他的案件的真相。他们尊重他，因为他把好事、坏事和丑陋的事情都说出来了。这个缺失的证据丑陋到了一个全新的水平。但它的另外一个作用，是让肯纳知道，他掌握了宝贵的资源。

在史努比谋杀案中窃取证据，检验了核心小组，其中一人继续安插在死囚牢唱片公司里。凯文·盖恩斯可能是对 1996 年苏格日益增长的自大狂行为的一个有力的制衡。他被权力迷惑，开始真正增加他日益增长的敌人名单。有猜测说他会发生什么事情，来自雷吉·怀特的消息是，有人会谋杀他，这个最近发生的威胁对于检察官和法官来说也是十分不安的。专案组正在缓慢移动。怎么样能够将苏格推翻？

专案组的负责人是肯纳的目标。他的女儿由苏格签署录音合约，随后，肯纳将租下他家在马利布的房子，苏格将搬进去，这样就会在近代检察院历史上创下最为严重的利益冲突。

无罪释放只是鼓舞了苏格。他邀请陪审员们到蒙特牛排馆庆祝。其中许多出席了这次与名人的交往。在宴会上，苏格宣布他将唱片公司的名称改为“新不可侵犯的死囚牢唱片公司”。

肯纳则更加实用。他只是想通过这次打败史努比谋杀案的检察官，向所有调查死囚牢唱片公司的人传递一个信息，如果他们继续调查，他将让任何起诉付出昂贵代价，他将利用他们案件的每一个弱点。他们需要知道，如果他们再次起诉他的重要客户，他们可以期待这样的结果。有很多调查正在进行中，唯一的举措就是在这次审判中直接击败检察机关。原来的调查人员的报告，让针对史努比的案件看起来对检察机关很有希望。他们以阴谋推断他的谋杀，但现在差不多三年后，他们的案子已经崩溃了。史努比在当时一直这么粗心大意，在谋杀案之前的几个月里他也不小心。他在舞台上演出时真的是闪现了导致谋杀发生的帮派标志吗？他真的在想离开唱片公司吗？它简单地证实了肯纳常说的，行为以一个可预见的模式继续下去。史努比曾试图离开，他肯定会再次离开。他在一个以可以用预测的方式操纵的人的简单名单上。肯纳可以注意到并在将来使用它。

兰帕特丑闻警察都与史努比关系很好。凯文·盖恩斯成为他的保镖，还有其他轮岗的警察也都喜欢与史努比合作。

24.布鲁斯·理查森

小雷吉·怀特在到处传播布鲁斯·理查森是被脖子骨和笨雀谋杀的谣言。这不太可能，因为理查森有非常高超的徒手搏斗技术。尽管他们是苏格的得力助手，这也根本不可能。

拉斐尔·佩雷斯曾报告说，他在洛杉矶警察局时有三张徽章失踪。制服很容易弄来，他们可以简单地购买。徽章要困难得多，要求打扮成警察的军事行动可以用他的多元的徽章进行。布鲁斯·理查森的谋杀案很可能是由打扮成警察的人实施的，因为“还有一个问题就是，杀手是如何进入理查森家里的。众所周知，布鲁斯的住处是一个虚拟的堡垒，有安装着双重的死螺栓锁的加强钢门，所有窗户上装有重杆，以及精心制作的报警系统。”当门铃响时，理查森可能打开了门，因为他相信出示在他面前的徽章。当汽车中的警察到达时，公众是信任的。有没有人仔细检查以验证徽章？他们会注意到三名警察戴着相同徽章吗？布鲁斯·理查森以他的武术技能著称。制服他不是那么容易，很有可能会出错。如果他听到了任何这个行动的风声，任何事情都有可能会发生。它可能会有嘈杂声音。它可能会很凌乱。有许多可能的并发症，可能使这成为一种危险的情况。这些家伙没有被抓住，一定有一个原因。他们将风险降至了最低。如果他们被抓到，可能是因为留在街上比蹲在监禁里更危险。一个像布鲁斯·理查森这样的谋杀行动会是什么样？他们需要像当时流行的Nextel收音机/手机这样的通信设备，甚至可能配置在不同频道的那些“每个细节”和那些仅仅是播放的部分。需要有一个人来监视警察的频道，并且能保持各个层次的畅通，所以至少要有一个人来处理通信。至少有两个家伙可以最初和一个可能的小型队车一起进入。然后，至少需要另外两人在几分钟后到达，这样，至少有四人穿着警服。在附近的主要入境点需要有哨兵。需要创造一个能将警察视线尽可能从犯罪现场转移开的场面。这个细节本身可能是有问题的。他们需要将警察从犯罪现场引开，但是如果计算错误，选择了错误的地点，可能反而会将附近别的警察吸引过来，所以它必须深思熟虑。如果有一个爱管闲事的邻居叫了警察会怎么办？需要有二次转移视线的备用计划。最后，如果这些都失算，他们需要准备一个可以消除犯罪现场的清洁工。兰帕特丑闻警察显示出了清除障碍的能力。当弗兰克·莱加杀死了凯文·盖恩斯时，拉斐尔·佩雷斯试图通过窃取可能归因于莱加的证据来陷害莱加。“1998年2月5日，在莱加枪杀盖恩斯案被帕克斯局长和警察委员会裁定一个月后，一包莱加用来作为证据的可卡因从证据储藏柜中消失了。他的同事首先说，内务部全都认为莱加是罪魁祸首。不过，没过多久，他们专注于一名新的嫌疑人拉斐尔·佩雷斯。经过六个月的调查，佩雷斯因为分四批偷取了八磅可卡因而于1998年8月被捕。”

他以前用类似的办法除掉了他的多少敌人？

从他的证词中可以清楚地看出，他对平民使用了这些相同的策略。他的许多案件都被推翻了，发现他掩盖证据和捏造证词。他们的计划是深思熟虑的，他们能够相当长一段时间逃避被抓住。佩雷斯利用法律麻烦来报复多年来超越他的许多警察。他在好警察身上捏造的阻挠法律制度的故事是精心设计的。他由海军陆战队训练。他通过使用系统的规则来反对系统，在街头表现出他的智慧。

他们与因为腐败而被解散的康普顿警察有联系。康普顿警方把毒品和武器输送到街头。他们的警察局局长在自己的证据储物柜里有两公斤可卡因。康普顿警察局努力避免被解散，但正义之轮没有停止运转。所有的警察都被解雇，他们将很难在另外的警察组织找到工作。但是，比奥马尔·布拉德利写的更重要，奥马尔·布拉德利写道："当巴卡警长的凶杀案专案组被允许调阅未解决的谋杀案档案时，对于MOB或者苏格来说，就没有了任何保护，康普顿警方将因为与死囚牢的密切利益以及吸毒、嫖娼等而被曝光。我的谋杀案将阻止巴卡警长的合同通过并使市议会陷入僵局，二比二，我接受了警长的保护，我讨厌这一点——但是在那个时候，我需要带有徽章的杀手。"

这表明康普顿的每个人都相信死囚牢唱片公司就是苏格。康普顿的任何人都难以想象，死囚牢唱片公司与苏格无关。他只是纸上的主人，但是死囚牢正由康普顿警察管理。他们成功地将所有肮脏的行为都归咎于苏格。每个人都有一个集中他们仇恨的目标，真正的罪魁祸首可以逃避正义的审判。如果康普顿警察被解散，档案落在了好警察的手中，那么坏警察的秘密就会完全暴露。"雷吉，迟早，当他们真的开始启动，真的起诉他，你知道，无论警察是好还是坏，没有人愿意去监狱。而且我相信最后，根据我与美国联邦调查局和ATF交往的经验，到最后，雷吉将会是这个人。因为没有人想去监狱。我相信是真的。雷吉是如此笨拙，现在通过你所知道的所有这些东西吸了一口气，就像一个傻瓜，我说他——他现在已经赚了很多钱，他不知道该怎么办。"

这些秘密可能会暴露其他更高权力的人。现在紧迫的是，他们必须停止巴卡警长的合同，或者至少也要可以控制它。当康普顿警方在法庭上失去一切可能的上诉时，他们需要与李·巴卡警长达成协议。他们需要确保他们的未来。凶杀没有任何法定时间的限制，他们将暴露自己从而被终身监禁。看起来好像全输了，然后在第十一个小时，他们被给了一个橄榄枝，每个警察都被欢迎进入洛杉矶地区警署的部门。腐败已经被吸收到了警署，在那里可能会增长和溃烂，而不是被解散。危机避免了，秘密保持了，政府的问题会继续下去，“保持问题的存在，才能保持资金的流动”。政客很容易去操纵。

现在，让我们回到只有 30 岁的布鲁斯·霍华德·理查森，他的前面还有他一生漫长的路程。他们怎么能穿过他的防守？是的，利用他认识的康普顿警察。这是他们的方式。杀掉他将牵涉到整个团队利用无线电和各种安全网，但他们需要比他更加老谋深算。

他们怎么才能让他打开他的保险箱并给他们想要的东西？

兰帕特丑闻警察可能与康普顿警察合作，并向他提供了一个捏造的故事，也许他们向他谈到他的保险箱中遗失的东西，苏格吹牛说他拿到了，他要立即证实这件东西是否仍然在那里。一旦这个保险柜被打开了，理查森就被淘汰了，他没有机会。当大卫·马克的家被搜查时，他们发现了消声器。一个警察需要消声器干什么？他们半夜用它对付布鲁斯·理查森了吗？他们很有可能用了。行动必须天衣无缝。可能使用了标准的怀特之路/兰帕特丑闻警察的操作规程，包括安置一层安全保障在如果真警察随机巡视附近时用来转移视线。监视警察频道，就像他们在死囚牢圣诞派对上一样。谋杀之前两个星期，苏格遭到理查森的对抗和殴打，因此让苏格成为谋杀案中的首位嫌疑犯。绝对没有实物证据来证明他是犯罪的，但是街上流传的是他策划了这次谋杀。“苏格刚刚杀了一个不为他工作或转让一个艺人的制片人。”

苏格的名声上又被标示了额外的罪行。

“被枪杀的制片人是一个拒绝为苏格工作的瘸帮会员。他的嘴里和胸部中了三枪。你是否知道死囚牢已经向黑人社区通过贩毒和勒索榨取了3000万美元，那名艺人已经被抢走了他们的特许权使用费，而苏格的人在1995年12月枪击了德雷的腿。”当然，苏格受到理查森殴打的消息很快就被散布在社区附近。如果凯文·盖恩斯试图以他女朋友的名义消灭苏格，那么他可以很容易地与佩雷斯实施犯罪活动。

佩雷斯14岁的前女友索尼娅·弗洛雷斯向联邦调查局发表声明，佩雷斯和马克对这两起谋杀案负责，并对这些谋杀案进行了详细描述。当然，实施对布鲁斯·理查森的谋杀，将需要更多的人，仅仅佩雷斯和马克是不够的。三个额外的徽章可以佩戴在其他人的制服上。几年后，当拉斐尔·佩雷斯被捕时，在对他家的搜查中，发现了所有佩雷斯失踪的徽章。他一直拥有它们。

25.都怪西蒙①

康普顿市长开始注意到死囚牢唱片公司和康普顿警察局之间的关系非同一般。他们是同一个实体。兰帕特丑闻警察和康普顿警察展示了相同的行为，据说他们在死囚牢唱片公司的活动中一起聚会。据奥马尔·布拉德利说，康普顿警察局参与的犯罪行为包括，从证据储物柜窃取证据，给犯罪嫌疑人栽赃，抢劫毒贩，贩卖毒品以及卷入很多谋杀案等。兰帕特丑闻警察和康普顿警察当然也能谋划一起飞车枪杀案。他们有能力进行高层次的思考。如果有刑事辩护律师帮助他们策划这起谋杀案会怎么样呢？这肯定会提升证据的要求，以确保案件无法进入法庭。

“苏格的个性在大概 1995 年夏天开始变化，我不知道是什么或为什么。我只是知道他改变了——更糟糕了。”有足够的人想要苏格死，至少想看他被推翻。他们曾经杀死了不可战胜的搏斗能手布鲁斯·理查森。他们准备把这个提升到一个新的水平。

---

① 引自歌曲 *Cops and Robbers by The Hoosiers*。

当史努比在环球影业的露天剧场因为拥有大麻被捕时，他告诉警长，苏格是图派克谋杀案的幕后。在谋杀案调查中很少有文件泄露，而详细说明这一遭遇的文件是泄密文件之一。如果史努比是一个瘸帮成员，帮徒不能告密，那么为什么他会告诉警方，苏格对谋杀负责。这就成了骗子在帮派文化中是完全可以接受的。如果苏格真的应该对图派克的谋杀负责，那么史努比的帮派规矩将禁止他说出真相，因为那样的话就会成为奸细。当史努比假冒奸细举报苏格时，他正面临着与苏格的整个血帮人员的冲突。警长保护史努比免受攻击。

当苏格即将离开监狱时，他让死囚牢唱片公司网站向史努比发出了一个信息。“‘2001 年恐惧之年’，下一个屏幕上显示‘所有的狗狗跑开和逃走’，下一个：‘苏格回家了’，一只狗听到吠叫，然后在一声枪击射击后发出呜咽。”史努比和苏格明显在战争中，但为什么呢？苏格在接受采访时澄清说：“这会改变死囚牢阵营，因为突然他成了这个主要的明星，他得到了所有的聚光灯和所有的注意。对我来说，他们是幼稚的，因为他们永远不可能像图派克一样。”坏的阿兹补充说：“你总是看到苏格和图派克在一起，他们就像大哥哥和小弟弟一样，像这样的关系对于权力来说是危险的。”丹尼男孩告诉我们：“有苏格的一边和史努比的一边，让我们说红边和蓝边吧。”从史努比无罪开释的时候起，他就在计划再一次离开。他已经知道，如果他留下来，他将看不到任何钱，因为根据苏格的说法，死囚牢已经为史努比花费了 600 万美元诉讼费用。图派克还在熟悉死囚牢唱片公司的工作环境。史努比知道他将支付昂贵的安保费用。图派克在他去世前发现了这一点。“我刚开始收到每月约 10000 美元的报酬，然后下降到大概每个月 4000 美元到 5000 美元，原因是，根据雷吉的保安预算，图派克每月得支付 3 万到 4 万美元的安保费用。”

“他（史努比）与死囚牢唱片公司不合拍。”

史努比受到图派克的侮辱。史努比攻击图派克。5 月份，图派克和史努比应该一起出现在罗斯娜·巴尔的“星期六特别之夜”上。史努比没有参加排练，然后也没有出席演出。图派克和 Ice-T 在一个难忘的时刻表演了《你没有带给我鲜花》，作为史努比的替换节目。然后 7 月在“蓝色之屋”，图派克和史努比出现在演唱会的同一舞台上。史努比出场时得到了人群的热烈欢呼，但当图派克出场时，人群则变得疯狂起来。这引起了史努比的嫉妒。罗素·普尔说：“图派克知道如果他被谋杀，那一定是死囚牢内部的某个人干的。”达兹在接受德杰·弗拉德采访时说：“我在拉斯维加斯时已经竭尽全力了，你知道那简直要杀了我，但是史努比像是说别急，别他妈的搞砸了。”史努比说：“恶霸得到报应了。你知道当你在学校时，你们有一个恶霸，他恐吓每个人，你害怕，你把你的午餐钱给他，把你的金链条藏起来。然后，那天这个学校的恶霸得到报应了。”史努比后来录制一首叫《不要让皮条客掌掴了》的歌曲，他在那首歌中谈到了对苏格的攻击，“我曾经像蠢货一样支持你，将你从新凯迪救出来。我站在威尔希尔大道，在那里，你不能再骗我”。

新凯迪指的是在科瓦尔和火烈鸟的宝马旁边开过来的白色凯迪拉克。在那辆车上的，根据图派克谋杀案的自首信，是史努比的表弟和执行者，小半死。站在威尔希尔大道是指大个小子谋杀案。史努比是最后一个在谋杀案当天与大个小子在一起的人之一。即使苏格在谋杀发生时被关在监狱里，与外面的世界断绝了联系，这起谋杀罪仍被归咎于苏格。“在那里，你不能再骗我”是指洛杉矶警察局证据储藏柜的遗漏证据。苏格必须把这个紧箍咒套在史努比的头上，以使他能够留在死囚牢唱片公司。

史努比从来没有勇气想过自己离开死囚牢唱片公司，他需要知道别人和他在一起。同时也很清楚，除非苏格被消灭，否则任何人都不会觉得安全。凯文·盖恩斯对苏格的仇恨已经达到顶峰。但是他并不孤单，有越来越多的力量要颠覆苏格，而这些力量是一致的。对苏格·奈特的恶霸战术不满的日益增加的人们汇集在一起。这包括看到了美元迹象的康普顿警察。他们已经猜测，如果苏格发生了什么事情，谁将控制死囚牢唱片公司。这种猜测导致他们愿意与谢丽莎和凯文·盖恩斯一起合作。凯文·盖恩斯能够让伯纳德·帕克斯指派他和另外两名洛杉矶警察局中尉警官，在图派克和苏格遭枪击前两天到图派克去世后两天，一直在拉斯维加斯执行特别任务。如果洛杉矶警察局官方参与了，那只能意味着拉斯维加斯警察局在某个程度上也参与了策划。

26.拉斯维加斯大都会警察局

乔治·凯利思是小雷吉·怀特带来与保安人员会面并让他们解除武装的律师。凯利思与拉斯维加斯有很深的联系，他曾经为内华达州税务委员会工作，曾为“拉斯维加斯警察 K′9 之友”“拉斯维加斯大都会警察之友”“警察为小孩骑车”和“拉斯维加斯的消防与救援”等的法律顾问。

小雷吉·怀特和凯利思与所有保安人员举行会议，并直接命令当晚任何人不能携带武器。雷吉后来指示保安人员就这件事对苏格撒谎，但凯利思坚持，那天晚上不能携带任何武器。如果那天晚上在凯利思的城市会发生什么事情，他不会想要 30 名枪手射击拉斯维加斯，这难道不是很有道理吗？

662 俱乐部正在为拉斯维加斯大都会警察局的帕特·巴利拥有的巴里的拳击馆举办私人募捐活动。派对现场将有大量警方人员在支持帕特。这个晚上，拉斯维加斯警方将会监控活动现场的任何地方。如果在拉斯维加斯上法庭的话，警方将会要求这个筹款活动人员、解除武装的安保人员以及所有在死囚牢工作的下班警察出庭做证。按照肯纳的风格，任何调查从一开始就立即受到破坏。

但如果拉斯维加斯警察卷入了，是否有拉斯维加斯警察腐败的证据呢？

结果是有。前侦探戈登·马丁斯说：“通常嫌疑犯必须要有钱。他需要花很多钱，他将不得不花很多钱。他可以花钱从这个地方出去，他们有……警察腐败不能存在，除非上面管理层容忍……当你问我关于图派克，这很容易，有钱，不幸的是我心爱的警察局，他们为钱而运作？警察局可能与图派克的谋杀有关吗？哦，绝对！我心里没有问题。”

“实际的问题并不是那么复杂，‘只要跟着钱’。拉斯维加斯大都会警察局，或者不如说是‘大都会黑社会’终将开始崩溃，因为他们的犯罪行为终将被暴露和纠正。”两名拉斯维加斯大都会警察局警察被指控在图派克被枪杀后仅几个月，以与图派克谋杀类似的方式谋杀了毒贩。（拉斯维加斯大都会警察局警察）罗纳德·莫尔特森在1996年12月27日开枪射杀丹尼尔·门多萨被定罪。“子弹由（拉斯维加斯大都会警察局警察）克里斯托弗·布雷迪驾驶的一辆卡车的乘客窗口射出。罗纳德·莫尔特森是乘客。”

结果是，在康普顿警察局和洛杉矶警察局发生的完全相同类型的犯罪活动正在拉斯维加斯发生。这不是也很有道理吗？拉斯维加斯是洗钱最简单的地方。一名警察敲诈了一名毒贩，并在拉斯维加斯度过了周末，然后回到家中，讲述了他享受的赌博狂欢，现在他已经解释了他最近的现金收入。如果没有毒品贩运，拉斯维加斯不会像这样一直成功。警方一定会愿意这种妥协以满足拉斯维加斯最初来自黑手党的权力结构。

拉斯维加斯大都会警察局前中尉黛布拉·加尔表示：“大都会腐败猖獗。他们威胁着我的生命，剥夺了我的一切。侦探马丁内斯的谋杀调查，最终揭示了拉斯维加斯大都会警察局毒品部门的合谋行为，拉斯维加斯大都会警察局毒品部门的一个登记毒品线人的拷贝本，被给予了已经确定的非法毒贩，这些非法毒贩于是将毒品线人强行押送到内华达州阿拉莫的一个夏季小屋，将线人用一根橙色电线绑在椅子上，然后对着线人的头部开枪，杀死了他。线人的尸体被带到沙漠中的一个预先挖好坑的特定地点，埋在阿拉莫外面。”

“警方消息人士指出，十年来，每一个可以想到的警察行政障碍都已到位，其中包括从侦探马丁内斯的办公桌盗走整个案件资料，以防止侦探马丁内斯将涉嫌这一谋杀的人，其中还包括将参与这起谋杀案的执法人员，绳之以法。”

“2007 年骇人听闻的拉斯维加斯大都会警察局警察凯文·斯科特·戴利的斩首谋杀案，据称可能是由拉斯维加斯大都会警察局直接或间接执行的不法行动。由亨德森警察局和克拉克地区刑侦警察以及检察厅官员共同协助，将这一特定的斩首杀人案完全掩盖起来。”

“1996 年 4 月 14 日，内华达州阿拉莫一名拉斯维加斯大都会警察局登记的毒品线人被谋杀，据称拉斯维加斯大都会警察局毒品部门向非法贩毒者提供了一份登记毒品线人名单的复印件，导致非法贩毒者绑架了该线人，开车把他载到内华达州阿拉莫的一个空置的夏日小屋，将他用一根橙色电线绑在上面铺着大块塑料布的客厅中央的椅子上，向受害者展示了毒品线人名单的复印件，上面有他的名字和图片，并向受害者说：‘这是我们对告密者所做的事情’，然后在受害者头部左侧开枪，杀死他。在谋杀之后，受害者的尸体被运送到一个预先挖掘的坟墓中掩埋起来。这起案件有大量可靠的信息和目击证人的证词，对于拉斯维加斯大都会警察局毒品线人的这起谋杀案，以及可能会曝光的一个非法毒品贩运圈，涉及名为‘白色围栏’的拉斯维加斯大都会警察局和非法毒贩的合谋行为。”

“本月（1998 年 10 月）早些时候，地区警署杰瑞·凯勒警长，在联邦调查局的调查中发现了一些当地执法人员可能已经收到现金和礼物来解决涉及护送服务的案件之后，下令对自己的部门进行刑事调查。联邦调查局的调查过程中，也提到‘克拉克地区检察院的一个或多个人’可能已被贿赂。”

在拉斯维加斯，你可以做任何事情。只要付出代价，戈登·马丁斯是对的。那里有专门用来行贿的钱。米歇尔·帕克斯在拉斯维加斯因可卡因贩运指控被捕，作为警察局局长伯纳德·帕克斯的女儿和拉斐尔·佩雷斯、大卫·马克和凯文·盖恩斯的朋友，这些指控就简单得消失殆尽了。

27.凯文·盖恩斯

伯纳德·帕克斯的目光瞄准了洛杉矶的市长办公室。他知道要达到这个目的，他需要资金。进入政治最简单的钱就是邪恶的钱。他把死囚牢唱片公司作为他爬上政治权力高位的可靠资金来源。威廉·威廉姆斯很快因为接受了拉斯维加斯赌场的免费房间和津贴而卷入了一场争议。嗯，拉斯维加斯？这些资料泄露给了警察委员会和新闻界，威廉姆斯肯定不会在 1997 年获得重新任命。如果帕克斯能给威廉姆斯事件火上浇油的话，他将会是警察局长位置的最佳人选。

帕克斯选择了盖恩斯、马克和佩雷斯。他们是他的人，忠于他。当内务部开始跟从三人小组后，发现他们去了伯纳德·帕克斯的家，经常与他的女儿米歇尔一起出去。帕克斯必须知道关于死囚牢唱片公司的调查工作，因为特别行动小组包括洛杉矶警察局。那里挂了一大笔很快就能抓住的钱。如果这些钱可以资助他的政治抱负呢？这是一个诱人的想法。

苏格在史努比谋杀案中威胁法官和检察官的传言，对他的事业一点都不利。有各种各样关于雇凶杀人、勒索、殴打和不良商业行为等的传言。尽管没有什么证据，但如果知道他与苏格有关系，这些传闻就可能会毁掉他。这是一次将苏格送到监狱终身监禁的机会，他所需要做的就是将凯文·盖恩斯和一些精心挑选的人送到拉斯维加斯去执行特别任务。

康普顿警察有希望将他们在康普顿做的事情转移到一个更大的场所，将他们的覆盖面更全面地扩展到洛杉矶警察局。所以合作伙伴关系被伪造，并启动了推翻苏格，资助帕克斯的政治抱负，在新的管理层领导下获得死囚牢唱片公司的行动。对所有有关方面来说似乎是一个明智的做法。什么可能会出错呢？

肯纳设计让图派克在三个星期内出现在 662 俱乐部，但同样，也是在盖恩斯前往拉斯维加斯执行特别任务前三周，他从付费电话拨打了 911 电话，报告了在谢丽莎·苏格的家中发生一个事件。当警察到达时，盖恩斯拒绝让他们进入，对警察吐痰和大喊大叫。他们扣留他并把他带到警察局。他在某种程度上，透露了他是警务人员，逮捕人员意识到他们手上有个烫手山芋。

上级领导被叫来了，检查了盖恩斯的人事档案。在他的档案中，有很多对他工作时与妇女行为不检和路怒的警告。

盖恩斯就他在被捕期间遭受警察部门虐待提起诉讼。罗素·普尔稍后调查了这起事件。盖恩斯知道他在部门有影响力，他们会以和解来保持安静。在洛杉矶警察局内部有很多粉饰行为。他怎么会尊重一个在史努比谋杀案中掩盖被盗证据的部门。谢丽莎和凯文会笑这个。在事件升级之前，他必须对洛杉矶警察局进行诉讼。他按照计划将他与洛杉矶警察局的争吵记录在案，现在他将在图派克被枪杀的那天晚上在拉斯维加斯执行特别任务。

盖恩斯的影响力即将因为拉斯维加斯事件和 3 月份的彼得森汽车博物馆事件而提升。大个小子被杀的那天晚上，盖恩斯在白色的 SUV

中，当晚他的任务是拦截吹牛老爹。他没有完成这个任务，而是让吹牛老爹逃跑了。这本不是盖恩斯的错，但他受到了指责。

凯文·盖恩斯正在成为一门危险的大炮。他对该部门的诉讼有暴露一切的威胁。盖恩斯开始说了太多有秘密需要隐藏的人的话。天知道他会告诉谁？在松散的世界，这是一个很大的问题，他的非理性行为是唯一可以指望的东西。

诉讼是一个滑坡谬误。检察官的审前摸底调查会触及许多双方都还不清楚的埋着的地雷。该诉讼必须被破坏。但是怎么去破坏？盖恩斯距离部门被解雇只有几天，所以时间已经不多了。这是非常高层次的想法，只能来自一个人。据了解，洛杉矶警察局在种族上是敏感的，如果它是种族爆炸性的，他们宁愿不起诉案件。暴动造成洛杉矶警察局巨大的政治影响。消除凯文·盖恩斯只能以一种方式完成。玩种族牌。

如果盖恩斯被一名白人警察杀死，那么该部门会将威廉·威廉姆斯推出去，并将伯纳德·帕克斯请进来。选择很容易。莱加和他的团队被选中执行这一任务。一队美国安全卫队的人正在环球市分局监测警察频道，听到无线电通信听起来像一个枪杀。当他把它带给他的主管时，他被赶走了，“让它去，这不关我们的事，”他被告知。“蒙特罗车的染色玻璃窗户几乎不透明，证人们不确定黑人是否有枪，但是，一会之后从别克开着的车窗伸出来的手（莱加），当白人又一次坐直，手里绝对拿着一把自动手枪。一名开梅赛德斯轿车的女士，在距离她位于太平洋帕利塞德镇的家很远的地方，记得那个白人带着一副非常坚定的，集中精力的表情，开了一枪然后第二枪。”

“他是弗兰克·莱加，是分配到好莱坞地区执法科的卧底缉毒警察。莱加说：他以前从来没有见过这个被打死的人。”

“莱加在洛杉矶警察局射击场上进行练习开始了他的一天，他同时用一把 12 级的霰弹枪和那把用来杀死凯文·盖恩斯的同样的贝雷帽手枪，得到了 100%的命中率。”

随后，莱加有一次在洛杉矶警察局学员面前崩溃了，他开始胡言乱语，并表示枪杀是受到伯纳德·帕克斯和洛杉矶警察局的批准，现场有远见的人开始录了音。

“有争议的，侦查弗兰克·莱加说，他曾经威胁要向媒体透露，他 1997 年枪杀警察同事凯文·盖恩斯是‘洛杉矶警察局对盖恩斯的制裁’，根据洛杉矶警察局警官给助理局长厄尔·帕辛格写的备忘录，记录了莱加去年年底在洛杉矶警察学院发表的一个演讲。”

“他说道格拉斯问道，这是否是一个意外，莱加回答说‘不，这不是意外’。”他胡言乱语的其余部分是引火上身的，当他透露，他曾经遇到过凯文·盖恩斯，在开枪的时候确切知道他就是凯文·盖恩斯时，导致了莱加被推出警察部门。这是令之前为他使用武力辩护的罗素·普尔非常不安的，因为当时莱加说他从来没有见过凯文·盖恩斯，并认为他正在面对一个帮派成员。罗素会对以前在枪击中替莱加辩护感到遗憾，当他听到他的胡言乱语后，更加被那些内容困扰。

盖恩斯和莱加两人的个人档案都在警察局内部丢失了，直接导致了对事件的所有调查的停止。当警察局长选举结束时，伯纳德·帕克斯宣誓就职，对凯文·盖恩斯案中指向兰帕特丑闻警察的调查被隔离了。毒品俱乐部卡特尔律师事务所的约翰尼·科克伦被死者家庭雇用，在递交了一个 2500 万美元的诉讼后，达成了一项和解协议，绕过了市议会的批准，在台面下交易，这样，科克伦不会再像他声称的那样，将洛杉矶警察局闹翻天使警察部门感到尴尬。

是否有人会发现这有点奇怪？如果苏格被杀，他的分居妻子将继承他的价值五亿美元的唱片公司，而他分居妻子的男朋友，在针对她丈夫和图派克的枪杀案的那天晚上，在枪杀案发生的拉斯维加斯执行洛杉矶警察局的“特别任务”？

在图派克实际死亡的两天后，这个特殊的任务结束是不是也很奇怪？还有奇怪的是，史努比是图派克死亡之前探视他的最后一个人，他和他的保镖凯文·盖恩斯一起。

图派克本来应该可以活过来，但是在探视后病情恶化了，随后去世了。如果图派克活过来并指认那个枪杀他的人怎么办？

图派克不是那种愿意保持沉默的人，因为图派克不是帮派成员。

一旦第一个多米诺骨牌倒下，将会引出拉斯维加斯警方、洛杉矶警察局、康普顿警察和死囚牢唱片公司的内部人士等。他们处于伤害控制模式。他们也想苏格死。传言在苏格的头上有赏金。但是，苏格有一个沉默的代码，他不是一个告密者。

图派克没有代码……他必须死。

“有点迂腐，我知道的唯一一个总是遵循代码的人是苏格。”

“然而，关于苏格，有一件事我知道。无论我们争吵得多么激烈，他总是让我把话说完，总是很尊重地倾听；从来没有打断，一直到我自己解释完毕。他总是公开地要求我解释事情的来龙去脉。”

苏格今天还活着，因为他没有公开谈论。图派克已经开始谈论了，雅克·法拉已经开始谈论了，苍鹭已经开始谈论了，盖恩斯已经开始谈论了。他们必须死。

有两件关于盖恩斯的事情，他喜欢用自己的徽章和女人调情，而且他很容易路怒。知道这些信息的人都可以把一个美丽的女人放在路上，一个种族主义者挑起一场路怒事件。

谁会如此操纵？

28.轩尼诗（白兰地）的嫉妒

在 7 月 4 日的“蓝色之屋”演出中，两位随行人员开始争执了。图派克指示所有奥特洛斯的人员将他们的枪留在车里。侯赛因·法塔尔担心会有麻烦，试图偷偷将格洛克点 40 带进去。他被金属探测器挡住，枪被发现。

一个下班的圣莫尼卡警察想要逮捕法塔尔。经小雷吉·怀特和凯文·哈克说情，事件得到缓和。法塔尔被图派克强迫在外面的豪华轿车等待，作为不服从他指示的惩罚。作为协议的一部分，枪被没收并被带到圣莫尼卡警察局，在那里进行弹道测试并通过联邦数据库。如果枪被发现是干净的，那么它将被归还给凯文·哈克（他声称这支枪经联邦调查局弹道测试，与用来杀死图派克的枪相符）。

史努比上台受到了人群的欢呼。他们为他欢呼，他给他们最好的表演。当图派克上台时，人群出现了爆发式的欢呼。图派克一直是更大的明星。这导致了苏格和图派克对史努比的嘲笑和侮辱。尽管苏格曾经威胁过图派克，要他尊重史努比，告诉他“死囚牢是史努比建造的房子”，苏格要求史努比乘坐在 SUV 的行李上方。这种胡闹进一步加大了史努比和图派克之间的隔阂。

但是真正的紧张来自史努比在偿还谋杀案审判过程中欠下的债务后，现在只能收到很少钱的压力。他正在对苏格非常警惕，对图派克非常嫉妒。他在苏格面前几乎像一个小孩，希望得到他父亲的同意，但是父亲没有同意。再看看图派克，就像图派克是老师的宠物，史努比妒火中烧。

图派克对于钱有他自己的烦恼。他了解到，他要为弗兰克・亚历山大的服务支付弗兰克・亚历山大收到的薪酬的两倍。他也开始对肯纳代表他而引起的利益冲突感到不舒服。8 月 27 日，他解雇了肯纳，根据小雷格・怀特的说法，在差不多同样时刻，他也解雇了怀特之路保安服务公司的保镖。图派克的第三张专辑即将完成，他与死囚牢的合同也即将结束。他的演艺事业正在蓬勃发展，根据协议，他现在有 1700 万美元。史努比不是唯一一个被拖欠现金的人，图派克想弄清楚如何获得他的钱。

纽约之行迫在眉睫。如果史努比曾经想知道，假如他先前与 Def Jam 签了约，会发生什么事情，他当然现在也想知道，而且可能已经进行了秘密会谈。显然他正在密谋退出。其他人也在密谋。肯纳、凯文・盖恩斯、谢丽莎和小雷吉・怀特都对苏格很气愤，他们都很少关心图派克，如果他们认为图派克正在离开并带走他尚未录制的歌曲，他们会帮他说情。拉斯维加斯来了一个机会，可能会很快让他们摆脱图派克，但是否苏格也会中招呢？

“图派克说：‘我正准备好和昆西联络，他会为我做点事情。’我（弗兰克・亚历山大）问他在说什么，他说，‘电影，音乐，你说吧，看还有什么，我会让昆西为我制作一些东西’意大利之行全部通过昆西・琼斯部分拥有的 *Vibe* 杂志安排。图派克还有其他的选择，他的转型已经开始。他开始约会基达达・琼斯，将好莱坞全部开放给图派克，有律师、代理人、管理人员和会计师，所有这些都将把螺丝钉钉在死囚牢唱片公司，让他们说明钱是如何花费的。他们会质疑死囚牢为保镖支付 10000 美元，却收取图派克 40000 美元。这些问题将开始被问到。

9 月 4 日，史努比、苏格和图派克都在纽约参加 MTV 大奖。图派克与由法塔尔·侯赛因带来的一群新泽西家伙支持的纳斯发生争执。看起来会有一场对抗，每个人都准备好了。纳斯和图派克摆出了架势。图派克说我骂你，是因为你在骂我。纳斯答复说他爱图派克，他不想惹麻烦。这样就和平了，危机避免了。史努比在那里，在看着，用他自己的话说，他只是在看。在图派克的脑海里，他与史努比在同一条船上，但是史努比没有与他在同一条船上。在史努比和图派克最后一次在一起接受的一次采访中，你可以看到史努比脸上的冷漠。

史努比安排与安吉儿·马丁内斯进行了采访。她问史努比他对大个小子和吹牛老爹的感觉如何，史努比说这些是我的哥们，我很爱他们。这次采访和随后进行的图派克出世前做过的采访从未被图派克的歌迷们听到，因为安吉儿·马丁内斯说，她不想激起图派克和史努比之间的矛盾。那些磁带里都有些什么呢？有一件事是肯定的，当听到史努比的采访时，图派克很生气。

图派克坐在豪华轿车上，听到史努比的采访，开始敲打豪华轿车。图派克非常愤怒。他回到酒店去找史努比理论，却发现了苏格。在图派克和苏格之间发生了激烈的争吵，迈克尔·摩尔站在他们之间，以防止苏格攻击图派克。

图派克说：“我已经完成了马卡维利的工作，而我他妈的要离开这里。”在去飞机场的路上，图派克说：“我就是一死囚上路。”随后史努比引发了苏格和图派克的愤怒。史努比在乘坐飞机回家时被解除了他的个人安全人员。史努比觉得他会被杀死。回到洛杉矶的路上对每个人都绝对是紧张的。这是非常糟糕的，以至于史努比把一把刀放在一只手里，一把叉子放在另一只手里，担心他的生命安全。但是这并不妨碍史努比多次询问图派克，问他是否打算去拉斯维加斯观看泰森比赛。据苏格说，图派克打了史努比的肚子，史努比痛得叫了起来。史努比再次问："你会去拉斯维加斯吗？"

他为什么会一再问呢？嗯！

29.只有能够保持才能称得上拥有

凯文·哈克被要求继续关注那名下班圣莫尼卡警察没收的格洛克点 40。在 8 月份，发现这把枪是干净的，可以取走了。哈克取回枪把它交给了他在 ATF① 和 FBI 的管理人员。是的，哈克是为联邦工作的卧底。这把被哈克的管理人员检查过是干净的枪，交给了小雷吉·怀特，根据哈克的说法，这把枪的弹道测试符合那把用来枪杀图派克和苏格的枪。

据线人罗伯特·索里亚说，小苏格和肯纳参加了一个帮派峰会，并获授权杀死图派克和苏格。根据自首信和给记者克里斯·布莱克福德的信息，小半死和巴顿兄弟收到了苏格和图派克会在拉斯维加斯哪个地方的信息。这个计划包括六条路障，所以没有人会活着出来。这把格洛克点 40 枪被交给了小半死用于枪杀。六个路障包括一辆在图派克和苏格前面的车，三辆左侧，一辆在后面，凯迪拉克开到宝马旁边完成了第六个路障。

① 美国烟酒枪炮及爆炸物管理局。

奇怪的是，内特·多格在枪杀案发生的时候正在与达兹通电话，当达兹在接受德杰·弗拉德的采访时，他说："他们试图让我们去拉斯维加斯，但是史努比好像说'等等，别他妈的搞砸了'。"

史努比在一个视频中说，任何不尊重他的人都将由小半死处理。显然，图派克经常不尊重史努比，这可能是杀死图派克的动机。自首信将它描绘成歌曲布伦达有一个宝贝的盗窃行为，造成了图派克和小半死之间的仇恨。很明显，那天晚上有一些计划，史努比和达兹都在上面。

但它可能只是关于钱。史努比的钱？死囚牢的钱？图派克的钱？带着价值100万美元的大奖章穿过社区，看看需要多长时间引来盗贼。现在设想一下，你的脖子上带着比这还要多500倍的价值走过贫民窟，你就会了解苏格和图派克在1996年做了什么。在工作中有很多力量超出他们的控制。

说这是关于钱还不是真实地反映这个画面。钱是房子的首付或我们用来支付的租金。这是几百万几百万的美元——足够几代人的生活。这是足够改变生活的金钱数额，许多人希望苏格死亡，所以可以开始掠夺死囚牢唱片公司。那些同样的人想要图派克死，因为他的金库里有200首歌曲，而如果图派克死了，那些歌曲会值更多的钱。如果他的遗产可以重组和起诉，图派克签下的合同将会掩盖所有权。如果图派克和苏格不在了，那是一个大的项目，唱片公司可以打包出售给一家大公司，从而克服图派克家人的任何纠葛。

唯一漏掉的是图派克。政变的其余元素已经到位了。苏格是唯一可以说服图派克在拉斯维加斯出现的人物，肯纳和小怀特已经计划好，将图派克和苏格引诱到一个他们两人都无法控制的陷阱里。

如果图派克离开死囚牢唱片公司，有很多证据显示会这样，唱片公司如何让金牛走出大门？真相是他们采取一切手段来保持金牛快乐，并继续在他们唱片公司录制音乐。当我们检查死囚牢唱片公司的战术时，我们会发现，苏格总是在艺人遇到法律麻烦的危难时刻签署合同。史努比狗狗是在他因涉嫌谋杀被捕后一天被签下的。图派克是在他在丹尼莫拉监狱受到每天两次的空洞搜查时被签下的。

记着，该合同是 1995 年 9 月 15 日准备并由苏格签署的，图派克是在 1995 年 9 月 16 日签署的。在合同中要求完成的三张专辑已接近尾声，最好的是重新谈判，最糟糕的是图派克离开了唱片公司。

跟图派克玩的闹剧是在米高梅引起斗殴。证据全在这里。你可以看到录像带中，许多人说是凯文・盖恩斯，也有人说是小雷吉・怀特，当他从摄像头前走过时，躲在一个女人背后。他们知道摄像头，知道斗殴过程将被监控磁带录上。同一个人招呼奥兰多・安德森和他的审讯人员，审讯结束握手后，他与奥兰多・安德森离开。但问题仍然是，为什么引发斗殴？

苏格以惯于利用杠杆作用来控制他的艺人著称。他利用史努比的法律辩护来让史努比为死囚牢唱片公司创造收入。史努比因为诉讼，欠了超过 500 万美元的债务，为了还清死囚牢的这笔债务，他只能收到很少的酬金。

除手写的合同之外，对图派克几乎没有任何约束。他们需要制造杠杆。奥兰多・安德森的斗殴是他们试图创造的这种杠杆。特拉文对图派克低声耳语后，他上钩了，开始了斗殴。当时图派克在保释期间等待上诉。参与斗殴显然将会把他送回监狱。没有任何指控，奥兰多・安德森没事被释放了——监督事件的人看到了这一点。那天晚上，与肯纳或怀特有关的人可能会收集磁带，用以作为对图派克，也可能对苏格的杠杆。老怀特被罗素・普尔和奥马尔・布拉德利证实出现在米高梅的监视录像带上。他本可以轻易留下收集的录像带。那对搭载奥兰多・安德森过来的夫妇，我们看到他们在打架开始前走开了。老雷吉·怀特转向了摄像机，从而变得清晰可辨。罗素带有一张老雷吉·怀特在图派克和大个小子一书中的照片及一张在米高梅监视录像带上的截图，去与警长会面。老雷吉在普尔去与警长会面的前一年，从该部门退休了。他们是否在保护老雷吉？

值得注意的是，图派克是在接近赌场之前被卷入这场斗殴的。如果喜欢赌博的图派克进入赌场，他可能不会离开。他们需要给图派克一个逃跑的理由。在打斗的那天夜晚，图派克很容易被操纵而挥动拳头。

米高梅的磁带在苏格缓刑违规的听证会上作为证据，是由肯纳而不是由检方根据惯例提供的。事实上，所有的证词都来自康普顿警察局……甚至拉斯维加斯警察局收到的声明，都被老雷吉·怀特领导的康普顿警察局作为证据。弗兰克·亚历山大的声明特别令人感兴趣，因为肯纳在录音电话上读给亚历山大的与亚历山大对布伦特·贝克尔实际叙说的截然不同。不知何故，从弗兰克当时的证词到作为法庭证据的证词时改变了。小雷吉·怀特警告亚历山大“不要被传唤”，否则可能对他和他的家人造成严重后果。当他们不能杀死苏格时，他们都在很努力地把他送走，直到多年后他才会明白他的新“人质”状态。

但也很可能，苏格意识到上演的奥兰多·安德森斗殴是与图派克重新谈判的一个伎俩。苏格催促图派克从迈克·泰森的拳击赛后尽早离开一定有原因。奥兰多·安德森事件发生，然后他们都到了苏格的房子休整。图派克被要求与苏格一起乘车，所以他们可以讨论图派克的未来。图派克很可能被告知他需要留在死囚牢唱片公司，否则录像中抓拍到的他的斗殴事件将被当局用来把他送回监狱。苏格可能告诉他，肯纳已经有磁带，图派克可以选择是一起玩呢，还是回到所有人都想用斧头砍死图派克的当局手里。看看图派克的最后一张照片。他看起来不高兴，看起来像他的一生都已经颠倒了。

苏格和图派克不知道的是，那天晚上有另一个计划正在进行，他们在准星的瞄准下，同一辆车，没有任何保镖，没有任何枪支。他们两个都被计划谋杀掉。苏格知道基本要素，但是在操作细节方面一直被蒙骗。凯文·盖恩斯从他的邻居那里精心挑选了奥兰多·安德森去斗殴，安德森被“死囚牢唱片公司”付了酬金。他会在泰森的拳击现场外等候，特拉文会唆使图派克去打奥兰多。弗兰克·亚历山大被挑选为图派克那晚的唯一保镖，主要是因为他不是警察。这是一个阴谋！随行人员将参加斗殴，老雷吉·怀特可以监督审讯，其他下班警察将随时待命防止安德森被拘留的时间太长，监视录像带将由肯纳收集，用作对图派克的杠杆，重新谈判他与死囚牢唱片公司的合作，肯纳和怀特之路安全的合同——每个人都在这个计划中得利。这一切都在拉斯维加斯发生，因为在这里，有更多的司法系统的控制权。如果事件发生后需要提出一个将图派克抓回监狱的指控，这也可以很容易地安排好。“但是这将没有必要，”他们告诉苏格，因为图派克会合作。

对苏格来说，当时这个计划似乎是一个好主意，但是像所有看起来都是一个好主意的计划一样，这个计划也有很多漏洞。

在打算枪杀苏格和图派克上，同样有许多这样的漏洞。

30.拉斯维加斯

一切都安排好了，计划已经到位。苏格已经告诉图派克，他将给他足够的钱，他们能够击败一切。听起来怪熟悉的吧——就像当时苏格去要求重新谈判的时候，Dr.Dre 告诉 Eazy-E 一样，或者是当苏格来到《冲出康普顿》摄制现场和后面的谭氏汉堡店时特里·卡特告诉苏格·奈特的一样。

小雷吉·怀特与安全人员和律师乔治·凯利思举行了两次会议，以解除所有保镖的武装。许多拉斯维加斯下班警察被聘为安全保卫人员，以阻止任何可能的调查。凯文·哈克知道要与当天晚上的事情撇清关系。他不想卷入任何影响他的事情。那让小雷吉·怀特很不开心。

奥兰多·安德森的买家（有人说小雷吉·怀特，有些人说凯文·盖恩斯）付钱给奥兰多·安德森去挨打。奥兰多不是一个帮会人员，但他想成为帮会人员。他最适合被欺负。曾经在猜测谁将会运行死囚牢唱片公司的老雷吉·怀特那天晚上正在参加一个欢庆活动。他会监视奥兰多的讯问，以便有问题时他会说情，还好没有问题。还剩下一个可能会使所有的事情搞砸的，就是迈克尔·摩尔和他拒绝解除的枪。由于他曾与老雷吉一起，如果奥兰多·安德森打架或被讯问时，他可能会在大堂碰巧碰到他。拉里被指示确保摩尔留在他的房间里。一个电话后，摩尔告诉他不要再打电话了。此后，电话直接来自雷吉，以确保他留在房间，打了很多次电话。

泰森的拳击只持续了几秒钟，图派克一直在告诉大家："你们都看到了吗？ 50拳！我算了，50拳，我知道他会把他打趴下，我们喜欢这样。从监狱出来了，现在我们他妈的自由了。"

图派克想要等待迈克·泰森出来，但苏格把他带走了。还有事情要办。苏格想保持计划，因为如果他能与图派克重新谈判，这可能意味着数百万美元。所以他催促图派克赶快一起走。

当然，奥兰多·安德森肯定正在他们说好的地方，果然不出所料，买家基本上不用提醒，特拉文对图派克耳语几句后，图派克像预期的一样跑过去，开始扔拳头。在短短的几秒钟内，奥兰多挨了数十次拳打脚踢。他被打得摇摇欲坠。安全人员准时到达，他们扣留他。一直在确保迈克尔·摩尔在他房间里的雷吉也来了，在与奥兰多走开之前，与安全人员短暂地交谈了一下。老雷吉在悄悄观察，如有需要准备随时介入。随着调查需要，他的作用将会更加突出。

他在雷伊剧院殴打凯利·贾姆森时做得非常好。他使调查撤销了，没有起诉。他将在即将发生的事情中赚钱。

半个小时之后，随行人员全部就位，开车驶向苏格的房子。在这里，苏格要求图派克与他一起乘车，以便他们谈论图派克的未来。图派克一直期待这一点，因为苏格应该告诉他，死囚牢唱片公司还欠他的1700万美元怎么付给他。

他们都坐在他们的车里出发了。弗兰克·亚历山大接过被扔过来的基达达·琼斯的跑起来冒烟的雷克萨斯的车钥匙。亚历山大是车队中唯一的官方保镖，这是通过设计完成的。弗兰克不是警察，他一直在保护警察杀手图派克。许多那天晚上欢庆宴会的参加者都是警察，他们讨厌图派克，并希望他死。枪手们被指示在何地何时开枪。他们知道在交通的边界处发动枪击，以便他们干净利索地进入高速公路，他们计划直接前往他们将倾倒汽车的边界。兰帕特丑闻警察都在那里为这个行动的掩盖添加了一层保护层。他们正在监测警察频道。他们有控制交叉路口信号灯的设备，他们在那里让每个人知道什么时候开枪。通信是任何这样的行动的关键，如果要做得专业，这算是一个。

苏格正行驶在去 662 俱乐部的路线上，那里有一个为巴里拳击馆主办的募捐——一个警察的慈善机构。这是一个好主意，让今天晚上有很多警察参与，使这项调查受到额外的阻碍。绝大多数保安人员也在俱乐部与不知道今晚阴谋的人一起同台表演。迈克尔・摩尔被要求帮助小雷吉・怀特做一些怀特需要他做的事情。他站在他旁边，但永远不能弄清楚，是什么事情如此的重要，能让怀特放弃保护苏格，作为保镖保护苏格通常是怀特的主要责任。摩尔被指示留在怀特身旁，怀特不希望摩尔或他的枪离开他的视线是出于某种原因。

凯文・盖恩斯和另外两名洛杉矶警察局警务人员正在拉斯维加斯进行“特别任务”。他们不在俱乐部，这意味着他们有可能正在阴谋杀死图派克和苏格。目前警方的频道正在通过怀特之路保安公司向死囚牢安全人员，也就是康普顿警方和洛杉矶警察局兰帕特丑闻警察，提供标准作业程序。

弗兰克・亚历山大指责莱昂纳德・杰斐逊对图派克的最后一张照片作假：“那个家伙关于这张照片谎话连篇。”

他很有趣，他也参与了《冲出康普顿》的制作，他在某种程度某些地方参与了谭氏汉堡店的争吵，在那里，苏格因为自卫杀死了特里・卡特。最近这张照片的故事改变了。曾经与图派克出去的莱昂纳德・杰斐逊要求图派克放下窗户，他拍了一张照片——图派克生前的最后一张照片。杰斐逊感到被图派克的歌迷们背叛了，因为他们声称照片是假的，但像任何其他证据一样，我们马上会质疑产权链。什么是产权链？杰斐逊拍了照片，相机交给了警察，照相机和洗印出来的照片归还给杰斐逊，照片给了媒体。

杰斐逊在犯罪现场被警察拘留了吗？他被允许离开。几个小时后，警察在他的酒店赌场里抓获了他。令人难以置信的是他们是如何找到他的。他们将杰斐逊带回犯罪现场，没收了相机。他叫了警察，他们让他知道，他们没有干预他的钱的意图。这个评论让他困惑，因为他不认为照片与钱相关，然后，相机和照片被邮寄给回了他。与此同时，媒体开始打电话给他，要求买下照片的拷贝。他对媒体是如何获得他的电话号码的同样感到困惑。这是不是很奇怪？修改过的尸体解剖照片泄露给了凯西・斯科特是不是也很奇怪？她还出版了死亡证明和泄露给她的尸检报告。这四个证据正是图派克的粉丝们所引用的，用来证明图派克还活着。尸体解剖报告将图派克列为身高 6 英尺体重 215 磅，死亡证明书用莱沙・克鲁克斯作为图派克的名字，两张照片都有重大改变，可能在泄露之前被顺便修改过。当我们将这一点放在一起由刑事辩护律师策划的谋杀案中考量时，这一切就都有道理了。所有这些都将使这个案件不可能被起诉。

自行车骑警们截停宝马，拦下苏格和图派克，直到他们得到所有都准备好了的信号，才让他们走。这是重新设置，以确保一切都将按计划进行。那些同样的自行车警察们很可能是现场的第一反应人员，他们在传播着同一个关于图派克说了“去你妈的”警察的假故事，所以，他们不侦破这个谋杀案在公众眼里是有道理的。在一个“歌迷”要求照相后，计划得以重新设置或稍微调整。

最后一张照片确实捕捉了那一刻。图派克和苏格不高兴，他们单独在一起。四天之前在纽约，迈克尔·摩尔在他们争吵的时候站在图派克和苏格之间，因为他感觉苏格会揍图派克。这次如果发生冲突，迈克尔·摩尔不在那里，不能站在他们中间，照片看起来就像他们之间已经发生过什么。苏格有没有开始告诉图派克，如果他不合作，他刚刚参与的斗殴会牺牲他的自由？图派克不是一个可以被威胁的人。这可能是一场充满脏话的粗鄙对话。他们两人都不高兴。交通阻塞，加上他们都没有得到他们这次旅行所期待的东西。显然他们已经陷入僵局。一辆载满女孩的车从左边开过来，现在他们因为关注女性而分散了注意力。他们两人都没有注意到白色凯迪拉克开过来了。

曾经属于费特尔的格洛克点40给了离职的圣莫尼卡警察，经凯文·哈克，交给了小雷吉·怀特，最后交给小半死，由小半死的深黑色手臂瞄准开枪。丹尼·巴顿，又名白人男孩驾驶汽车，马尔科姆·巴顿从汽车的另一边开枪。丹尼的枪卡壳了，但他还是开了好几枪。小半死直取他的目标。他向图派克开枪。汽车停了一会儿……仍在。内特·多格和达兹打电话，说明发生了什么。他告诉达兹和坏阿兹，图派克和苏格都死了。

迈克尔·摩尔正站在小雷吉·怀特的旁边，听到他的无线电里传来“做到他们了”的声音。他接着听到肯纳说：“不要在无线电上说话。”雷吉·怀特与摩尔交换了一个眼色，指示无线电上的所有人关上无线电。

笨雀下车，迅速地开了一枪，但还是太迟了，凯迪拉克已经消失在夜色中。每个人都震惊了，突然，所有人都认为不可能有幸存者在里面的宝马开始动起来了。苏格调了一个头，随从人员紧跟着。图派克和苏格居然都还活着。他们在袭击中幸存下来。为了进一步破坏调查，警方把苏格的宝马停下来的地方圈起来，而不是枪杀案发生的地方。当他们抵达那里时，宝贵的证据已经开走30分钟以上了。他们没有派出直升机，没有设置任何路障，可能是因为作为警察，他们都想看到图派克死。图派克在任何警察局内部都没有朋友。就像死囚牢唱片公司的所有其他犯罪现场一样，将不会有任何调查导致起诉，因为它是这样设计好了的。

特拉文立即前往 662 俱乐部，向所有正在等待图派克和苏格到达的人宣布了今晚发生的事件。

“那天晚上，我永远不会忘记，那就是我、德雷、DMC 和雷在贵宾室，雷吉·怀特几次告诉我们情况是什么，发生了什么事情。”

31.图派克的真正死因

在埃里克·佩罗丁将奥马尔·布拉德利挤出市长办公室之后，奥马尔失去了他的兄弟韦恩，韦恩死于心脏病发作。“韦恩的死亡震动了整个社区，没有人相信韦恩在 46 岁时心脏病发作。”莉迪亚写了关于肯纳去探访了迈克尔·哈里斯，在监狱给了他一听七喜可乐。哈里斯因喝了这听苏打水而得了严重疾病，差点死了。这是结束友谊的一种残忍方式。

告诉我们兰帕特丑闻的举报人将访问洛杉矶地区警署，讨论警察腐败问题，他有苏格目前的谋杀未遂案与在拉斯维加斯发生的针对苏格的未遂谋杀案有关联的资料要告诉他们。

罗素·普尔透露，他知道，苏格在橡树街 1 号被击中七枪的那天晚上，是一名下班警长让枪手进入俱乐部的。他也知道，谭氏汉堡店的苏格谋杀未遂案之所以选择在那里发生，是因为罪犯知道警长会在那个地方做出回应。普尔是对的，同一个调查人员处理了这两个犯罪现场。警长不喜欢让他们的工作再次受到质疑，以普尔的声誉，这种质疑很可能会被听到。可悲的是，普尔在会议中因大面积心脏病发作而去世。

迈克尔·摩尔死于药物过量。

大赛克斯、里基·哈里斯、阿菲莉·夏库尔和许多其他人，最近都因心脏病发作而过早离世。为什么？

当图派克躺在病床上与死神搏斗，一些人担心：如果他醒来，可以很容易地识别凶手，那将会坏事。同样，拉斯维加斯警察的部分目标是：他们将能够除掉警察杀手图派克。

图派克周围有很多安保人员，溜进去给予致死的药剂并不容易。特别是弗兰克·亚历山大，他不会离开，仍然是一个麻烦。雷吉敦促苏格与弗兰克会面，弗兰克被从图派克病床边召走，以便可以给图派克致死药剂。

史努比自己不请自来，使他成为最后一个看到图派克活着的人。

凯文·盖恩斯在那里实施，所以在警察之间，就会被认为是由一个警察杀了图派克。

雷吉已经安排好了，像医院里常有的，针眼将会被忽略。

图派克才死亡，法医的运尸车就已经停在医院等候了。他们真的知道图派克要死了吗？

抢救图派克的设施很快被拔掉，一些人看到他的尸体很快被推进了运尸车。他的尸体被带到法医那里进行验尸，尸检完成后，给图派克的身体最后一次拍照，作为最后的羞辱，让所有警察都知道这个警察杀手终于自取其辱。

这张被修改的照片，足以驱使阴谋论者未来60年在古巴或非洲疯狂地寻找图派克。死因证明书包含错误的社会安全号码和法医的验尸报告。

匆忙的火葬会制造一个封面故事，图派克没有死亡，没有有效的死亡证明或法医的验尸报告，永远不可能是谋杀案，或有起诉书。所有这一切都是攻击的证据，以至于永远不会因谋杀图派克而被起诉。刑事辩护律师已经规划了完美的犯罪行为——这一犯罪是对人类最公然的犯罪行为。

康普顿警察给奥兰多·安德森安上凶手的罪名。拉斯维加斯警方并没有上钩。他们担心这种愚蠢的策略会让他们所看到的事实感到尴尬。让所有类型的文件进入法庭以便证明奥兰多不是凶手，这可能需要很长的时间，那么，还不如让这个案件不侦破可能更好。拉斯维加斯在任何情况下，都不愿意留下一条文字痕迹。他们决定将所有纸张文件转换为电子文件，并销毁原稿。这样做是因为他们可以选择性地进入并删除那些可能引起麻烦的他们不愿意侦破的案例。

32.大个小子谋杀案

图派克去世之后，苏格因为轻微的缓刑违规进了监狱，他正在计划上诉。实际上他极有可能成功，但是没有人想让他出狱。因此他们需要制造一些事端，以加深东西海岸的不和。大个小子刚好要来洛杉矶停留一个月。这给了他们一个完美的机会。但是大个小子在外面的时间不多，机会有限。他们需要把他引出来。

由于苏格在监狱里待着，这让大个小子在洛杉矶感到很安全。他在洛杉矶的最后一天[1]，身边有些女人鼓动他到彼得森汽车博物馆参加派对。巧合的是，大个小子当天和史努比——那个公开宣称爱他的人，在一起。

史努比所有的警察朋友——包括康普顿警察和兰帕特丑闻警察，都在计划这一谋杀。这正像以前的图派克谋杀计划，除了做了一些修改。他们不想让大个小子或吹牛老爹在医院里待上一个礼拜，就想当晚完成它。他们实施计划的前一天已经侦查好了彼得森。这一次他们

① 1997 年 3 月 9 日。

的计划很到位，他们有穿甲弹、一个专业的杀手，还有一辆 SUV，将用来阻挡大个小子和吹牛老爹两人的汽车。所以他们认为枪杀这两人没有什么问题，就像以前那个谋杀一样，一方面有警察用手机联系，来作为侦查员；另一方面这两人身边的女人用来分散注意力，然后枪手沿右侧开过来，发射子弹，再穿过交通灯消失在夜幕下。每个谋杀案件中的枪手都是精心挑选的，如果发生意外，可以很简单地切断联系。尤其这次，他们将会使用专业杀手而不是一个普通的黑帮成员。成本明显提高，但如果结果有所改善，还是值得的。

有人看见大卫·马克在彼得森，凯文·盖恩斯也被人看见在那里，还有拉斐尔·佩雷斯也在。追溯到史努比的谋杀案中，他们在盗窃洛杉矶警察局证据储藏柜里的证据时，已经进行过类似的行动。

阿米尔·穆罕默德作为去枪杀吹牛老爹和大个小子的杀手，许诺可以拿到 75 万美元：先拿 25 万美元定金，剩下的 50 万美元在任务完成后支付。

一切都按计划进行。他们正在监视吹牛老爹和大个小子，去吸引大部分洛杉矶警察局警察离开这个区域应该没有任何问题。一名男子开车来到彼得森博物馆前，从车上下来时武器掉在地上，接着捡起武器向空中扫射，然后开车溜走。警方将在接下来的两个小时内追赶他，即便抓获文书工作也会让他们忙一阵子。这意味着，这天晚上大个小子和吹牛老爹如果顺利死亡后，可能只有很少的警察会到场。

警报响起，大个小子和吹牛老爹正在移动。汽车排成一排，凯文·盖恩斯将开着 SUV 阻挡他们，而穆罕默德将车开在他们旁边。但吹牛老爹的司机没有合作，他一定知道些东西，那些混账的康普顿警察永远不会保守秘密。大个小子的车在红灯前停下，阿米尔开过来，准确地扣动扳机，大个小子很快就死了。

在约定场所顺利会合，他们聚集在一家咖啡店里庆贺成功。他们认为，吹牛老爹跑掉了，那是没办法的事，大个小子死了，就算完成了使命。他们打电话给小雷吉·怀特，期待着付给他们报酬，但小雷吉对付款一事出尔反尔。由于不确定大个小子的死，而且他们错过了吹牛老爹，小雷吉当然不会付钱。凯文·盖恩斯是个性急的人，他不会让这个事情拖延。他威胁小雷吉要来一个鱼死网破，说出他所知道的一切。

他这是自己给自己签署了死亡证明。

阿米尔非常沉着和镇定地应对这件事，冷静地对兰帕特丑闻警察说："你还没有摆脱我们。我与你达成协议，你需要支付我的钱，否则你将负完全责任。你知道这是什么意思。"当一个杀手说他必须得到报酬或者别的什么东西，这不是说着玩的。佩雷斯回头再找到小雷吉，并提供大个小子死亡的证据，看看是否还需要什么东西让他们付钱。

当佩雷斯闯入停尸房，验证尸体在那里时，他感到满意，他们已经成功了。

"我不可能知道佩雷斯去过停尸房去看尸体，除非雷（Ray）告诉我。"

"他告诉他们枪杀到底是怎么发生的，给了他们几个人的名字。他告诉他们，雷和马克出席了死囚牢安全小组的一个秘密会议。"佩里·桑德斯说，"伯尔格利先生，你的名字绝对没有在任何洛杉矶警察局的记录或采访中。你看，这个案件在我接到一个电话后被搁置起来了，这个电话说，有一个名叫肯尼·博格尼的人已经提供给了洛杉矶警察局侦探凯兹关键信息。"

凯兹是在大个小子民事诉讼中扣压证据的同一个侦探。洛杉矶警察局证实佩雷斯去了太平间，他们知道为什么。他们只是不想解决这个谋杀案，因为这太尴尬了。

在提供大个小子死亡的证据后，小怀特仍然不付钱。这对兰帕特丑闻警察们来说是一个问题。他们为了支付他们雇用的刺客的钱，设计了一个方案。他们抢了一个银行。这真的是一种不断升级的行为模式。

马克由毒品俱乐部成员唐纳德·雷（Donald Re）代表，唐纳德·雷将安排一个买卖，这样马克将不必揭露他的同伙或退还钱。佩雷斯因从洛杉矶警察局的证据储藏柜中偷可卡因一事而被抓。实际上有几百包可卡因被用假的包装替换，但没有一个与佩雷斯有关。只有少数他可以被起诉，甚至于这些案件也是粗略的。他在结束之前搅动整个司法系统，将使洛杉矶市的花费超过一亿美元。

洛杉矶警察局、兰帕特丑闻警察与康普顿警察一起参与了这两起谋杀案，因此“图派克的死与大个小子的死有异乎寻常的相似之处，他们都是在交通信号灯下被击中”。当枪响起时，都有女人在分散注意力。从图派克的谋杀案总结了经验教训，对大个小子谋杀进行了必要的修改。比如，图派克被谋杀时是由黑帮人员使用常规弹药和普通的射击模式，而大个小子被谋杀的战术几乎一模一样，只是使用了一个专业的刺客、穿甲弹和精确的射击模式。

动机：拿掉吹牛老爹的最大摇钱树，作为交给苏格的投名状，所以他将签约价值十亿美元的唱片公司，加深东海岸/西海岸的仇恨，大个小子是在洛杉矶街头被谋杀的。这起谋杀案还进一步激化了东海岸/西海岸的仇恨，从而转移了调查人员对图派克谋杀案中的实际凶手的调查。

手段：下班的洛杉矶警察局警察与专业杀手合作。

机会：女人渗透到大个小子的阵营，告诉他们他将在哪里，并鼓励他参加彼得森博物馆的派对。当他在洛杉矶时，史努比也整个月都和他在一起。他们创造了完美的机会。

雷吉利用苏格对吹牛老爹的仇恨，苏格认为他应为杰·“杰克”·罗布斯的谋杀负责。大个小子刚好在城里。雷吉安插年轻的性感女人到大个小子的阵营，监视情况并传递信息。VIBE 颁奖后的派对给了一个完美机会。他在派对的前一天晚上，派出下班警察来评估现场安全保卫措施，他们密谋了这次谋杀。这次他们会从图派克的谋杀中吸取经验，并使用专业杀手和穿甲的 Geko 弹药。

他们监视着大个小子在博物馆时的一举一动。当他前往他的车，他们知道这个机会很快就会在完美的时刻来临。大个小子的 SUV 在费尔法克斯街向北驶去，停在红灯处。一辆雪佛兰黑斑羚 SS 开到旁边。一只拿着枪的手臂伸出来，以非常精确的模式向大个小子开枪了——其他五名乘客安然无恙。就这么一会儿，吹牛老爹最大的摇钱树大个小子死了。

苏格将整个故事传达给了联邦调查局前可靠线人马里奥·哈蒙德，但与雷吉关系密切的内部人士泄露了他的名字，并转移了调查方向。疯子迈克从阿米尔·穆罕默德那里知道了这个故事。因此，他被殴打并最终死亡。

肯尼思·博瓦尼从拉斐尔·佩雷斯那里听到了这个事。他的证词足以让许多洛杉矶警察局警务人员撇清关系，但调查人员从未认真对待，因为这将导致该部门的尴尬局面。

洛杉矶警察局在大个小子民事审判中向原告隐藏了许多警察档案。“大个小子谋杀案发生不久之后，原告沃莱塔·华莱士收到一个匿名电话。来电者说，被认定为‘D. 马克’的人涉及大个小子的谋杀。因此，原告沃莱塔·华莱士联系了洛杉矶警察局，并向他们提供了从匿名电话者那里获得的信息。她还要求洛杉矶警察局调查这一线索。在谈话中，原告沃莱塔·华莱士被告知，电话簿里在‘D. 马克’下面有超过 500 个人名。原告指称，洛杉矶警察局没有‘跟踪原告沃莱塔·华莱士提供的线索’。事实上，直到 2001 年 6 月 7 日在阅读了《滚石》杂志的文章之后，原告沃莱塔·华莱士才知道，有一名洛杉矶警察局警察也叫 D. 马克。”

洛杉矶市检察官偷偷地将文件交给安德森·韦德蒙德，以破坏第二次大个小子民事审判。但有充分的证据表明，苏格在小雷吉·怀特的一次探访期间被告知了这一点。马里奥·哈尔默德告诉我们，“奈特在谋杀案中提到的两个‘Reg’的名字，被认为是死囚牢当时的安保总监小雷吉·怀特和一个他称之为‘大赛克斯’的人。”苏格继续提到了杀死大个小子的“团队”的其他两名成员，根据哈尔默德所说：大卫·马克和阿米尔·穆罕默德。苏格告诉哈尔默德，这四个人在他在洛杉矶的监狱坐牢期间，帮助他通过电话安排了谋杀案，他逐渐提供了怎样实施这次杀戮事件的详细情况：两名渗透到坏男孩阵营的女子提供了有关何时何地大个小子将会出现的信息，他的团队利用手机在谋杀发生的那天晚上进行协调。哈尔默德说，苏格从来没有告诉过他是谁扣的扳机。但是，他确实最后透露了，他关于对大个小子的谋杀是为图派克的谋杀复仇只是“一个烟幕”，哈尔默德说，在苏格转移到骡子溪州立监狱之前的不久，他补充说，“他说，下面，你会看到大戏，它是关于钱。”“苏格也告诉哈尔默德，他不担心被控杀害大个小子。”他亲口告诉我，因为洛杉矶警察局参与了，这个谋杀案永远不会被侦破，而且“如果有人说了我什么，我可以找出来”。雅·梅·克里斯多谈到了洛杉矶警察局摧毁证据以掩盖对“大个小子”谋杀案的调查。

马里奥·哈尔默德、凯文·哈奇、疯子迈克、肯尼思·博瓦尼，都被毫无理由地归为不可信证人之列，尽管他们的许多证词在其他调查中被认为是可信的，包括清算洛杉矶警察局官员在权力听证会上的不法行为。他们都提供了洛杉矶警察局警察参与由小雷吉·怀特组织的大个小子谋杀的具体证据。

大个小子遗属的第一次民事审判，因为大个小子的不正当死亡的证据被洛杉矶市特别是洛杉矶警察局压制，而被宣布为错判。有证据指出，离任警察和小雷吉・怀特参与了大个小子的谋杀。

大个小子遗属的第二次民事审判因为洛杉矶市和拉普兰市承诺将加倍调查而撤销。他们告诉主要调查员在和解后 24 小时关闭该案。

亲爱的露西，其实说到这里，我相信你心里还会有无数个问号，记得我告诉过你，罗素一直是为别人提供解答的人。如果你想继续了解这起美国式谋杀，想要消灭心里的问号，去打开罗素的调查手札吧。

相信罗素会让你对真相的认识更加清晰。

55号球衣，青年时期的苏格

在图派克死后苏格因违反保释条例再次入狱，至今仍在狱中

小雷吉怀特在接受采访

N.W.A（黑鬼有态度）组合

图派克被捕

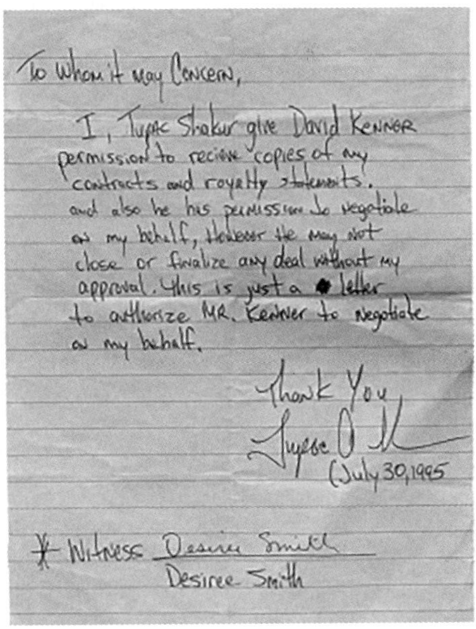

To Whom it may Concern,

I, Tupac Shakur give David Kenner permission to recieve copies of my contracts and royalty statements. and also he his permission to negotiate on my behalf, However He may not close or finalize any deal without my approval. This is just a letter to authorize MR. Kenner to negotiate on my behalf.

Thank You
Tupac A S
(July 30, 1995

X Witness Desiree Smith
Desiree Smith

图派克写给肯纳的信

史努比狗狗

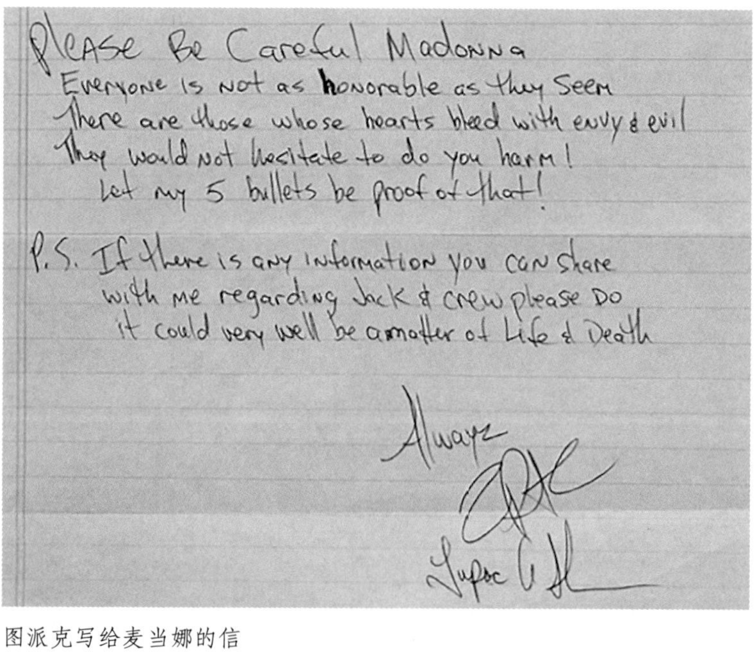

Please Be Careful Madonna
Everyone is not as honorable as they Seem
There are those whose hearts bleed with envy & evil
They would not hesitate to do you harm!
Let my 5 bullets be proof of that!

P.S. If there is any information you can share
with me regarding Jack & crew please Do
it could very well be a matter of Life & Death

Always
Tupac

图派克写给麦当娜的信

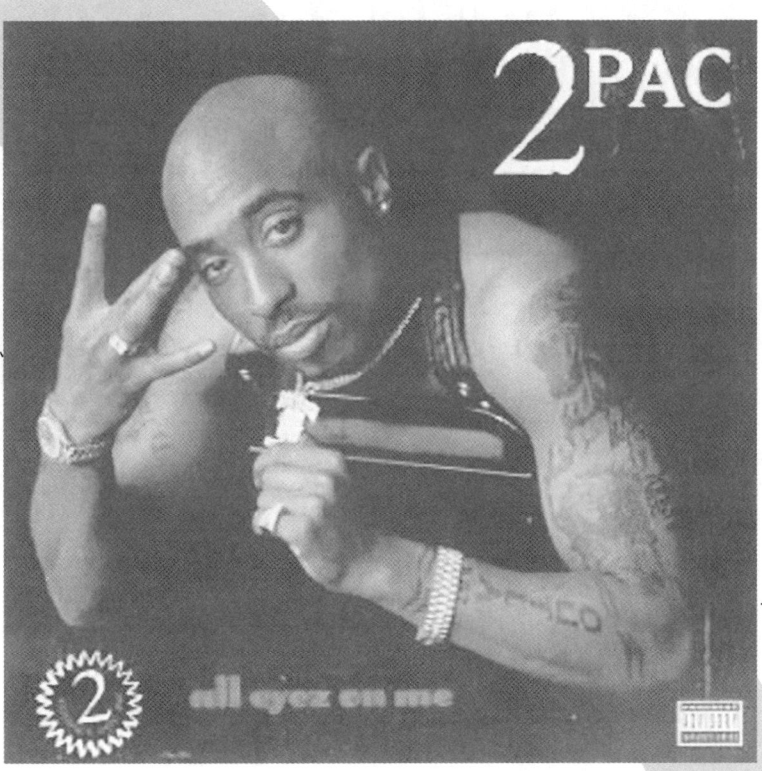

图派克

吹牛老爹

康普顿警察徽章

洛杉矶警察执法现场

凯文·盖恩斯

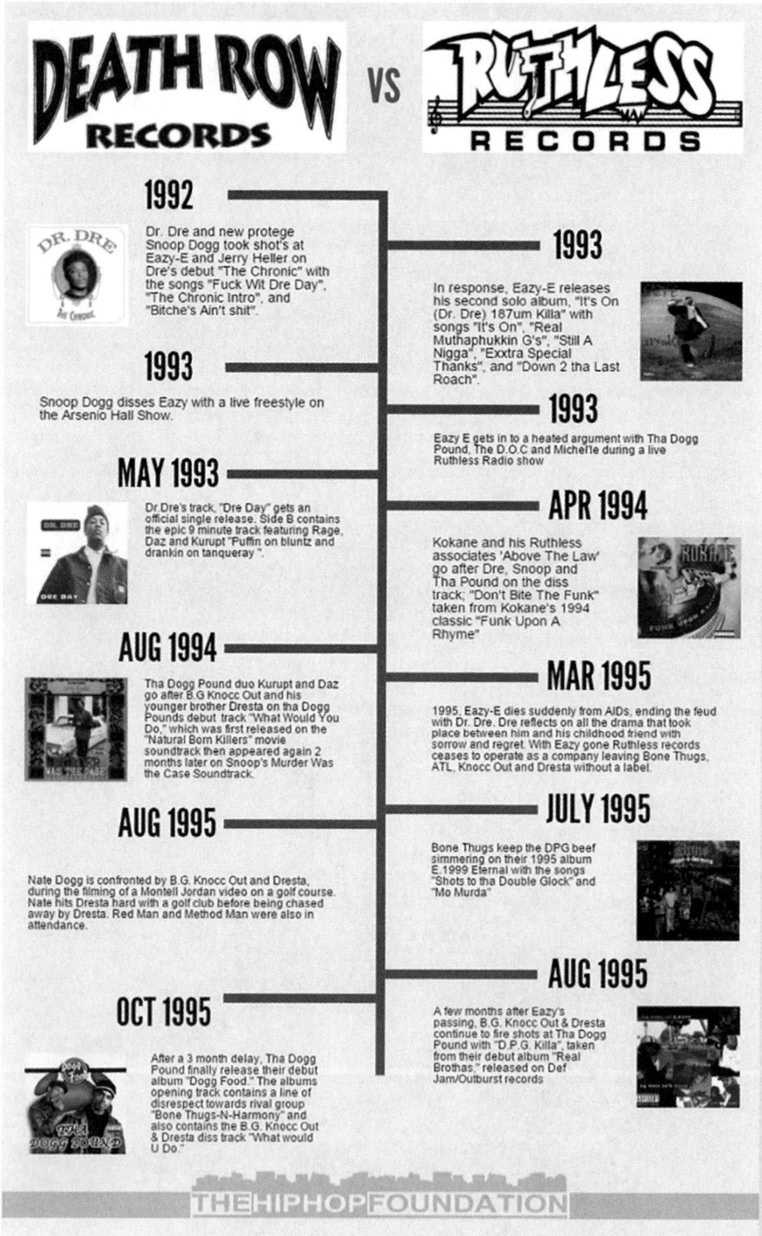

死囚牢唱片公司与无情唱片公司发展历程

图派克被枪击时乘坐的宝马车

迈克尔·道格拉斯·卡林与罗素·普尔

此照片为罗素去世前三天所拍摄

DEATH ROW

RECORDS

死囚牢唱片公司 Logo

（下）罗素调查手札

罗素·普尔（Russell Poole）

1.关于图派克的拉斯维加斯谋杀夜

①1996年9月4日和5日，纽约市

迈克尔·摩尔是小怀特雇用的近40位安保人员之一。作为一名怀特之路安保公司的合同工，他负责安全保卫工作。那时他被指派负责图派克前往纽约参加MTV音乐奖颁奖秀的个人安全保护。摩尔目睹了在颁奖典礼之前和当天晚些时候发生的一系列事件。

先从史努比狗狗在接受《源》杂志的记者采访时开始说起。当时正谈到关于大肆宣扬的“东海岸说唱与西海岸说唱对抗”的一系列评论。

图派克认为史努比狗狗没有进入“他妈的东海岸与西海岸的对抗”，他认为史努比狗狗乐于与当时著名的东海岸歌手吹牛老爹或者他的门徒——正在崛起的饶舌歌星大个小子一起录制音乐。图派克不相信东海岸的敌意会在他那里。

史努比狗狗后来在一次广播节目采访中又提及此事。他说当时他

被记者露骨地问道，他对吹牛老爹和大个小子的感觉如何。史努比狗狗说，他觉得吹牛老爹和大个小子是他的“兄弟”，“他爱他们”。

可以想象得出，当图派克听到这段采访时，他“气疯了”。

“他是这样的，”苏格描述图派克气疯了时说的话：“当他在那里宣传《纽约纽约》的时候，我在为他妈的断后。他们[①]开枪了，他们[②]只会哭，我出来，为他们抵挡。我做这一切都是为他好，在这里，他说跟我的敌人好？我和他没完。”

几年之后，苏格说图派克曾告诉他，图派克实际上花时间写出了他的全新版本攻击“吹牛老爹和大个小子”和排行榜的上榜歌曲，“打击他们”。只有这一次，这首歌才是在攻击史努比。

当然，没有证据表明有这样的歌曲存在。除了视频拍摄，没有一个受访的保镖声称图派克在 1996 年 9 月 5 日或 6 日在录音棚。图派克此后，只有 2—3 天是健康的，所以没有多少时间再回到录音棚。

苏格仍然轻易地把这些联系起来，并且自圆其说，说图派克从来没有向公众发布这个明显的宝贵歌曲，因为他认为图派克写或录制这首歌的唯一原因是因为图派克是很愤怒，他只是“发泄”。苏格还说，那也是为什么他没有意图发表这首歌。整个说法似乎是可疑的，因为这是图派克歌迷最为希望听到的歌曲，愤怒、发泄，对于歌曲来说是非常重要的。

“在 MTV 音乐奖之后，在我们回家之前，”摩尔说，“我在一个豪华轿车，我和图派克，我们正开在哈莱姆附近，收音机里传来史努比狗狗的声音，说图派克与纽约没有恶意，这让图派克非常愤怒。我们马上将豪华轿车转了出来，我们又回到酒店去找史努比。我们找不到他们，但是我们发现了苏格先生。”

---

① 指东海岸的吹牛老爹和大个小子。

② 指史努比狗狗及他身边的人。

“图派克对发生的事情感到不满。苏格先生非常生气，他们互相吼来吼出，他们彼此基本上是正面冲突，我插在他们之间，说：‘嘿，我在这里的时候，我们不能这样做。’”

在此刻，摩尔打开了进入死囚牢内部工作圈的大门。“通常情况下，”摩尔补充道，“当死囚牢有争吵，打斗或者某种类型的惩戒时，我记得，每次我会被要求离开房间。但是在这个场合，我认为苏格先生让我留下是为了图派克的安全。”

“我曾经被问起过，我为什么在那里，因为，我认为，苏格先生，如果我不在那里，他会揍他（图派克）。他很恼怒！”

图派克的话是，“我要剪掉马卡维里，当我剪掉马卡维里时，我从这里出来了。你得到了你的钱，我不想和死囚牢做任何东西了——我走了，那就是那天我们怎么离开。”

所有在今天无法验证的证词中，暴露了图派克不再想与死囚牢做生意。但是，这个不想与死囚牢做生意的程度有多大是未知的。当然，图派克很恼怒，想要离开，但是苏格不知道图派克是否知道如果这种分裂发生，他与死囚牢的麻烦有多大。

但图派克怒气冲冲。摩尔补充说：“他声嘶力竭地叫着马卡维里！”

图派克和苏格当晚参加了 MTV 颁奖典礼。图派克接受了几次采访；一个与史努比，史努比明确表示，自己宁愿在其他十个地方而不是与图派克一起在录音棚里；另一个采访，是在匆忙中进行的，他显然还没有穿上“死囚牢”给他的 T 恤衫。而且，作为一个好的员工，图派克生动地谈论了死囚牢，以及死囚牢对说唱行业的贡献。

这次“促销活动”沾了 MTV 大奖的光，顺理成章地引起了媒体关注。

它也可能看起来会是矛盾的：图派克对于史努比狗狗告诉电台他

愿意和东部一起工作感到愤怒，而后来史努比狗狗，自己实际上推出了一个与东海岸人才合作的初创公司。

但对苏格来说一点也不矛盾：这是一个商业举动，以涂抹东海岸“巨人”吹牛老爹和大个小子的名字，并开始窃取他们的才华。图派克以他通常的热忱和欢乐推动了它。但是，要知道，图派克的朋友雷・卢夫是将困扰声音融于背景音乐；而图派克经常使用他的向外投射掩盖自己的内心痛苦。

被指派在纽约期间保护图派克和史努比狗狗的怀特之路保安公司的保安，肯尼斯・阿切尔，私下表示，在这次事件之后，图派克的心态并不令人鼓舞，雷・卢夫观察到的一个明确迹象，可能是真实的。无论如何，图派克内心的沮丧和挫折让他做出下一次旅行的决定。

“在纽约的时间，”阿切尔说，“我想，我们刚刚完成了MTV，而他不得不回到洛杉矶去做一个视频，他不想去，因为他有点不情愿去，他说他不想去。”

“他告诉我们，”也在那里的迈克尔・摩尔补充说，他用他的话说——“他们要出卖我们”。

弗兰克・亚历山大在2002年与阿切尔一起进行的录音采访中表达得更直接。亚历山大宣称阿切尔在登机前引用了图派克的最后一句话——“我是一个已经上路的死囚！”

尽管阿切尔在说明图派克的评论时开始“掩饰”，录像带表明，阿切尔显然在镜头前直接面对这个问题时感到不舒服。那时候，亚历山大用迷惑和背叛的神情怀疑地看着阿切尔，说明了一起。

阿切尔正显示出一种将会污染几年后对那天晚上发生的事件的调查的一种疾病：这是一种抹杀当时记忆，经常创造出不可能的、荒诞的新记忆的疾病。这种病将被洛杉矶县助理地区检察官帕特里克・弗雷引用在他的“帕特里克”网站，称之为“死囚牢发狂综合征”。

②1996 年 9 月 5 日，纽约和洛杉矶之间

飞往洛杉矶的飞机一定非常有趣。在 2013 年的卫星广播采访中，史努比狗狗证实了苏格和迈克尔·摩尔的说法；这些说法后来遭到小怀特在 2007 年的一次公开质疑以试图抹黑摩尔。更重要的是，史努比狗狗继续了阿切尔关于从纽约到洛杉矶的旅行的故事——一个特别长的返程。

根据史努比狗狗的说法，图派克认为史努比是一个叛徒，因为他向着吹牛老爹和大个小子，而图派克与他们至少在歌词中有争吵。史努比狗狗声称，在接受采访之后，图派克对待他的方式不一样，即使是去拿咖啡壶，图派克也会派人向史努比狗狗去取，而不是像平时正常一样，图派克和史努比狗狗直接互动。

“所以我觉得很滑稽。”史努比狗狗说。

史努比狗狗继续他的故事；当他即将登上从纽约飞往洛杉矶的飞机时，苏格下令将史努比狗狗的安全人员从他身边调开。由于安全人员是为怀特之路所雇用，所以小怀特出面调开了史努比狗狗的安全人员，甚至拒绝让他们乘坐私人飞机。

这个信息很清楚（调查人员稍后会看到一种行为模式）；当你在苏格的错误的一边时，他所做的第一件事情就是拿掉你的个人保安。而有他的强大的保镖，小怀特，苏格可以做到这一点。

这是史努比狗狗最后一次依赖怀特之路来做他的所有个人保安。史努比狗狗实际上做了苏格实行的一个做法——让他信任的帮派成员保护自己。

而与此同时，史努比狗狗在飞机上没有任何乐趣，因为图派克仍然没有从马丁内斯的采访和图派克随后与苏格的争吵中平息下来。史

努比狗狗表示，私人飞机中唯一的乘客是自己，图派克，苏格和苏格的随行人员。

“这是我一生中最不舒服的一次飞行。”史努比狗狗回忆说，图派克在整整五个小时的航行中什么也没有对他说。显然，飞行中的紧张局势是如此糟糕，在某种意义上，史努比狗狗实际上担心他的生命。

“我走到他身边，”史努比狗狗说，“大概飞行了三个小时，坐在他旁边，问他说‘你去拉斯维加斯吗？’他转过身去（避开我），开始跟别人说话。

“我对自己说，‘好吧’，我走到后面，把毯子放在我的头上，把刀握在手里，叉子握在手里，整个余下的行程只是在睡觉，因为我觉得他们试图做某些事情。”

史努比狗狗试图问图派克的一个问题似乎是即将到来的一个行程。“我就像，”博罗斯问道，“兄弟，你去拉斯维加斯吗？”他对我表现出不屑一顾的态度。

在这一点上，还不是史努比狗狗的全部。苏格不是制造意外的人。他讨厌意外，图派克知道。西蒙娜·格林在她的《服务时间》一书中描述得非常清楚。根据格林的说法，只要不是让他感到意外，苏格对于负面消息（也可以说坏消息）是可以接受的。一个意外的坏消息要看它对苏格有多坏，他会做出相应的反应。不用想象他对当天晚上图派克公布的坏消息的反应——这是一个意外。

很难理解为什么许多人怀疑图派克并没有完全抛弃死囚牢。肯纳就是死囚牢，就像苏格一样。当图派克向苏格做出他的这一通告时，图派克向肯纳终止肯纳代理图派克通知的墨迹未干。有一个同样终止雇用怀特之路的通知的副本，在粉丝群中流行，但它看起来像是伪造的。显然，如果是这样，图派克在拉斯维加斯应该说了些什么，但他从来没有这样做，这就是为什么这些证据需要注销。

然而，纽约酒店房间的“独立宣言”，以及确认终止肯纳的代理，显示图派克不仅要离开苏格帝国，而且图派克的举动是有预谋的行动。也许这是在整个飞行中真正挂在苏格心中的一朵乌云。

在他这一方面，图派克做的一些其他搬弄是非的评论，可能表明他的心态，不仅是在通常，而且在他最近的行动上；“相信自己，”他说，“不要让任何人阻止你做你要做的事情。”

③1996 年 9 月 6 日，洛杉矶

弗兰克·亚历山大和迈克尔·摩尔在图派克应该到达的那天之前就已经提前到达拉斯维加斯。然而，对于大多数接近图派克的核心人员来说，他到不到拉斯维加斯并不肯定。实际上，他们都相信，图派克有其他事情要做，以至于迈克尔·摩尔被图派克的现身给吓着了。

“他不想去拉斯维加斯，”摩尔说，“事实上，他一直到最后一秒都在竭力避免到拉斯维加斯，当我到达那里时，我很惊讶地看到他在那里。”

图派克已经一直在为不去即将到来的 1996 年 9 月 7 日前往拉斯维加斯的旅行找借口。根据随后对小怀特与死囚牢新闻发言人的采访，死囚牢已经为图派克当晚在 662 俱乐部的出现，花了一大笔时间和金钱做广告；该活动是为一名退休的拉斯维加斯警察的拳击俱乐部——巴里拳击举办的筹款活动。

图派克的这个新的犹豫不决在很多的层面上是令人不安的。计划做得足够早，以便小怀特知道每个人整个周末的位置，他会传达

给其他的人。没有人计划的唯一一个因素是，图派克“只是没有感觉到”。像调查人员稍后知道的，这制造了不止一个计划中的障碍。

图派克不想去拉斯维加斯的借口是相当弱的，但也还合理。前一天纽约旅行的怀特之路保镖肯尼斯·阿切尔，澄清关于图派克总是反反复复的感觉，这些感觉，阿切尔归因于迈克尔·摩尔所说苏格与图派克的交谈。

“在我们参加完 MTV 大奖后，”阿切尔提供说，“我不知道有什么地方不对劲，但他不是很高兴。他不在乎去任何地方，就是不想去拉斯维加斯。我甚至不认为他想做这个视频。”

图派克给出的脆弱借口是来自他的格洛丽亚·考克斯阿姨的回忆。

“图派克的表弟，”考克斯说，“我的儿子肯尼（莱桑）；他在服用毒品，他拿了一把图派克的步枪，图派克听说了。他不想去拉斯维加斯。”

“最重要的故事是，在他去世之前的 9 月 6 日，他在我的应答机上留下了一个信息，”肯德里克“肯尼”莱桑在 2013 年 7 月 15 日的采访中透露。

“他发现我典押了他的 AK-47。他把它留在了格鲁吉亚我阿姨的衣柜里，我当时正在到处找东西，我发现了它，我把它典押给了我最好的朋友。当家里发现它丢失时，我否认拿了它。但是，我的良心不能接受。所以我的良心必须说实话。

“所以我的良心让我来到家里，说，‘是，我是那个偷枪的人，对不起，我是一个笨蛋魔鬼，我需要你们的帮助’。我去接受了检查，但我必须等待，因为有很多人在排队。我的家人理解，你知道吗？他们告诉我，他们不会告诉图派克，他们的大概意思是‘看，我们不会告诉图派克，但你得把枪拿回来，你必须保证。’所以，我就说‘好吧，没问题’。

“所以我打电话给我的那个兄弟，他不愿意把枪送回来，因为他已经开车把它带回到底特律了。但是第二天，图派克卷入了打斗。图派克真的想来亚特兰大来处理我的问题。我就是那个当你看任何的采访，比如他被枪杀的那天晚上与他在一起的那个保镖的采访，他们都告诉你，图派克是因为某些原因要去佐治亚州的。他们不知道，但我就是他急着去佐治亚州的原因。他很反感别人吸毒和窃取他的东西。”

肯德里克的母亲格洛丽亚·考克斯总结得很好，“其实他不想去拉斯维加斯，因为他要到这里来，踢他表弟的屁股。”

她还表示，图派克有另一个理由离开死囚牢“生活”；他在家里与基达达·琼斯大部分时间都不是在拍摄视频。“他和基达达在一起，”考克斯说，“他有一件事情。他有一个幻想。他想结婚。他想要有孩子。”

根据考克斯的说法，没有哪一个是真正迫切地来亚特兰大“打他表弟的屁股”或去拉斯维加斯。

“那是一个烟幕弹，”考克斯说，“他可以飞往亚特兰大，并随时踢他表弟的屁股。他不想去拉斯维加斯，因为他和基达达在一起。”

根据《纽约客》杂志的一篇文章，图派克的朋友肖恩·查普曼记得，在夏季的大部分时间，图派克都会驾驶他那辆深蓝色劳斯莱斯，离开他在半岛酒店的房间，打开敞篷，放着西纳特拉的《飞我到月球》。仿佛确认他在改变兴趣，不再是“玩女人”，查普曼清楚地指出，他们的关系不仅仅是友谊。对于那些知道图派克的人来说，这确实是在说明什么。

“拉斯维加斯没有他的女朋友重要，没有他们在一起做的那件事情和他的梦想（结婚生孩子）重要，”格洛丽亚·考克斯说，“作为一个家庭事务的亚特兰大也不是那么重要。这是关于枪的事，枪和他的表弟再次吸毒……诸如此类。”

在特雷西·罗宾逊的录音带中，图派克本人当时证实了他对查普曼的观念，以及他对“拈花惹草”的发展的观点；“我知道像我这样的黑鬼，”图派克说，“我可以与任何女孩发生性关系。我与她们只是肉体关系，但我永远不会有一个自己的女人，因为她们只是因为神秘才那样爱与我发生性关系。一旦她们知道了我，就像她们揭开了谜底。你懂我的意思吗？这就像她们喜欢坏人，而不是喜欢真正的人，因为一旦你知道我是一个什么样的人，就不是那么令人兴奋，因为你可以揣测出来。”

④1996 年 9 月 6 日，强迫去拉斯维加斯

有很多人对到底是什么促成了图派克去拉斯维加斯进行了猜测，但记录中只有一个证人的面谈可能实际上对回答这个问题有用：它来自蕾娜·桑德。自从图派克与 Strictly Dope 集团合作之日起，蕾娜就是一名与图派克合作过的爵士乐歌手。

桑德和图派克已经变成非常亲近的朋友，桑德的爵士乐 / 节奏布鲁斯在图派克的“日趋成熟”的录音中的影响是显而易见的。

“在图派克去拉斯维加斯的前一天晚上，我接了一个电话，”桑德说，“告诉我一切都会好起来的，他和苏格会将一切解决好。苏格将给他欠他的一切，已经邀请他去拉斯维加斯，他们之间有一些事情已经清晰了，苏格已经接受了他要离开……

“而且我记得我说，图派克你在上一张专辑中给他赚了很多钱，我的意思是你的第一张专辑，我应该说，你让他赚了很多钱。我没有看到谁会这样随便……你要离开了。你要离开了……让人知道他没有付钱给你。那不是生意中应该有的好的说唱，因为其他的歌手会犹豫，所以如果你离开他，你知道这对他的公司或他，不是一件好事。

“他说，‘哦不，不。苏格说了：来拉斯维加斯，我们会解决所有问题；一切都会很清楚’。

“而且我再次告诉他‘我有一种不祥的感觉’，当初他去死囚牢时，我也有同样的感觉。我记得说‘尽管让律师去处理它得了……尽管让律师去处理它……你不要去！’他说他真的很想看这场拳击。我想，是迈克·泰森的拳击。

“我就说‘像我们其他人一样在电视上看！’

“他说，那怎么能比得上在拉斯维加斯现场。我只是说：‘好吧，照顾好自己——我只是对这个没有一个好的感觉——但如果这可能发生，很好——这是一件好事……但只是非常小心，因为只是一些东西感觉不对劲，有些东西听起来不对劲……’

“那是我最后一次跟他说话。”

蕾娜·桑德的证词在许多层面上是有力的，这清楚地证明了几十个朋友和家人知道了图派克的计划。但不仅如此，要知道蕾娜·桑德和迈克尔·摩尔从来没有见过，也不认识对方。蕾娜·桑德的采访是由 2006 年的一位采访人员进行的，而摩尔的是 2002 年另一名采访人员进行的。采访摩尔的人当中没有一个人与桑德的采访有任何关系。

尽管如此，图派克的声明中，苏格和他“将解决一切”都直接引用并证实了摩尔 9 月 4 日事件的证词。桑德只有一个原因可以知道，死囚牢与图派克之间的这个细节——他告诉她的！

桑德也验证了图派克关于他对苏格是否清楚图派克将离开死囚牢

（他清楚）的声明。这是一个没有别人直接证明或独立确认的事情！直到蕾娜·桑德的采访，才有人能够证实迈克尔·摩尔的说法，即苏格实际上对图派克正在离开死囚牢有所了解。

同样重要的是，这个佐证有助于澄清苏格对图派克动机的独立认识。之前许多人只知道，雅丝敏·法拉将信送给了死囚牢的业务伙伴和律师肯纳，终止肯纳作为图派克的律师的服务合同，从中只是建议苏格可能会被告知了这封信。这当然没有被证明，所以不能肯定苏格是否知道肯纳被解雇，从这里，桑德的证词的相关性也得到了认可。也就是说，图派克方面解雇肯纳，却还继续留在死囚牢唱片公司，可能不是一个明智的举动。

此外，桑德证实，图派克直接告诉她，苏格已经答应说他们会“解决一切”，表示有一些东西需要“解决”。除了摩尔关于酒店房间对抗的证词外，公开的信息似乎没有什么需要解决。

而桑德也许那时并不明白死囚牢需要掩盖他们对图派克的侵占行为，她无意中暗示，图派克离开死囚牢与钱有关，而这到 1996 年 9 月 5 日已成为共识。在她的脑海里，图派克正在离开死囚牢，“让人知道，他（苏格）没有付钱给图派克”。这是最清楚的证明，钱的问题是图派克和死囚牢分裂的关键。

⑤1996 年 9 月 7 日，中午 12 点，乔治·凯利斯办公室，拉斯维加斯

在对图派克最近的意大利之行提供个人保安后，弗兰克·亚历山大刚刚休假回来。他在图派克预计到达的前一天到达拉斯维加斯，并

与小雷吉坐车在前往即将举行的一个安全会议的路上。

亚历山大说：“雷吉·怀特要我和他一起坐车去参加我们即将召开的会议。”

“大概是中午12点，我们前往拉斯维加斯的乔治·凯利思办公室。当我们到达那里时，还有另外23名怀特之路保安公司的安全人员与律师和雷吉·怀特一起参加本次会议。

“当我们到达那里时，开始开会，会议的其中一项主要议题，重点是我们不准携带武器。我们被告知我们不能携带武器，任何人都不能有武器。

“我们从来没有像这样的会议，一名律师在他的办公室内，召集一个会议，告诉我们不能携带武器，所以马上就引出了‘为什么不能带武器’的问题。关于武器的讨论主题是‘为什么不能，谁会携带武器，为什么我们不能携带武器’。

“在662俱乐部，这是给退休拳击手的一项福利，给退休拳击手这项福利的原因是，每次我们进城，联邦政府和警察都在监视662。我被告知，他们（执法部门）一直在寻找一个理由，我想，关闭它，我们不允许在那个周末进出。所以他们可以让这个拳击手继续这项福利，而那天晚上我们也会在这个俱乐部。

“我们被告知要么把枪留在我们的房间里，要么留在我们的车里，至于怎么去到车里，是我们三个人的事。我、迈克尔·摩尔和吉尔登是唯一有武器的三个人。”

据为怀特之路工作的大多数保镖所说，每次前往拉斯维加斯的旅行总会包括武装人员。“死囚牢戴伍”马修斯，死囚牢圈内人士和苏格的司机说，通常“每个人都有枪”。麻烦的是，在离开拉斯维加斯之前，这些信息可能很容易被传送出去。那么，为什么这个信息现在出来了呢，没有宣布？

亚历山大评论说：“我们从来没有在律师的家里或在他的办公室开过会。”“我们在拉斯维加斯苏格的家里或录音棚，有过安全会议，我们被告知‘好了，这是将会发生的事’。但是对我们来说，在律师办公室开会？而且是星期六？第一次！不寻常的。”

拉斯维加斯侦探布伦特·贝克尔加上了他自己对这件事的看法：“他们在律师事务所举行会议……我不知道为什么……”

《内华达州专业行为规则》是当事律师的一个很好借口：在他的办公室和任何客户之间讨论的一切，甚至是一个潜在的客户，都将被视为机密信息，受到“律师—客户特权”的保护，不得泄露。

律师—客户特权背后的理念是，当客户被允许向律师完全坦白时，行业受益，因为不了解客户的真实情况，不能开展任何工作。因此，“特权”保护所有与律师或来自律师的通信，不得由律师自愿或以其他方式泄露。法院一般不予受理。

迈克尔·摩尔证实：“一是我们被告知不能携带任何武器到662俱乐部；二是我们被告知在拉斯维加斯时，我们身上任何时候都不能有任何武器。”

许多保安人员有自己秘密的枪支携带许可证，或者由于其下班警察身份法律允许携带武器。但即使是这些保镖也被要求将他们的武器放在自己的汽车或旅馆房间。

⑥1996年9月7日，1:25 P.M.，T.G.I. 星期五

迈克尔·摩尔是明确表示不遵守已经规定的新规则的一个人。他要携带他的武器。他的拒绝导致他被调离守卫图派克的岗位。

“在我们的午餐会上，”摩尔说，“在拳击赛开始之前，我被告知我被从图派克身边调离。

“当你解除一个保镖时，你把图派克置于危险境地，并且说：‘嘿，弗兰克，你负责他们。’所以，大部分时间里，所有这一切都继续下去，图派克并不知道我们在做什么。我有点不高兴，我被从他身边调走了，我在午餐时与雷吉・怀特发生了一个小小的争论。

“他说：‘迈克，我把弗兰克调回他身边，把你调回来。’

“我说：‘雷吉，那没道理，为什么不让我和弗兰克都在图派克身边呢。’

“他说：‘迈克尔・摩尔，做我要你做的，我要把你派到 662 俱乐部，你和阿尔・吉登斯一起负责俱乐部的安全。

“我认为他把我从图派克身边调走的原因，是因为我是少数几个不买不准携带武器的账的人之一，而在那天的任何时候，我都没有取下我的武器，怀特先生知道了。

“所以，他们把我从图派克身边调开，这样，在那里就不会有武器。”

⑦1996 年 9 月 7 日，2:30—4:00 P.M.，卢克索酒店

图派克乘车抵达拉斯维加斯，住进了卢克索酒店，在那里，死囚牢已经预订了二十间客房。据“死囚牢戴伍”马修斯所说，死囚牢的很多人穿梭在卢克索酒店和苏格在拉斯维加斯的家之间。

“在律师办公室会议之后不久，”弗兰克・亚历山大说，“雷吉说，‘嘿，图派克回到了卢克索，你下车吧，我要去和他见面，’所

以他把我放下了，我看到了图派克和其他奥特拉兹，走过来了，互相拥抱，问候。

“你知道图派克，‘弗兰克，你的假期怎么样，兄弟？’我说，‘很酷，兄弟，’所以，他一直在赌博。他实际上是在卢克索掷骰子。

“图派克就是图派克；他说，‘我们走吧。’

“我们走？‘我们要去哪里？’

“他说，‘我们要去米高梅。’

“我说，‘那，我们要叫一个出租车吗，要不然我们怎么去？’

“他说，‘不，不用了，我们走过去。’

“所以迈克尔·摩尔、我和所有与图派克的奥特拉兹一起，从卢克索步行到米高梅。”

图派克奥特拉兹之一的莫塔·毕鲁说：“有很多次他没有保镖，独自一人。”“我们会没有保镖走在商场里。他并不总是依靠保镖。他不是那样的人。”

然而，保镖是小怀特那时的议题，由于包括下班的加州执法和拉斯维加斯大都会警察在内的安保人员队伍的扩大，他不得不举行第二次安全会议。“死囚牢戴伍”谈及一个下午 3 点到 4 点之间的卢克索安全会议，在会上，小怀特对保安人员说：“任何人不要携带武器。”

他评论说，这是他去拉斯维加斯从来没有发生过的。这是第二次要求保镖不携带武器。他们多次前往拉斯维加斯，参加 662 俱乐部的活动，或在拉斯维加斯举行派对，从来没有被要求解除武装过，这次，他们在一天内被两次要求不携带枪支。

⑧1996 年 9 月 7 日，4:50 P.M.，米高梅酒店

“我们到了米高梅，” 亚历山大继续说，“他再次来到骰子桌上，他在赌博的这个晚上，米高梅比较拥挤。他在赌博，他正赢着，图派克对我说，‘去，打电话给雷吉，搞清楚苏格什么时候碰面去看拳击。’”

“图派克要我去打电话。我没有无线电，无法联系雷吉，所以我只得去找一部座机打电话。当我从座机打完电话，回到牌桌，他们都走了。所以，我走遍了米高梅，寻找他，才意识到他甚至不在酒店里。”

图派克过去时，摩尔跟着。

“在我们从米高梅大酒店回来的谈话中，” 摩尔说，“我向图派克解释说，怀特先生当天早些时候把我调开了他。他有点不高兴，他打了几个电话。正如我所解释的，他是一个真正没有耐心的人。我把他带到他的房间，我的理解是，他应该在那里等着，直到另一个保安过来。”

⑨1996 年 9 月 7 日，5:20 P.M.，卢克索酒店

亚历山大说：“我回到了卢克索，我正在到处找他。我用这个电话机打了个电话，试图找到他，这时图派克从我身后走过来。我说，‘图派克，你去哪里了，兄弟？我在米高梅到处找你们。’他说，‘我们走回这里了。我要走了。’”

⑩1996 年 9 月 7 日，5:30 P.M.，662 俱乐部

人们开始在图派克和迈克・泰森拳击比赛之后将要出现的位于火烈鸟东路 1700 号的 662 俱乐部排队。

⑪1996 年 9 月 7 日，6:00 P.M.，卢克索酒店

迈克尔・摩尔和弗兰克・亚历山大的衣着有问题。他们当天穿着短裤，需要换正装才能进去观看拳击比赛。

“但是在那里出现一些问题，因为我不能跟图派克一起。”摩尔说，“是的，弗兰克也真的需要换衣服。所以，我去了我的房间，实际上那是我最后看到图派克。”

⑫1996 年 9 月 7 日，8:10—8:25 P.M.，卢克索酒店

图派克和亚历山大在他们的房间里换衣服，准备离开米高梅酒店。迈克尔・摩尔有一个完全不同的感觉——他在他的房间里，开始收到一系列不平常的电话。

“我认为弗兰克不知道在图派克被杀死之前我收到了四个电话，”迈克尔・摩尔说，“三个电话来自怀特先生，一个电话来自阿尔・吉登斯，他是 662 俱乐部的安全总监。

“我问他们，‘阿尔，不是要到 10 点才过来吗，为什么 8 点 10 分就打电话给我？’他的回答是，‘雷吉刚打来电话叫我打电话给你。’

“我说，‘那好，不要再打电话给我了。’那以后，我所有的电话都直接来自怀特先生。

“我认为有个原因，我认为原因是确保没有人携带武器。”

当图派克和亚历山大换好衣服，他们前往卢克索大厅。亚历山大显然仍然有一个印象：他和摩尔都是在保护图派克，就像几个月前在意大利范思哲时装秀上一样。

“所以我用大厅电话打电话给迈克尔·摩尔，”亚历山大说，“我说，‘嘿，快回到这里，因为图派克已经准备好走了，他对雷吉不高兴，你是否跟雷吉谈过？’”

“我不知道他已经在楼下的大厅，”摩尔说，“直到弗兰克·亚历山大打电话给我，说：‘嗨，迈克，在下面看着图派克。’

“我甚至相信在电话里，我向弗兰克解释了，我不再是图派克的保镖。我一直试图说，当时被安排保护图派克的只有弗兰克·亚历山大一个人。但是图派克说：‘迈克尔，到米高梅来，与我们见面。’”

片刻之后，图派克和亚历山大开始前往拳击现场米高梅大竞技场。亚历山大说他们乘坐出租车来节省时间，穿过交叉口去那里大约 5 分钟车程。

迈克尔·摩尔在接受记者采访时解释说，图派克并不知道保安安排没有通知他就发生了改变。这开始有点像发生在史努比狗狗的保安身上的情况，他们在 9 月 4 日从纽约飞往加州时被解雇。

“到目前为止，我相信图派克的印象是我会和他一起去米高梅大酒店，”摩尔说，“但情况并非如此；当我去我的房间时，我知道在我的心里，我不会回来，因为我被指示去 662 俱乐部，那是我要做的。”

迈克尔·摩尔肯定了亚历山大在得知迈克尔·摩尔被调开后，图派克对个人保安不满的证词。

摩尔暗示，在走向他的房间之前，谈到早先的谈话，“他有点不高兴”。

“现在，当我想起来，他（图派克）说，他正在为这个浑蛋付钱，他告诉我们我们要去哪里。

“我记得那天他在大厅大声说，‘我为你付了钱，你去我叫你去的地方。’然后我说，‘弗兰克，你需要打个电话给雷吉。’”

奇怪的是，尽管图派克是艺人、名人、明星或你想要的其他头衔，但显然他并不负责自己的保安；同样，非常类似于史努比狗狗的保安安排。在发现摩尔的重新分配之后，图派克自己试图在酒店房间里联系小怀特，但无济于事。

“图派克甚至打了电话给雷吉，”摩尔解释说，“要弗兰克和雷吉联系，搞清楚迈克尔·摩尔在哪里。所以这个问题很糟糕，我知道有些事情不对劲。我告诉蒂姆·威廉姆斯，‘这里有些事情不对劲，蒂姆。我们要做的是搞清楚发生了什么。’

“所以我说，‘让我走下楼，我将换好衣服，我会和图派克一起工作，直到雷吉说些什么。’

“蒂姆说，‘麦克，不要这样，’他说，‘你会惹雷吉生气，别那样做。’

“我说，‘蒂姆，弗兰克需要帮忙。’

“他说，‘别那样做。’对我来说，这是我们衰败的开始。”

⑬1996 年 9 月 7 日：8:15 P.M.，米高梅大竞技场

同时，在米高梅大花园竞技场等候区，图派克和亚历山大独自挤在人潮中，没有无线电或武器。

“现在人们看到了图派克，他们喊：‘图派克。这是图派克！’我们正在等着迈克尔·摩尔出现。在那个时间点上，我失去了与迈克尔·摩尔的所有联络方式。我不知道他是否会来，会发生什么事情。

“图派克很焦急。他老是问，‘苏格在哪里？苏格在哪里？苏格怎么能不在这里？’他正在看时间和东西，这时离拳击赛开始越来越近了。人们开始进去。”

⑭1996 年 9 月 7 日，8:30 P.M.，米高梅大酒店外面

迈克尔·摩尔的良心不安。任何为自己的保镖能力感到自豪的人，对较高风险的场景，都是非常熟悉的；他们的本能清晰地告诉他们何时增加和减少保卫。迈克尔·摩尔知道一个人为图派克提供保安服务是不够的，但是无法做任何事情，如果他做了一些事情，将面临失去工作。当他们坐在米高梅酒店前面时，这些想法占据在摩尔的心里。

“我们来到了米高梅的正前面，”摩尔说，“正是这场拳击赛的地方，我正准备下车。我与蒂姆·威廉姆斯一起坐车过来的。

“他说，‘迈克，你在干什么？’

“我说，‘蒂姆，我要不要下来，如果雷吉对我大叫，发现我在

保护图派克，那有多糟糕？’

“但最后，我还是决定留在车里，我去了662俱乐部。”

⑮1996年9月7日，8:30 P.M.，米高梅大竞技场

亚历山大终于看到苏格出现了。“苏格带着一帮子人拿着票来了，”他声称，“正当国歌演唱时，我们进入了拳击现场。”

⑯1996年9月7日，8:36 P.M.，米高梅大竞技场

迈克·泰森击倒了布鲁斯·塞尔登，是拳击历史上最短的重量级冠军争斗赛之一，只持续了1分49秒。从铃声开始，塞尔登试图抵御泰森的重拳，但泰森能够避开塞尔登的尝试。

奇怪的是，在比赛进行大约1分钟12秒时，布鲁斯·塞尔登被泰森看似只是轻轻擦到的一记重拳击倒了。塞尔登在裁判数到八时回答了，并继续比赛，但是几乎立即被看似没有用力的重拳再次击倒。塞尔登慢慢地站起来，但是不能保持平衡，导致裁判理查德·斯蒂尔吹停了比赛，并判泰森以击倒赢得了胜利。

当图派克和亚历山大随苏格离开竞技场穿过保安走向泰森更衣室时，观众们开始大声喊叫“重来！”认为塞尔登故意放水，以便让泰森赢得冠军，去面对埃文德·霍利菲尔德。当塞尔登留下来接受采访时，人群继续对他大呼小叫“重来！”

⑰1996 年 9 月 7 日，8:45 P.M.，迈克 · 泰森的更衣室

图派克和苏格到达更衣室，亚历山大跟着，但泰森还没到。

“你看见泰森击中他了吗？”图派克问一位剧组人员，“泰森打到他了！”他跳了起来。

“你们看到了吗？”他变得更激动了。“五十拳！我算了！五十拳！我知道他会打败他！我们最好喜欢这样，走出监狱来，现在我们他妈的跑了。”

但是同样的视频显示，苏格被看见，虽然一只眼睛盯着门口，却用手明显地拉着图派克的衬衫。他们到这里来看泰森，他还没到。即使苏格被认为对图派克施加了微妙的压力，似乎没有任何理由——除了要考量到时间表之外。

他们不知道真正的赛后娱乐即将开始。

⑱1996 年 9 月 7 日 8:49 P.M.，米高梅大酒店电梯区

当图派克离开米高梅大酒店时，他与一个相信是南端瘸帮成员的年轻黑人男子发生了争吵。米高梅的监控录像录下了这一事件。在十秒钟的战斗中，图派克纪念章的链子被扯断了。这次斗殴被保安阻止了。一名涉嫌与图派克斗殴的男子被扣留质讯，然后放走了。他的名字是奥兰多 · 安德森。监控录像显示安德森在斗殴后，与拉斯维加斯警方和酒店保安冷静谈话，没有严重受伤，不用处理，走路平稳。

⑲1996 年 9 月 7 日，8:53 P.M.，卢克索酒店

死囚牢随行人员离开米高梅大酒店，在拉斯维加斯赌城大道上的卢克索酒店停下，以便图派克换衣服。在这段时间，亚历山大修复了图派克的纪念章。

这些人急着离开酒店。亚历山大解释说，他要去开车，但被告知将车留在那里。亚历山大无法走到往返需要 40 分钟的公共停车场，去拿他的武器。去过拉斯维加斯的人都明白，从拉斯维加斯赌场酒店的一边到另一边，拼命跑，最快单程也要 20 分钟。

亚历山大在他的书《我在保护你》中说，由于小怀特明确要求保安人员将枪留在车上，取回他枪的可能性不大。

简单的事实是，保镖通常不会使用他们自己的车来载他们的客户。私人保镖通常与客户一起坐车，很少有保镖兼作司机。亚历山大有时会开着他自己的车跟随图派克，事实上，图派克会不时地让保镖担忧。

亚历山大有一个计划，但不是最佳的。他的经验告诉他，事件发生时是没有预警的。很少人会被告知，就像说“停一下，我需要出去拿我的枪”一样愚蠢，这就是武器越近越好的原因。

亚历山大说，他那天晚上的计划是，将自己的车停在 662 俱乐部之外，如果有什么“突发事件”，他就可以跑到他的车里拿他的武器。

“而且我知道我要去俱乐部，”亚历山大说，“这是我要去的地方，我可以把车停在前面，把枪放在车里座位下。计划是我们要把我们的车停在前面。我们有三个停车位，我们的车停在那里。如果有什么突发事件，我们的武器就在那里，我们可以拿到它们。”

但到了晚上，弗兰克·亚历山大对能否去拿他的武器是有疑问的。由于他们被命令不准携带武器，他的武器就跟留在家里或在火星上没有什么差别。他没有把枪带在身上。

可悲的是，在后来的几年里，《洛杉矶时报》和其他人在重写这段历史时，暗示去拿枪的计划是草率的。其实不然，去他的车里拿枪意味着一个重大的延迟和阻止这个行动。

而且并不是每个人都清楚隐藏的武器意味着什么。就好像在这段历史中，隐藏的武器的作用也没有被搞清楚一样。《拉斯维加斯太阳报》的记者凯西·斯科特以不那么雄辩的笔墨，试图指出："那么，如果你把枪带在身上，对他们不准携带枪的命令来说，就是一个隐藏的武器，他们可以有枪，但他们不能携带枪。"根据这个逻辑可以看到，事情会多快变得困惑。

新闻界也没有表明保镖应该把枪放在哪里。保镖不是在家里。他们现在离家在外。他们不能把武器放回家里，所以他们只有以下几个选择：

他们可以丢掉武器；

他们可以将武器带回酒店房间；

他们可以把他们的武器放在自己的车里。

保镖现在面临着如何处理他们的枪支的问题。由于事实上他不能从酒店停车场取回车辆，所以亚历山大无法拿到他车内的武器。更重要的是，没有人解释过，为什么禁枪令在拉斯维加斯旅行之前没有传达。

⑳1996 年 9 月 7 日，9:30 P.M.，到苏格家的旅程

对常识的矛盾和明显的违背是使线索变得无用的重要标志。几乎就像揭露他们一样。

一个例子是如巴顿自首信中声称的，小怀特告诉嫌凶，苏格和图派克将会在拉斯维加斯哪里。大多数人以模糊概括的方式说话，比如说“我下午会去商店”。掌管所有人拉斯维加斯秘密日程安排的安全部门的负责人，可能是唯一一个可以完全清楚人们在某一天的某个时间在哪里的人；知识就是力量。

作为一个典型的安全“专家”，怀特对特定保安发出行程指令；比如，“好了，迈克尔·摩尔，我需要你从 9 点到午夜在 662 俱乐部，因为图派克那段时间将在那里”。摩尔可能没有，而且看起来确实没有比这更多的信息。因此，摩尔将没有每个人将会在哪里的全貌。对于这些凶手来说，他们很幸运，他们巧合地，据称可以直通顶级人物。让线索脱颖而出的是唯一能够提供信息的人，那就是怀特。

要明确的是，巴顿自首信并不意味着凶手知道怀特是谁。它只是记录了小怀特在那里负责行程安排。找到之间的联系不是凶手的工作。所以我们要做这个工作。一旦注意力集中在这种区别上，它就提出了下一个问题：怀特如何向凶手保证有人会在这里或那里。他有能力影响时间表吗？这个问题的答案是一个响亮的“是”，因为小怀特不仅提前知道了这个斗殴，而且他很可能是决定星期六在凯利斯办公室开会的人。所以我们可以肯定，怀特能够影响时间表。他也操纵了保安的轮岗，这与摩尔和亚历山大知道的安保的最佳做法相矛盾。这个线索也就自我暴露了。

以类似的方式，与安德森斗殴后苏格的活动也自我暴露了，因为

开始于苏格行为的线索，与当时情况下大多数认为是“惯例”的情况相反。安德森袭击后苏格如何反应是关键。

对暴力不陌生，不清楚苏格是否想避免当晚被捕。谁会？但事实上，他刚刚从一个比世界上大多数地方覆盖着更多摄像头和安全人员的地方逃离了一个严重伤害。他的形象被记录下来，安全人员显然试图在米高梅内部阻止他们；相机监控录像带显示了这个。

使这个线索暴露的是，苏格没有跑出城外；他刚刚逃离犯罪现场，这可能是另一项罪名，苏格本来应该关心警方的追捕。他似乎并没有这样的担心。

苏格不是在一个谨慎的地方躲避风头，而是选择逃到警察可能找到他的第一个地方。他逃到他家。而且他带着一大队人马，离开卢克索，前往位于市中心东南部的苏格家，以便苏格可以换衣服。

显然苏格在某种程度上不合理地相信，安德森不会对警察说什么，也不会被指控。他同样相信，警察不会到他家因伤害或逃离犯罪现场逮捕他，而任何其他人都在这里被逮捕了。康普顿警察“波比”·拉德在互联网无政府主义者安东尼·巴塔利亚的电话采访中证实，警方不喜欢苏格。这应该是一个实施逮捕的好机会。可是为什么不呢？

诺斯特拉玛斯本人从来没有预料到，但苏格显然知道：拉斯维加斯大都会警察局晚上不会去苏格家逮捕他，或者甚至质询米高梅事件。

苏格如果没有实际掌控，怎么可能知道？像凶手的线索一样，一般情况下，如果不知道为什么某些事情可能发生或可能不会发生，其结果一般不能预测。除非你亲自控制这种情况，否则你不能像这样去碰运气。所以我们看看什么原因可能允许苏格合理地预测他可以实施斗殴，逃离犯罪现场，去第一个最可能被找到的地方，然后预料到什么都不会发生。

㉑1996年9月7日：10:33 P.M.，到苏格家的旅程

十辆车组成的死囚牢队伍离开大厦，浩浩荡荡前往位于拉斯维加斯大街以东约十个街区的火烈鸟东路1700号苏格的662俱乐部。图派克和苏格坐着他的黑色宝马750。“有一辆黑色的宝马，一辆黑色的雷克萨斯400，一辆白色的萨伯曼，一辆黑色的加长宝马，一辆淡金色梅赛德斯”，据拉斯维加斯警方说，它们很显眼。

㉒1996年9月7日，10:55 P.M.，到662俱乐部的旅程

门禁记录表明，死囚牢队伍在苏格的家中没有待很长时间，想一想，他们开了这么长的路程，到苏格家中只是为了休息十分钟，令人难以置信，除非是为了缓冲时间表，而不是因为没到枪杀的时间而找的借口。

图派克在红灯前，没有意识到即将发生的针对他的屠杀，摇下乘客侧车窗，让人照相。这就是凯西·斯科特在她的书《图派克的枪杀》中所使用的封面照片。尽管斯科特告诉互联网无政府主义者安东尼·巴塔格利亚，图派克因为“显示自己”，而给杀手暴露了他的位置。但是，无论是照片本身还是其他任何证据，似乎并不表示图派克

本人正在显示自己，倒是在队伍中的所有其他司机是。

当她看到图派克的最后一张照片时，特雷西·罗宾逊在图派克的脸上看到当时他在苏格的车上所面临的压力。“你看那些照片，他的最后一张照片，受惊的样子，他看起来很伤心。”的确，这张照片看起来不像开心的样子。

而正跟在图派克汽车后面的主要见证人弗兰克·亚历山大声称，没有觉得图派克曾经探出窗户。亚历山大回忆说，是的，音乐很响，是从车上传出来的。

㉓1996 年 9 月 7 日，11:10 P.M.，苏格被警察截停

“当我们开下赌城大道的时候，”亚历山大说，“就在我们到达热带花园酒店之前，几个自行车警察截停了苏格。”

拉斯维加斯大都会警察自行车分队在拉斯维加斯赌城大道，因为没有车牌（车牌在车厢里）和播放的音乐声太大，截停了宝马。

不知道拉斯维加斯是否知道，根据“死囚牢戴伍”马修斯所说，苏格曾经短时间拥有一个名为“一站式”的汽车修理厂。在此期间，除了修改死囚牢所拥有的车辆（降低车身等）之外，还对一些汽车进行了更加怪异的改动，包括苏格正在开的这辆宝马车。

马修斯说，宝马原本应该是一个给苏格姐夫诺里斯·安德森的礼物。苏格喜欢它，所以他向诺里斯要求开这辆车，诺里斯同意了。但是苏格不知道或者可能已经知道但只要宝马不开就不重要，那就是，据马修斯说，“一站式里的亚洲人”，把大部分死囚牢车辆中的所有安全气囊拿掉了，原安全气囊空腔被使用序列中的看似随机对象的组

合触发的由螺线管打开的“弹出”舱替换。（按压点烟器并在收音机上按“5”，弹出舱打开。）令人惊讶的是，没有人知道在那个特定的夜晚，据马修斯说，至少有两把格洛克手枪隐藏在弹出舱里。马修斯还表示，一旦汽车不能开动，那些螺线管就工作。

“他打开了他的车厢，那里什么也没有。”亚历山大说，“这是一辆全新的车。他回到车里。”

没有被开罚单。

㉔1996年9月7日，11:15 P.M.，火烈鸟路和科维街交汇处

在火烈鸟路临近科街交汇处，一辆带有内华达车牌的白色四门车开到宝马车的乘客侧。

“当我看到白色卡迪拉克开向图派克和苏格时，”亚历山大说，“你知道我的意思是说，与其他任何遇到红灯要停下来的车子没有什么不同。唯一不同的是，我注意到，这辆开过来的凯迪拉克与苏格的车隔得太近，但没有引起我的警惕，因为有其他的汽车也这样靠近他，你知道，‘图派克！’——像歌迷一类的情况。”

宝马被三面挡住了，只留下右侧车道开放。凯迪拉克开过来完成了第四面的阻挡，就像世界上许多谋杀包括大个小子的谋杀一样。武器从窗户伸出来，12—13枪射向宝马。只有一枪击中了图派克的要害。一颗子弹从图派克的手指弹跳过去穿过胸腔进入他的肺部。尽管与枪手相距只有四英尺远，子弹是非常松散的霰弹型。

“手臂伸出来，”亚历山大说，“向宝马发射，我们就像（嘴巴

开着）——我自己，三个奥特拉斯和我在车里。

“我们都吓呆了，看起来好像一切都是慢动作。我的意思是说，当我现在坐在这里谈论这件事，很清晰的，我的记忆将永远记住，我看见的是一个慢动作，甚至现在还是。”

㉕1996 年 9 月 7 日，11:17 P.M.，662 俱乐部

除了弗兰克·亚历山大之外，所有的安全人员都被调离了车队。他们被派到 662 俱乐部等待。“死囚牢戴伍”马修斯证实，他正在那里与其余安全人员等待车队到达。

迈克尔·摩尔与小怀特站在 662 俱乐部前。迈克尔·摩尔说：“当我在 662 工作的时候，我听到了一些来自我们安全人员携带的 Nextel 手机的声音，我听到的是‘做到他们了！’”

布伦特·贝克尔解释说，他从未听说过 Nextel 手机。“不，对我而言这是新闻，我知道的唯一手机，我认为他们都是通过 AT & T，”他后来说。

为了搞清细节，亚历山大解释说：“我们继续谈论的这些无线电，Nextel 电话是双向无线电，他们几乎刚刚启用，原因是当初我们所拥有的都是常规的无线电：只是无线电本身。

“大概在我们出发前往拉斯维加斯的时候，大概在枪杀案发生的时候，我想那些 Nextel 手机无线电刚刚开始被怀特之路保安公司使用。这是一个猜测，大概只有四五个人，但是这个问题应该是可以解决的。”

摩尔继续说：“这个声音绝对是直接为苏格先生工作的我们的安

全人员之一。在我和怀特先生上车去医院之前，有来自无线电的声音，说：‘嘿，不要在无线电上说话。’

“也许警方应该更多地集中在死囚牢，Nextel 电话和其他可以帮助他们的调查更深入的事情上。我肯定会更多地调查死囚牢，而不是安德森先生，那就是从我在纽约时收集到的，我在酒店听到的与苏格的争论，以及那天晚上枪击事件后，我在那个无线电上听到的。

“怀特先生和我正在谈论发生了什么事，我清楚地听到有人说：‘不要在无线电上说那个，’但是说这个的不是我们自己人，也不是我们的保安人员之一，对我来说，像一个陌生人。那人，那个说这个话的人，是白人，绝对不是非洲裔美国人。”

亚历山大说：“他们说到图派克和苏格被枪杀了。”

“所以，迈克尔和雷吉在一起，他们一起去了医院。迈克尔谈到在无线电上听到某些东西，而他只能在雷吉的无线电上听到这个消息，因为他那天晚上没有无线电。”

㉖1996 年 9 月 7 日，11:17 P.M.，火烈鸟大道

苏格在火烈鸟大道上掉头，向西驶向拉斯维加斯大道，左转。在赌城大道遇上交通繁忙之后，苏格的车撞上中间道路分隔拦，爆了第三个轮胎，在汉蒙街的十字路口附近停下。

“就在汽车消失之后，”亚历山大说，“我从车里跳出来，我向宝马的后面跑去。当我接近宝马时，当我大概到后备箱时，这辆车掉了一个头。我绝对没有想到这辆车在移动，因为经过那么多轮次的枪击，我认为他们都死了。（即使他也认为凶手已经“做到他们了”。）

“当汽车掉头时，我们车队的其他汽车，在苏格前面的一辆车和苏格旁边的车都掉头。”

凯西·斯科特在 2007 年的一次采访中，谈到听到了枪声的两名骑自行车执勤的拉斯维加斯警察：“正在上面的停车场二楼的两辆自行车警察，听到了‘嘣，嘣，嘣’的枪声，他们跳上自行车，骑自行车下楼，鸣响警笛，立即来到现场，很快，他们跟着，然后打开他们的小肩膀无线电，呼叫在科维和火烈鸟发生枪杀。

“但是两个警察，两名自行车警察，他们中没有一人留在现场，他们都离开现场。”

“我们回到了拉斯维加斯大道，”亚历山大连续说，“左转在拉斯维加斯大道撞上路障，爆了他的车胎，就像这些照片所显示的一切，他的车周围的这个犯罪现场被用胶带围起来了，它发生得如此之快，我甚至无法想象它有多快。

“这个胶带已经围起来了，当我、奥特洛斯和其他两个苏格的人试图进入犯罪现场胶带时，我们被告知在那个时候不能进入，他们把我们挡在路障边，要我们趴下。我对一名警察说，我是保镖，他允许我进去。

“当我进入现场时，看到苏格趴在地上，我告诉警察，我说，他是唱片公司的首席执行官，在车上的是图派克。他们这时候就让苏格起来，苏格、我和警察一起跑到汽车的乘客侧，我们试图打开车门，苏格说：‘这是我的车，我知道如何打开’什么的，所以他打开门，要一个人把图派克拉出车，把他放在地上。”

来自枪杀案现场的第一个官方消息是拉斯维加斯警察局当时的新闻干事格雷格·麦克古迪警官的新闻简报。

“我们在巡逻，”麦克古迪回答，“今天晚上 11:17，我们有几辆车在火烈鸟东行。当时有警官在马克西姆酒店调查一辆被盗的车辆，当他们听到下面开枪时，他们看到大约五辆车组成的车队正在向东行驶，他们再次听到枪声——有大约 12 枪或 13 枪。

“警察看到了黑色的宝马，跟着是一辆黑色的宝马厢车以及另外三辆车，从马克西姆酒店的火烈鸟掉头，向西行驶进入拉斯维加斯大道，他们驾驶非常不稳定。警察广播，他们听到枪声，看到这些车辆以不稳定的方式行驶。

“其他正在赌场大道区域的警察截停了这些车辆，像你现在所看到的，停在这里。黑色宝马正在右侧的轮辋上行驶。当他们到达这里时，他们发现宝马的乘客中了四枪，司机的头部似乎被碎片击中。

“目前伤势并不危及生命；他们目前伤势严重但不危急。而这个人，正如你已经知道的，这辆车的乘客是一个知名的说唱表演者，叫图派克。司机、我们，呃，还没有公布他的名字。他们都在大学医疗中心接受治疗，我们正在寻找一辆可疑的车辆，被描述为白色或米白色凯迪拉克，凯迪拉克新型号。

“这是我们现在有的全部信息。我们知道嫌疑犯为一名，也可能是两名在那辆车里的黑人男子。嗯，这是一个不幸的情况；我们庆幸，没有别人受伤。其他公民似乎没有受到任何其他伤害。正如你所知道的，这是非常繁忙的路段，有很多过往行人。”

麦克古迪继续提到一个被忽视的事实；可能还有其他车在马克西姆酒店停车场遭到枪击；这是“不规律的火并”的结果。迄今为止，还没有确认任何其他车辆被击中。

图派克到达医院时病情严重，苏格只受轻伤。调查人员以后会知道，对于随之而来的所有混乱，枪杀是一个完全的意外，枪杀完全是实现当时肯纳、怀特、谢丽莎·苏格的计划，枪杀是完全失败的。

但这需要很久时间才能来理解，现在，必须清除干扰。

晚上 11 点半，有多达 20 名拉斯维加斯大都会警察到了现场，造成了很大的混乱。在这样的情况下是常见的：公共场所，多个犯罪现场和警察对人们的各种不熟悉。

现任警察局副局长格雷格·麦克古迪，当时是新闻发言人。他告诉媒体，他们正在寻找一辆被几名证人描述为白色或米白色的“新型号”凯迪拉克的“可疑车辆”。

弗兰克·亚历山大对汽车的描述最有发言权。一名目击者，图派克旁边车辆里四名女孩中的一名，曾表示可能是林肯大陆。不过亚历山大对于这个事情是坚定不移的，即使警方在混乱中拦截了一辆新型号的白色日产车。

亚历山大说：“那辆车坏了，所有的警察都到那里，有一个中尉。”“他走到我这里，我们交谈了，我说，‘不是那辆车！’”

“我说，‘不是那辆车，那是一辆白色的凯迪拉克，’”亚历山大重复说。但这名军官显然不确信。

“他告诉我，”亚历山大说，“‘你不知道你在说什么，闭嘴！’”

目前还不清楚是否发出了“全境通缉”，但洛杉矶警察局的退休抢劫凶杀案调查员唐·埃拉斯表示这样做很常见。

“可疑车辆以高速离开了现场，引起了人们的注意，”埃拉斯说，“如果目击者注意到该车辆，现场的初级官员和军士或主管将发出对该车辆的全境通缉。”

前汉密尔顿镇警察中尉杰夫·布拉利也同意这是典型的操作。“我知道，我们遵循的标准操作程序基本上是这样的。”布拉利评论道。

“如果我们有一个见证人前来说，‘我看到了，是这种类型的车辆，’我们要做的第一件事是打开无线电，并开始让该地区的每个机构都找那辆车；发出信息，‘这是我们正在寻找的，这是我们要找的

车辆，他们可以被认为是武装的和危险的！我们来找这辆车！这是你想要的车，这是我们所知道的最新的行驶方向！’

“现在，正在控制和警惕，我正在寻找那辆特定的车辆，我正在路边等待那辆车驶过我。你给出描述，你知道的行驶方向，你将有很多机构覆盖那些道路，开始寻找那辆特定的车辆。”

据《拉斯维加斯太阳报》前记者凯斯·斯科特说，在市中心警察总部有直升机可以使用，这不是很远；也许距离几英里远。她认为警察几乎可以立即派遣。事实上总部的直升机在时刻待命。”

“这实在不像是一个典型的谋杀调查。”斯科特说，“他们可以关闭 15 号国道。”斯科特继续说道，“我的意思是，他们平时会因为事故关闭，甚至一个小事故，甚至不为驾驶人士留下一条车道，所以他们不像是因为担心驾驶者的方便而不关闭 15 号国道。

“他们可以关闭 15 号国道，他们可以关闭赌城大道，可以把整个地方封闭起来。你有内华达州高速公路巡逻员在加班，你有大都会警察在加班，这是泰森的比赛。

“在国道，内华达州高速公路巡逻队配备有一个办公室，所以他们必须做的是提前 30 分钟到 40 分钟电台通知，这是要到达国道所需要的时间，他们可以很快设置路障这个东西，不会是滑稽的。

“拉斯维加斯大都会警察局在机场也设有办事处。所以机场警察，城市警察都在机场准备待命，也可以警惕枪手会去那里。”

最终警方没有成功找到凯迪拉克，这让许多人感到沮丧，包括弗兰克·亚历山大。

“他们正在寻找凯迪拉克，并应该尽力来寻找凯迪拉克，”亚历山大说，“他们显然没有这样做，因为他们没有找到它。”

图派克奥特洛斯的成员穆特·贝勒总结了当时受害者朋友和家人的一般感觉，无论其是否真实。“不，我很诚实地告诉你，我不认为警察真的很关心，我不认为有人真的关心。”

贝勒的声明并不正确。当他举行新闻发布会，给媒体更新图派克枪杀案进展时，首席侦探凯文·曼宁声音中是明显的痛苦和沮丧。他对贝勒关于拉斯维加斯警察局不真正在乎的论点做出了适当的回应。

相反，他认为：没有人帮助或给警方提供任何可靠的信息。

虽然曼宁对提供最多信息而且是离枪杀最近的目击者，亚历山大，格外努力，但他却表示了，死囚牢和受害者缺乏与警方全面合作。

“令我惊讶的是，”激动和疲惫的凯文·曼宁表示，“我们的专业保镖，作为随行人员的一部分，他们居然不能给我们准确地描述车辆特征。”

㉗ 1996 年 9 月 8 日，1:00 P.M.，大学医院

在后来接受 ABC 新闻采访时，苏格被问及他在枪杀案后选择的掉头。

“你认为任何一个头部中枪的人都会想到以最快的方式去医院吗？”苏格回答，“我认为一般人会死的。”

凯斯·斯科特在 2009 年对互联网无政府主义博主安东尼·巴塔利亚的采访中，讨论了关于苏格状况（包括他自己）的一个常见的误解：

“事实上，似乎每个人都没有什么大不了的，”她说，“不，他头骨的底部有一块弹片，就在他脖子的顶端，在他的头骨的底部——弹片上。

“我不相信它被拿走了，他有一块，我认为它仍然在那里，但他有一块弹片，他与图派克一起在救护车里，他并不只是陪着图派克坐车去医院，他也是被带上了救护车！

“你不会把一把半自动武器交给某个人，说‘嘿，打图派克，别打我’，你知道这太可笑了……我和医生谈了一下，他绝对说了他有一块弹片在他的头上，在头底部；你能想象一下在你头后面颅骨下方被子弹击中吗？”

尽管斯科特是可信的或者他的消息来源是可信的，医院发言人，澄清了媒体正在谈论的马里奥·苏格，说他因“头部轻伤”接受了治疗。

随着时间的推移，苏格改变了他对事件的说法。他在2007年6月17日对《华盛顿邮报》声称，在他的头部后面有一颗来自当天晚上使用的一把点45口径的枪的子弹。

“我的头骨一英寸的地方有一颗点45子弹，”苏格说，抓住记者的手，把它放在他的秃头。

“有颗子弹，”他说，“有弹片。”

记者感受到了一个包块，像一颗子弹的感觉，一个硬而圆的东西。是吗？还是只是骨头？但是在弹片的皮肤入口处没有疤痕。

“我从来不长疤痕，”苏格解释说。

但苏格已经自相矛盾了。一把点40口径的格洛克不能射出点45口径的弹壳。是不是苏格受到“脑袋里子弹”的影响，使他不记得枪杀他的是什么样的枪？苏格在1996年9月19日告诉MTV，“我的脑袋里还有一颗击中脑袋的子弹，其他的地方也被打中过，但是我的脑袋里仍然有一颗子弹。还在这里……”

当然这两个声明与图派克去世后不久的一个采访相矛盾。记者说，她可以看到苏格的伤。对于这个问题，很多人都可以。这是在他的头顶。

苏格：“我的脑袋里仍然有子弹。”

记者：“子弹还在你的脑袋里？”

苏格：“是啊。医生告诉我，他们做了脑部扫描和各种各样的检查，它进入并击碎了我的颅骨，嵌在那里。他说，试图把它取出来比只是简单地缝起来，有更多损害的风险。我被击中那里，在其他地方也有受伤。但以脖子后面的伤势最重。”

所以总结这些混乱；凯瑟·斯科特声称是弹片，苏格称这是一颗全子弹，他的头骨裂开了。康普顿警方声称用于枪杀的武器是点 40 口径。苏格声称他被一把点 45 击中，他头上的是一个点 45 的弹片。然后，斯科特在“十年后”的文章中写道：“苏格因头后面伤势被赶紧送到了大学医学中心的创伤外科。”

头部受伤非常严重，特别是据称在头部后面。根据弗克·维纳斯和J. 皮里希思在 2006 年的“穿透性头部创伤”（Emedicine.com）的文章中所写，任何导弹如子弹的穿透伤害死亡率为 92%。这是他们对半自动武器的真弹弹片伤害的解释：

“自动武器随着对弹药的要求的增加，需要更轻的弹药。为了弥补导弹质量的损失，如果要维持伤员的力量，就有必要增加导弹的速度。

“穿透的导弹或碎片穿过组织打孔时会通过击碎而破坏组织。这个洞或导弹轨道形成所谓的永久空腔。弹丸穿过后，永久性腔体的壁受压临时向外伸展。向外的最大组织移位造成一个临时腔穴。由于暂时腔穴化引起的任何损伤都是由于组织的拉伸引起的。

“随着社会上的枪支泛滥，火器伤害已经变得越来越普遍。对这些损伤的处理需要进行详细的研究，以便在适当的时候对治疗过程进行干预。这些病案需要在基本准则的指导下进行个案对待。大多数决定取决于医院内恢复的过程。

“鉴于弹道学和及时决定手术取除的要求，头部的子弹创伤需要特别注意。手术取除的决定取决于伤员当时的神经状态和子弹的位置。然而，保留弹片的一个重要但不常见的并发症是自发迁移。

“现在我们看到头部创伤问题的严重性；特别是由子弹弹片引起的大脑创伤，让我们来看当时的情况。苏格在他脖子后面有一个所谓的子弹弹片，开车掉了一个头，开了一英里。然后，心里在与警察谈话，被要求趴在地上，然后站起来，走到有图派克的车旁边。”

苏格在第二天早上经过检查、治疗和出院，就像是门诊手术：进出不到八小时。这远不是头部受伤的标准治疗方法。

662俱乐部拥挤。所有可用的安全人员全部被安排负责俱乐部的安全，他们在等待。据“死囚牢戴伍”马修斯说，当枪杀发生后不久，电话一打来，消息迅速蔓延，俱乐部立即关闭。

死囚牢公共关系部的乔治·普莱斯正在自助餐厅宴请新闻界人士，他计划宣布包括图派克在内的死囚牢计划。如果图派克和苏格都被杀了，一个电话会把他们全部送来争夺这条爆炸新闻？相反，普莱斯接到肯纳发来的消息称为枪击，并被指令悄悄地返回洛杉矶。值得注意的是，即使肯纳收到了图派克终止其服务的书面通知，但肯纳从来没有向普莱斯提到过。

格洛丽亚·考克斯和她的丈夫正在去洛杉矶的路上，他们已经出售了他们拥有的所有东西，除了可以装在车内的一些东西外。他们的计划是在他的卡拉巴萨斯家中与图派克住在一起，随后搬到临近的街对面。当他们得到消息时，他们正在通过得克萨斯州。

“在俱乐部，图派克将要介绍，”考克斯说，“迈克将会来唱一首图派克的歌曲，所以我们真的很期待听到这首歌。

“所以我们正在寻找一个电台，我们不停地调台，我们听不到任何声音。最后，我们调到了公共广播电台，我们听到的是‘说唱歌手图派克，在拉斯维加斯被枪杀。’”

考克斯继续说道：“现在我们目瞪口呆，很紧张，因为我在开车，我成了一个僵尸。”

“我们必须得再走两英里才能看到一个加油站。没有手机。

“所以我们在加油站下车，我打电话给他的办公室，莫莉的妹妹回答电话，告诉我们，是的，他被枪杀了，他在医院，但是看起来好像还好。他已经中枪了。我想他们必须得把它取出来。她甚至没有说肺。

“我们开了一点路程，几英里，紧张，停下来，再打电话，他们告诉我们他们不得不切除他的肺。但是，人们要肺才能活命，他的一根手指已经被打掉了。但是我们还是没有搞清楚情况。我的丈夫在给我唱歌，试图让我保持缄默，不要让自己陷入这种情绪。”

特雷西·罗宾逊解释当她听到这个消息时，她在哪里。“我们在出租车里，”罗宾逊说，“我们听到‘发生了一些事情，图派克，有些事情，’就像在收音机上，所有的这些说唱歌手，‘图派克什么的，人被枪杀。’

“我说，‘哦，不，’我说，‘停车，’我打电话给雅敏斯（法拉）。我说，‘一切都好吗？’

“她打电话给我们说：‘不好，去医院。’”

“我们终于到了拉斯维加斯，我们去了医院，”格洛丽亚·考克斯说，“我们去医院，我的女儿在那里，莫莉在那里，我的妹妹在那里。

“我妹妹出来告诉我，‘你们都可以进去，你和汤姆可以进去。’当我们下车的时候，我丈夫，抱着所有的东西，当他下车的时候，栽倒了。就像现在所有的重量都压下来了，现在他，你可以看到‘压碎’，就像他一下老了 50 岁。

“我们进了医院，他们带我们进了他的房间。他昏迷了，他的嘴里有管子。我看着他，我真的很害怕，我开始（做）女人做的所有老事情，‘他们对你做了什么？’和所有这些。

“我的丈夫对我说，‘不要这样，因为他可以听到你的声音。’”

图派克听不到或看不到，苏格在大概早上 6 点填写他的出院文件——总共在医院只有几个小时。

但是，特雷西・罗宾逊确实在医院看到了苏格。

罗宾逊回忆说：“我也记得看到苏格头上贴着一块小邦迪坐在轮椅上，”“我在想，‘发生了什么事？’”

格洛丽亚・考克斯也在苏格出院的那天早上看到了他，“图派克在隔离室，重症监护室，一些死囚牢的人，其实是帮派人员，在外面。

“第一天，我想当我看到苏格时，我真的不想看到他，因为他们说，‘看，苏格遭枪杀了，’我看不到。我看不到枪伤。我看到一些东西，但这不是枪伤。”

门卫日志显示，苏格在清晨抵达了他的南拉斯维加斯的家中。他在那里待了约一天。

“图派克又进行了一次手术，”医院发言人戴尔・普告诉 MTV，“他已经恢复意识。”星期一，他还处于危急状态，他的伤势现在被描述为严重。大学医学中心发言人说，他有可能活下来。

图派克的支持组织，不死的奥特洛与他的粉丝们举行了祷告会。一大群人聚集和拒绝了媒体。一位摄影师穿过街道举起了一个相机；支持者冲过来，将镜头抛在一边。

作者罗琳·罗在《带枪旅行》一书中写道，拉斯维加斯警方以及帮派科的警察在医院附近地区巡逻。当这些警察截停一辆车询问司机时，情况变得非常糟糕了。

一个拉斯维加斯警察军士说："我们截停看看发生了什么事情。这完全是一个友好的举动。有一个家伙误解了，不合作。"

官员震惊地看到图派克的20名发狂的朋友冲过马路，"人群冲过来，不了解真相，就阻拦和推搡一些警察。"

庆幸的是，图派克的一个女性朋友帮助警察让人群保持镇静，四名被铐上的男子得到释放，尽管其中两人发现了携带大麻香烟屁股。

"我们让他们走，因为他们很悲伤，"军士说，"此外，这是极少数人。这些人是人。我们拘留他们，希望让他们的情绪平静和符合逻辑。起初他们不听，但20分钟后，当我们解释我们来自哪里，他们就很容易相处了。

㉘ 1996年9月8日，8:30P.M.，苏格的住处

苏格在9月9日做了一件非常奇怪的事情。他回到洛杉矶。我们来回顾一下他的"情况"（对于他的伤情当然看你是相信谁）。

苏格说他有"一颗子弹在我的脑袋里"；苏格不到24小时前才从医院出院，并在不到26小时前被枪杀；苏格在拉斯维加斯拥有一个房屋，他可以在那里休息和调理，从他自称的伤势中恢复。同时，图派克仍处于脆弱和不确定的状态。

苏格不仅仅是把他的头部外伤带到洛杉矶，他还回去上班了。根据作者罗琳·罗在《带枪旅行》的书中，苏格在洛杉矶的康—安录音

棚被人看到。他试图完成“死囚牢圣诞节”，一个内特·多格专辑和其他几个项目。苏格现在已经推迟了他给新视镜的录音。此时他本应该已经交付了五张专辑，但他只交付了两张专辑。

考虑到苏格只离开了四天，似乎专辑的交付是苏格心中的最后一件事，甚至是在纽约之前。

检查一下数学：苏格在拉斯维加斯有一个家可以去，在距离洛杉矶几百英里，有一个唱片公司的商业伙伴和主要摇钱树在医院，病情不稳定。苏格已经做了几十个采访，声称他和图派克是多么亲近。“图派克掉在水里，正在下沉，所以我跳进去，把他放在我的肩上，告诉他，不要怕小兄弟……你现在没事了。”

所以，尽管能够如此亲近他的“朋友”，苏格还是带着“脑袋里的一颗子弹”回到了洛杉矶。

拉斯维加斯侦探弗兰克斯、曼宁和贝克尔为处理枪杀案的线索一直非常忙碌。他们没有预告给新闻界，但这并不是那么不寻常。侦探们在侦查阶段的谋杀案调查中对线索总是很谨慎。

拉斯维加斯警方正在转达所有利害关系人，他们正在寻找苏格，但根据死囚牢的律师说“现在不在”。这成了拉斯维加斯调查员的一根不断的刺；由于未知的原因，死囚牢没有让任何人可以让警方调查。唯一合作的证人是图派克的备用歌手“奥特洛斯”成员亚菲·法拉。他向警方保证，如果出示照片，他可以识别司机。因此，拉斯维加斯警方不是拘留法拉，而是让肯纳说服他们通过承诺举行一个从未发生的面试来释放说唱歌手。

死囚牢的干扰并没有阻止拉斯维加斯调查人员追究事实，他们只是不公开他们的工作。

在洛杉矶警察肯尼斯·诺克斯的日志中，显示洛杉矶警察局已经接到来自侦探保罗·佩奇的一个关于苏格的电话。看来除了调查枪击案外，他们还在寻求关于苏格的信息，试图针对游戏违规来立一个案件，因为它们与662号俱乐部有关。

当然苏格并不拥有俱乐部。该俱乐部由海伦·托马斯和她的律师租赁给他，律师乔治·凯利思是出席解除保安武装会议的同一位律师。保罗·佩奇指称托马斯和凯利思都被认为与有组织犯罪有联系。但是，苏格和凯利思之间的这个好奇的关系并没有丢失，他写道：“苏格已经获得了凯利思先生的拉斯维加斯交易。”

佩奇注意到的另一件事是，与此同时，苏格还获得了一家公关公司，以在拉斯维加斯宣传推动662俱乐部和死囚牢。

最后，佩奇还向洛杉矶警方提到，死囚牢已经开始经营另一家管理公司，名为“Mookie管理”，其首席执行官是肯纳先生，佩奇注意到，肯纳先生是“苏格的私人律师”。

㉙ 1996年9月9日，1:30 P.M.，洛杉矶办公室

同时，在洛杉矶，苏格正在试图弄清楚发生了什么。他为什么被枪杀？发生什么事情让图派克被枪杀？在这个时代，在事件的年表中，当拉斯维加斯的人们看到苏格是一个多么伟大的家伙时，苏格在洛杉矶加入死囚牢事业。

迈克尔·摩尔回忆起枪杀案后，由死囚牢艺人举办的洛杉矶安全会议上，枪杀案当晚，有些艺人在拉斯维加斯，还有许多人没有。小怀特出席了本次会议，而弗兰克·亚历山大则明显缺席。摩尔说：“我们也被雷吉·怀特指示向苏格撒谎，我们被指示说谎的是雷吉·怀特告诉我们不要携带任何武器的事。

“苏格召开这次会议，所有的艺人都被指示来参加这个会议，几个安全人员被邀请，我恰巧是其中之一，但是在与苏格和死囚牢的所有艺人进行会面之前，雷吉先与我们开了一个他自己的会，指示我们说一些事情。

“当我参加会议的时候，会议基本上是关于发生了什么事情，艺人演练我们使用的安保方法和我们的一些策略。”

“我环顾四周，没有人说过，没有人在说安全保卫，”摩尔继续说，“所以这个我见多了……我以前甚至在消防局也参加过这种会议，有些是类似于关于现在怎么样了的‘政治类型’会议。所以我是少数几个说话的人，我说，‘等一下！我们被指示不能携带武器！’没有一个艺人知道。而且看起来雷吉不会给他们这些信息。

“所以我开口说道：‘不，我们当天被指示不能携带武器，这就是为什么除了我以外，没有一个安全人员有武器。’”

亚历山大不明白为什么他当晚不在会议上解释他的行为，但他还在为怀特之路工作。

“那时候，苏格甚至不知道我还在做保安。雷吉已经把我带到另一个他正在工作的地方，从上午 6 点到下午 6 点，在英格尔伍德的一个教堂负责安全保卫。苏格甚至不知道我还在怀特之路工作。

“我记得迈克尔告诉我，雷吉已经告诉苏格，我不再在怀特之路安全部工作，我经常想，如果他知道我仍然在为怀特之路工作，要一直到 11 月底，他会怎么做，或者他会怎么想。”

但是苏格心中有更大的事情。他不知道发生了什么，但他需要说服拉斯维加斯警察局，他是无辜的。他的公关机器正在全面启动，死囚牢高管们非常了解一篇好文章会有多大的影响力。到 1996 年 9 月 10 日，在苏格返回拉斯维加斯后，《拉斯维加斯太阳报》的拉查尔·利维写了一篇关于苏格的小文章。

这个文章被仔细安排在苏格与拉斯维加斯警方会晤的时间发表，证明苏格从来没有真正进入所有的“帮派”活动，而且一般都是一个很好的人。作者甚至花时间确保读者知道他的昵称是“糖熊”。

这篇文章还特别提到三个前 UNLV 足球教练赞扬苏格，文章说，苏格是一个“被卷入关于匪帮说唱”所有争议的人物。这三个人，一个新奥尔良圣徒教练，一个体育广播人员和一个大学教师，声称看到了这个“批评家认为，破坏儿童心灵，使女性堕落，煽动暴力”的顶级音乐制作人的美好品德。

讽刺的是，记者在这篇文章中也指出，苏格被“子弹擦伤”。另一个记者没有跟着说，苏格有一颗“子弹在他的脑袋里”。但在这篇文章中没有提到任何其他受害者。这是一个宣传图派克最新专辑《马克维尼》的绝佳机会，没有关于图派克的类似文章！为什么唯独选择苏格作为赞美之源？图派克是更大的“明星”，所以为什么甚至不提他，他曾是一个多么伟大的家伙？简单！苏格需要舆论法庭。

㉚ 1996 年 9 月 10 日，1:30 P.M.，拉斯维加斯警察局

苏格于 1996 年 9 月 10 日抵达拉斯维加斯，并立即向警察局报告。当然，带着三个律师到警察局似乎有点过多。这对拉斯维加斯调查人员没有什么损失，他们在访问报告中明确指出，肯纳与乔治・凯利思之间存在明显的紧张关系。

但最后，苏格带着一个不在场证据和他的律师一起回到了拉斯维加斯。星期三晚上 6 点左右，大都会警察局凶杀部门的侦探面谈了苏

格约一个小时。

在这次面谈中，苏格被告知，在这一点上，他并不是枪杀嫌疑人，但他们想知道他看到了什么。他们问错了对象。苏格浪费了一小时的问题在因为缺乏记忆力上和对亚历山大的纠结上，为什么亚历山大没有枪。

侦探凯文·曼宁对新闻界关于，为什么苏格在爆了两个轮胎和有两个自行车警察追赶的情况下，仍然在火烈鸟东路掉头开走的问题不予评论。对苏格的面谈毫无价值。他不知道枪杀的许多细节。曼宁表示，他们"没有理由再次面谈他"，清楚地表达了对玩这种"闪避球"的沮丧。

曼宁的评论不是拉斯维加斯警方的一个结论，而是一个无助的声明。苏格非常清楚，即使他有信息，他也不愿意帮助拉斯维加斯警察局。"这不是我的工作，"苏格说，"我没有得到报酬来解决凶手。我没有得到报酬来背叛别人。"

几个月后，曼宁专门花时间在《拉斯维加斯太阳报》的一篇文章中解释。曼宁说："这个事情是，除非有人有勇气站出来做证，在检察机关和辩护律师面前，实事求是地回答问题，否则，这个案子就停滞了。"

㉛ 1996 年 9 月 12 日至 13 日，4:03 P.M.，大学医院

在这个时候，有很多人相信图派克会战胜他的伤势，拉斯维加斯警方至少不得不考虑这样一个事实，那就是这还不是一个凶杀案。那时还没有人死亡。与 1994 年的枪击一样，图派克可能会活着离开，

调查人员不必付出太多的努力。

截至 1996 年 9 月 12 日，五天后，图派克仍处于非常危急的状态，在为他的生命挣扎。他还在靠生命辅助器维持生命。

他的家人和数以千计的世界各地的粉丝们抱有希望。格洛丽亚·考克斯补充说：“最后一天，在我去看望他的那一天，当我和我的侄女一起去看他时，就像冥冥中我知道什么会发生。

“我看着他，让我想起了我曾经昏迷的妈妈。所以那天我哭得非常厉害。”

1996 年 9 月 13 日，这个犯罪案件从“帮派”或“随机射击”重新归类为“一级未遂谋杀和一级谋杀”。

格洛丽亚·考克斯叙述了图派克生活的最后一刻，“我们第二天去了，我和妹妹去了，他们打过电话，我们过去了，然后我们回到了酒店。然后他们打电话给我们说，来。

“当我们到达那里，他们告诉她，他的肾功能衰竭，他们想要为他做肾透析。还没有做，但他们想让他进行肾透析。好的。然后他们回来说，每次他们试图给他心脏复苏，但都失败了。

“我姐姐没有听到他的话，他们一直在说，她说：‘你说了什么？’他说，‘我们做了，我们做了三次心脏复苏，’当她听到这个时，她说，‘不要这样做，不要对我儿子做这个。让他去吧。让他去。’”

弗兰克·亚历山大说：“你有没有玩过‘如果’游戏？如果我这样做了，如果我那样做了？如果我有枪，我会怎么办？我已经把自己置于这个位置，多次说出如果我有枪，我会怎么办？在我的脑海里，想象出来的是，从车上跳出来，做好开枪姿势，然后向凯迪拉克开火，让凯迪拉克失控，从而不可能逃走。我会开枪打回来，并打中其中一个射杀图派克的凶手，无论发生什么事情。

“‘如果’游戏。我玩过这个游戏 12 年。”

9 月 13 日下午 4 点 03 分图派克·夏库尔退出战斗。他因为拉斯维加斯枪杀直接造成的伤害而死亡。离他庆祝签约死囚牢一年还差三天。

拉斯维加斯警察局也意识到，由于犯罪的性质，缺乏证人合作和缺乏实质的证据，即使在 1996 年 9 月 13 日之前，调查工作几乎已经结束。不过，直到枪杀大约 11 天后，他们不会对媒体承认。在 1996 年 9 月 18 日，明显懊恼不安的曼宁回应了这个不可避免的真相。“我们的官方立场是动机或嫌疑犯目前仍不清楚。我们没有得到图派克集团任何实质性的新的帮助，所以我们现在所做的任何事情都是我们自己的。”

2.关于大个小子的谋杀

有一连串的暴力与图派克的谋杀相关联，包括 1997 年 3 月 9 日，杀害大个小子。这两起谋杀案有惊人的相似之处。也有三个显著不同点。图派克的杀戮是使用普通霰弹型子弹（打在车上到处都是子弹）。大个小子杀戮是采用相同类型的飞车射击，但是相对紧凑的模式（子弹击中大个小子的门）和穿甲弹的使用，似乎表明这个谋杀是专业的。

图派克谋杀的举报人大多是匿名的，将奥兰多·安德森作为射手。大个小子谋杀案的举报人都提供了他们的名字，说苏格是谋杀的幕后，小怀特具体协调。两起枪击一模一样，除了一些经验上的修改。

如果是同一个人策划了这两起谋杀，他会从图派克的杀戮中学到一些有价值的东西，替换一个需要花时间才能准确射击的杀手以及添加穿甲弹药来更好地刺穿汽车。大个小子的谋杀是专业杀手执行的，洛杉矶警察局也对此进行了掩盖，并继续阻碍任何真正的调查。

但事实是，同样的议程继续下去；大个小子被杀死，没有其他的理由，只是为了让死囚牢再没有苏格的影响，自由运作；通过责备苏格杀害了大个小子，从而让苏格沉默。

但正如我们在 1997 年 3 月 18 日《时代》周刊的文章中所看到的，初步发现与小怀特和公司需要保持的责任理论很不相符，真正的罪犯并没有暴露。这一次的枪杀他们成功了，但是要做到完美无缺，还有很多工作要做。

而这次，他们在洛杉矶警察局侦探中遇到了一个有价值的对手，他单枪匹马暴露了洛杉矶警察局近代历史上最大的腐败丑闻，即臭名昭著的兰帕特丑闻。该首席侦探领导的这个调查，不仅没能保证让他自然退休，而是牺牲了他的一切。赌注永远不会更高，风险适合这些赌注。是时候让赌注和风险“双降”了。赌场是用这种哲学建立的。

①纽约的羔羊

让音乐界震惊和恐怖的是，大个小子被枪杀了。大个小子的谋杀发生在他在洛杉矶的最后一天。大个小子及其同事直到那天下午才决定在洛杉矶的奇迹里程区的彼得森汽车博物馆参加傍晚的 *Vibe* 杂志聚会。

他们被告知，这个聚会是音乐行业高管的闭门聚会，安全不是问题。在彼得森博物馆的场景显然是相当成熟，特别是考虑到客人名单的复杂性。

死囚牢说唱歌手德杰・奎克带着十个凶神恶煞的树顶皮鲁血帮成员出现了，而十几个瘸帮成员可能包括奥兰多・安德森也伪造了邀请。到午夜时分，博物馆挤满了超过标准容纳的更多的人，大多数人吸食大麻。凌晨 12 点半，空气中弥漫着浓浓的烟雾，一位播音员警告人群："消防队将会让聚会结束！"

说到火灾，凌晨 12 时 05 分，一名男子开车直接来到彼得森博物馆对面的消防车附近，向空中扫射了 3 枪或 4 枪。消防局报警发现枪声。一个报警电话打到了洛杉矶警察局，十几名警察出动回应。嫌疑犯在几英里外的威尔希尔被捕了。洛杉矶警察局现在全力以赴关注这个事件，因为它似乎是完全随机的，没有动机的存在。"开枪"在洛杉矶是非常受重视的。大多数当班的警察都会因为这件事而分心。

同时大个小子的随行人员走向最近的出口。大个小子和吹牛老爹等待代客泊车服务员去取车。吹牛老爹坐进了一辆白色的雪佛兰萨伯曼，坐在他的司机肯尼斯·斯多利的旁边，他的三个保镖坐在后座。大个小子坐在一辆绿色萨伯曼的乘客侧座位，他的司机格雷戈里·"G- 钱"·杨的旁边，而与大个小子一起在布鲁克林长大的小 M.A.F.I.A.A. 说唱歌手詹姆斯·"小恺撒"·劳埃德，和大个小子最好的朋友达米恩·"D- 岩石"·巴特勒坐在后座。

吹牛老爹在威尔希尔路口交通灯变红时冲过去了，大个小子的车停在交汇处的南侧。一辆白色的丰田陆地巡洋舰令人难以置信地掉了一个头，并试图阻止大个小子的汽车尾随由坏男孩的安全总监驾驶的雪佛兰开拓者。

正在这个时候，一辆黑色黑斑羚 SS 在萨伯曼的右边开过来。车上只有司机一个人，是一个黑人男性，蓝色西装，领结和渐变式发型，提示他可能是路易斯·法拉汗的伊斯兰教教派。他用眼睛看了大个小子一会儿，然后用右手从身上掏出一把蓝钢自动手枪，将其靠在左前臂上，将枪内子弹全部射向萨伯曼的乘客侧座位上。大个小子是车内唯一被子弹击中的乘客。

黑斑羚速度飞快地从威尔希尔向东开走了，白色陆地巡洋舰又掉了一个头，开走了。当斯多利听到枪声时，吹牛老爹的萨伯曼正慢速接近一个停止标志。车里面的人都躲闪了一下，然后有人喊道：大个小子受到了攻击。

吹牛老爹穿过威尔希尔来到绿色的萨伯曼旁。当他打开乘客侧门时，吹牛老爹看到大个小子的夹克衫上满是血。看到大个小子毫无反应，惊恐的吹牛老爹跳进大个小子汽车后面的萨伯曼，斯多利把G-钱放在一边，将车辆驶往不到五分钟路程的雪松－西奈医疗中心的急诊室。

医生们将他火速推进了手术室，吹牛老爹和其他人都跪下去祈祷，但是大个小子这时已经死了。是凌晨1点15分。

②死囚牢和苏格与大个小子之死有关

在图派克被杀害之后，有很多打给调查人员的电话都指向奥兰多·安德森和瘸帮这条线索。在大个小子案中，有机密线人表示，苏格、大卫·马克、拉斐尔·佩雷斯、大赛克斯、小怀特和阿米尔·穆罕默德谈到过他们的参与。与图派克凶杀案不同，这些机密的知情人都有名字。他们能够告诉调查人员他们在哪里听到的信息。虽然有些人会患上前面描述的死囚牢混乱综合征，但他们的所有证词似乎都是有道理的，是合理的。洛杉矶警察局监狱的线人安德森是唯一一个完全撤回证词的人。然后他又撤销了他撤回证词的声明。

在枪杀后的一天之内，已经有公开的猜测，死囚牢是枪杀案的幕后元凶。

在10月份苏格因缓刑违规被判入狱后，接任死囚牢总经理的诺里斯·安德森说："任何人出来指责死囚牢都是荒谬的。""我们不容忍这种活动，而死囚牢肯定与此毫无关系。史努比和大个小子及吹牛老爹最近一直在新闻界试图击碎媒体所有这些疯狂行为。"

"这是一个可怕的悲剧，"安德森说，"今天凌晨5点，我醒来了，我仍然惊魂未定。死囚牢知道这样的事情感觉有多糟糕。就在几个月前，我们自己家里就发生过图派克被害。我向大个小子的家人表示诚挚的慰问。我替他们感到可怕。这种杀戮必须停止。"

但有一件事是肯定的：除非阴谋者可以让大个小子的谋杀成为报复，并且是苏格的一个动机，红骑士和公司将无法接管死囚牢。现在是死囚牢对"红王"，因为每个人的利益现在都是冲突的。

这成为一个如此奇怪的平衡行为的原因，是因为指责苏格而不指责死囚牢是难以做到的。但是有很多人想谈论这个杀人事件。

"米勒先生：不，我只是告诉你。我想在这里指出。在图派克遭到枪击和他随后的死亡过程中，事发的当晚，从那时起一直到下一个月的时间里，大都会警察和拉斯维加斯就被线索淹没了，你知道有关商场捉弄的信息、米高梅的事件，等等，而当大个小子被杀时，什么也没有。没有一个线索。有什么想法吗？"——与凯文·哈克访谈。

想法？小怀特组织的帮派成员杀死了图派克。小怀特组织的专业人士杀死了大个小子。当专业人员被雇用杀人时，他们会提前掩盖他们的痕迹。这并不意味着他们不会吹嘘他们的成就。

马里奥·哈蒙德斯就是其中之一。哈蒙德斯曾在1994年的一个案件中协助过联邦调查局。利用哈蒙德斯提供的资料，联邦调查局获得了六份搜查令，查获毒品、武器、防弹衣和现金。美国联邦调查局特工罗伯特·托滕在旧金山办事处确认了这一信息，因为他在1994年提供的信息是真实和正确的，所以他们办公室认为哈蒙德斯是机密可靠的。

当苏格被监禁在圣路易斯奥比斯波的男子监狱的时候，哈蒙德斯是那里的一名囚犯。马里奥·哈蒙德斯提供了有关苏格参与大个小子谋杀的信息。谈到苏格，哈蒙德斯说："他从洛杉矶地区监狱协调了这次杀人。"哈蒙德斯还说："女孩在'灵魂火车奖'被用来渗透进东海岸，找出他们要参加派对的地方，并试图影响他们去参加颁奖后的派对。"

哈蒙德斯在面谈中被问到在圣路易斯奥比斯波被监禁时，他与苏格的关系。从证词中我们得知，在马里奥·莱特抵达圣路易斯奥比斯波的男子监狱的那一天，哈蒙德斯在接待中心为新囚犯工作。他立即认出了苏格，因为哈蒙德斯当初参与音乐事业时，他们在拉斯维加斯见过。他同时也遇见了图派克·夏库尔。哈蒙德斯和苏格在接待中心打了招呼，最终成了囚友。

后来，在监狱音乐室的雪茄休息时间，苏格开始和哈蒙德斯谈起大个小子谋杀案。苏格告诉哈蒙德斯，他在洛杉矶地区监狱被关押时，共谋并协调了对大个小子的枪杀。他表示他通过使用手机协调了谋杀。苏格告诉哈蒙德斯，他曾经用"大赛克斯"和"雷吉"把队伍整合在一起。他们跟随并在外面为苏格实施了谋杀。他告诉"大赛克斯"和"雷吉"，大个小子会在谋杀之夜去哪里，要他们"搞定他"。苏格提到，他等了一年时间才等来大个小子回到西海岸。

苏格告诉哈蒙德斯："那头肥猪，就像一个婊子。翘着他的屁股，让他的屁股冒烟。我干掉了那头肥猪。我的人干掉了他。"苏格说："是的，我们要西海岸，我们要让他们知道，'血帮 Damoo'（斯瓦希里语的血液）在西海岸干掉了他。"哈蒙德斯说，当苏格开始讨论大个小子事件时，只有他们独自在音乐室。

据马里奥·哈蒙德斯的说法，苏格口中的"Reg"被认为是小怀特，和来自洛杉矶地区监狱的"大赛克斯"，他们执行他的命令去杀死大个小子，以报复图派克·夏库尔在拉斯维加斯，杰克·罗布斯在亚特兰大的被杀。

鉴于图派克和大个小子的死亡造成的大量的新闻媒体报道，哈蒙德斯认为，图派克的死亡使大个小子在说唱音乐行业中排名第一。据哈蒙德斯称，苏格对图派克的被杀怀恨在心。通过除掉大个小子，他不仅为图派克的死报了仇，而且让坏小子娱乐公司失去了顶尖说唱歌星而受到伤害。

在西海岸完成这件事，对苏格来说至关重要。苏格一直与“血帮协会”结盟。他经常在媒体中提到这种忠诚。他向哈蒙德斯提到的，他要“他们”知道血帮在西部（西海岸）做掉了他（大个小子），他等了一年才做到，表明了他个人的怨恨和很深的仇恨，他有责任为他的朋友图派克和罗布斯的死报仇雪恨。

肯尼斯·博瓦尼也想谈谈。他转达了雷·佩雷斯告诉他的关于声名狼藉先生的谋杀的一些信息。他告诉他们有关打过的一些电话和这些电话的内容。他告诉他们谋杀究竟是怎样发生的，给了他们几个名字。在博瓦尼的书中他写道：

他告诉他们，雷和马克出席了死囚牢安全小组的秘密会议。他告诉他们一些死囚牢的安全团队负责人向雷和麦克转达了具体的指示的一些会议。“谁的指示？”凯兹急切地问道。“从谁？”博瓦尼问道，好像答案是显而易见的。“‘你认为是谁？他们的老板，马里奥·苏格·莱特。博瓦尼先生，你能告诉我佩雷斯和麦克怎样参与的死囚牢唱片公司吗？’‘他们两个都私底下为死囚牢唱片公司安全小组工作。他们与死囚牢客户聚会很多。他们参加死囚牢的派对，录音和视频拍摄。大个小子被杀的那天晚上，他们在那里。那天晚上他们在担任保安工作，’博瓦尼说。（助理城市律师）波根急切地凑近。

‘那天晚上雷还跟你说过什么吗？’他问。博瓦尼慢慢点了点头。‘是的，但我只想谈谈唱片公司。’（助理城市律师）博根对博瓦尼打了个手势，让他继续说。‘雷和马克在谋杀说唱歌星声名狼藉先生中发挥了很大的作用。’”

“他从2000年12月10日至2001年2月27日一直待在洛杉矶地区监狱，一直在听证委员会前做证。在那段时间，博瓦尼见到了来自洛杉矶警察局的几名侦探，各种官员的律师，甚至城市律师。在此期间，博瓦尼首先告诉阿玛斯，没有记录在案，当大个小子被谋杀时，佩雷斯一直在现场。”

听证委员会上引出了更多关于伯恩斯警长和雷·佩雷斯的问题。然后，博瓦尼看到阿玛斯警官对伯恩斯警长的律师塞纳先生耳语了些什么。律师抬头看着博瓦尼，对他说：“雷·佩雷斯是与大卫·马克一起作为死囚牢唱片公司的安全人员吗？”

“听证委员会成员立刻站起来，停止了整个诉讼。他们把所有人赶出听证会，确定听证会是密封的。似乎是负责人的听证委员会成员大声清了清他的喉咙。‘博瓦尼先生，’他说，‘这是一个还在进行中的调查。请不要回答这个问题。’

“所以大家休息了几分钟。当肯的眼睛扫过阿玛斯警官时，看到他的脸变僵硬了。博瓦尼曾经谈及过雷与死囚牢唱片公司的关系，但是特别告诉过阿玛斯，要他并不要提，因为他还不知道他是否想谈及这个事。阿玛斯警官同意了。就这么多。博瓦尼瞪眼直到他们的眼睛相遇。‘别再这样做了，’他对阿玛斯说。‘对不起，’阿玛斯说。质询恢复了。

“当听证会复会时，行政人员提了最后一个问题：‘博瓦尼先生，你知道佩雷斯参与了被称为死囚牢唱片公司的一些什么活动

吗？’

“听证委员会成员失败了。他们再次关上了听证室。他们让每个人都离开房间，包括博瓦尼，并且离开房间至少 45 分钟。肯开始有点担心。死囚牢唱片公司的事情不断涌现。听证委员会听证会重新召开后，听证委员会小组的负责人告诉博瓦尼，他说：‘请不要回答任何有关死囚牢唱片公司或佩雷斯与任何唱片公司的联系的问题。’”

“好吧。”博瓦尼说。负责人说：“听证会材料是密封的，只有博瓦尼的缩写会被用于记录中。”博瓦尼从来没有撤回他的声明。

当侯赛因·法塔尔带入一把枪时，凯文·杰克在西好莱坞的蓝色之屋。一名下班的圣莫尼卡警察被雇用为保安人员，他扣留了枪。他将枪支拿到圣莫尼卡警察局，并进行了弹道测试。结果已输入联邦数据库。小怀特不断要求哈克拿回枪支，几周后，撇清了它被卷入任何犯罪行为，并准备好被取走。哈克拿回了枪支，并将其送回给小怀特，在图派克谋杀之后联邦调查局讯问了凯文·哈克。他们向哈克声称，这把武器是用来杀死图派克的武器。联邦调查局表示，当资料库中的子弹弹道与从图派克谋杀案取得的子弹相比时，结果相符。

小怀特是已知的最后一个拥有这把枪的人。也许他在帮派峰会上给了射手？我们不知道，这是一个需要进一步调查的领域。

凯文·哈克秘密为联邦调查局和 ATF 工作。这可能给他更多的机会知道事情，例如确认用于杀害图派克的武器。

他还声称知道大个小子在被杀时受到监视。2001 年 7 月 25 日哈克的律师与美国助理检察官罗恩程，禁止哈克承认他在大个小子针对洛杉矶市的错误死亡案件做证时曾经秘密工作。

从大个小子律师写给联邦调查局探员菲尔·卡森的信中，我们读到：“哈克先生将详细介绍小雷吉·怀特，怀特之路保安公司以及离职执法人员，在死囚牢唱片公司，图派克·夏库尔谋杀案以及大个小子谋杀案中的作用。他愿意与小雷吉·怀特见面，并与他讨论上述的举止。他这样做时愿意录音。哈克先生坚信，小雷吉·怀特有足够的资料，能对死囚牢唱片公司人员采取起诉，并且他可以在获得信息方面发挥作用。”

洛杉矶警察局侦探罗素·普尔离职前和离职后，凯文·哈克也对洛杉矶警察局进行了多次采访。他的见证没有改变，他显然掌握了使红骑士害怕的内部信息。

警方对詹姆斯·劳埃德的报道称：“证人劳埃德已多次在不同场合接受采访，他的说法很一致。”

劳埃德是受害者的长期朋友，他们在纽约同一个社区长大。他是1994年枪击案的见证人，之前曾见过图派克。

劳埃德表示，他们的保安都来自纽约，由保罗·奥福德提供。劳埃德说，奥福德总是提供安全保障，就他所知，他们聘请了执法人员担任保安。劳埃德说，他不知道南方康普顿帮派成员提供了安全保障。此外，他说他没有与康普顿的任何人有接触，据他所知，大个小子也没有。

劳埃德说他曾经去康普顿一次。他不确定是哪个月份或日期，但是在1993年。他通过大个小子，遇到了一个不认识的女性。她来自康普顿，他们去了她在康普顿的房子。劳埃德不记得女性的姓名、地址和电话号码，也不能在最近和最后一次访谈时提供她的身体描述。

证人劳埃德说，他们（大个小子及其随行人员，包括劳埃德在内）在1997年“灵魂火车奖”之前的一个月抵达洛杉矶。他们住过好几家汽车旅馆/酒店，包括四季、日光、蒙特罗斯、奥姆尼，最后是韦斯特伍德侯爵。他们在洛杉矶宣传大个小子即将发行的录音唱片。在大个小子被枪杀之前，他们没有与任何人发生麻烦。

证人“小恺撒”劳埃德最引人注目的启示（后来遭到严重攻击）

是说，除了去加利福尼亚北部做了一个广播电台访谈节目，逛过几个购物中心，他们其他时间几乎都留在自己的房间里。

在枪杀案当晚，他们没有任何理由来到并进入派对现场。当他们在那里时，一名男性（后来被确定为凯夫 –D）找到证人劳埃德，询问有关保安情况。

凯夫 –D 是在枪杀案前大约 20 分钟找到他。他相信当派对被要求结束时，他是第二次见到他。凯夫 –D 说："怎么了？你需要一些保安，你身边有人吗？"劳埃德告诉他，他们没事，有保安。劳埃德不能解释为什么凯夫 –D 找到他并询问保安情况。

凯夫 –D 由大约十名男子伴随着。除了知道他们是黑人以外，他不能提供进一步的描述。在凯夫 –D 离开劳埃德后，他走近大个小子并对他说话。劳埃德无法听到谈话的内容。劳埃德被问及，保安是否会让人靠近大个小子，他说当凯夫 –D 接近大个小子时，保安在那里。大个小子告诉保安（参考凯夫 –D）："他很酷，我认识他。"

警方注意到劳埃德曾经接受采访，并确定凯夫 –D 就是那个询问有关保安情况的男子。他不知道凯夫 –D 的名字。

证人劳埃德说，他 1996 年在阿纳海姆举行的一场音乐会上看到了凯夫 –D。在阿纳海姆，凯夫 –D 与来自纽约的吹牛老爹的一个朋友在一起。他不知道吹牛老爹朋友的名字。当他看到凯夫 –D 时，他们回到了舞台。

劳埃德重申，他们的安全由保罗・奥福德、金纳（随后被确定为尤金・迪尔）、肯尼（随后被确定为肯尼斯・斯多利）和其他不为人所知的人提供。

但是劳埃德从来没有做证说，凯夫 –D 提供了任何形式的安全保卫，也没有以任何方式详细说明凯夫 –D 和大个小子之间的关系。

有时候，卡丁会试图美化这一点：

“首先，存在杜安·‘凯夫 –D’·戴维斯，他是瘸帮的顶梁柱吹牛老爹曾经转向西海岸时的保安人员。‘凯夫 –D’在大个小子的台边拉住吹牛老爹小声地交流，但是当时小恺撒不知道对话是什么。”《谋杀说唱》（第 32 页）

在这次证人面谈中，我们没有看到任何证据表明戴维斯为吹牛老爹提供了安全保卫工作。其实在 1997 年 3 月 20 日的采访中，记录如下：

“证人表示，他跟大个小子作为一个备用说唱歌手来到洛杉矶……当被问及他是否以前看到过这个人时，他说‘是的’，他说，他在照片显示文件夹里，看到过这个人。他说那个家伙在框架＃ 2，是那个接近他的人。他说他不知道和他在一起的那个家伙。劳埃德说，当这个人向他介绍自己时，他说他来自康普顿……他把枪手描述为一个男性，棕色皮肤，褪色类型的发型，24/25 岁。”

达米安·巴特勒表示，他跟“小恺撒”（詹姆斯·劳埃德）和他最好的朋友大个小子（受害者）一起来到洛杉矶，以宣传他即将发行的“LP”。他不记得他们到达的确切日期，但是，他们已经在洛杉矶待了将近一个月。

他陈述说，在来到洛杉矶之前，吹牛老爹通过来自纽约的保罗·奥福德安排了大个小子的安全人员。保罗·奥福德和另外一名保镖肯尼·斯多利从机场接了他们，把他们送到四季酒店，他们在四季酒店住了大约 18 天，直到他们因为大个小子和他的来自费城的女朋友蒂芬妮·里因之间的争吵而被酒店管理人员踢出来。他与“小恺撒”和大个小子然后去了日光酒店，一个晚上后也被踢出来，因为四季酒店的经理可能打了电话，告诉他们大个小子和蒂芬妮之间的事件。他们离开该酒店，并在其他几家酒店住了 1—2 天，然后进入韦斯特伍德侯爵酒店，住了约一周。

他表示，他们大部分的时间都是在他们的酒店房间内，除了拍摄视频或拍电影：这是在滨海洛杉矶码头和洛杉矶市中心完成的。拍摄地点总会有 3—4 名安全人员。

后来他们进了博物馆，大个小子在派对里面找到一个座位坐了一下，整个晚上从未离开他的座位，直到他准备离开。巴特勒注意到一个人从街上走来，盯着他们，脸上一副发怒的表情。他将这个人描述为一个二十几岁的黑人男子，身穿蓝色 / 白色套头衫衬衫，皮肤深色。

警察对格雷戈里·杨的声明很感兴趣；它主要集中在枪手。

“当他开车过来，并在红灯前，停在吹牛老爹的车后面时，一名男性黑人司机沿着车辆的乘客侧开过来。他和大个小子同时看着他们的右边，观察到司机拿枪指着他们。他的左臂伸直，手抓住方向盘。枪手将他的右臂伸向他们，并搁在左臂上，上肢的二头肌部分埋在他脸部的底部。司机开始对他们进行射击。他马上就躲下来，试图把车上的安全带解开。大个小子滑向他。他下了车，躲在萨伯曼后面，直到射击停止。肯尼开车把大个小子送到医院（雪松西奈）。”

杨将枪手描绘为男性黑人，25/27 岁，中等肤色，戴领结，穿着浅色外套，可能是灰色或奶油色，胡须剃得很干净。

证人肯尼·斯多利也证实了杨的声明，并重复了巴特勒关于一张“发怒的脸”的人的陈述。

“当吹牛老爹和大个小子站在停车场时，证人观察到一名男子从街上走过来，来到受害者和吹牛老爹之间，这名男子站在证人的右侧。那个人用一张发怒的脸瞪着证人。这个家伙正在检查一切，所以受害者的一个朋友和证人开始看这个家伙。那个人只在那里站了几分钟。”

斯多利被面谈了好几次：1997 年 3 月 9 日、11 日、14 日、15 日，他做了最后一次面谈，并增加了新的信息：

“在 *Vibe* 颁奖晚会上，很多人来到桌边，和大个小子交谈。为了回应你的问题，一些似乎是帮派成员的家伙确实来到了桌边，跟大个小子交谈，但是我不认识他们。凯瑟恩（约翰逊）或保罗（奥福德）给了我一个邀请函，参加 *Vibe* 赞助的晚会后派对。派对位于日落大道北部的多黑尼大道，在好莱坞山。我们决定参加那个派对。

“*Vibe* 颁奖晚会之后，站在停车场的时候，我注意到一个男子一个人站在几英尺远的地方盯着我们。我和达米恩交换了一下眼色，示意我们应该留心他。这个家伙也穿过我们这群人，我们只是看着他。因为他的‘疯狂的跟踪我们的方式，’我认为他可能参与了大个小子（sic）的谋杀。他似乎是一个帮派成员，没有任何一个人认识他。

“他是一个黑人男性，5 英尺 8 英寸到 5 英尺 10 英寸，18 磅到 205 磅，20 多岁，皮肤黝黑，短头发，没有胡子，不知道他是否戴着胡子，蓝色的牛仔裤和一件长袖的蓝白条纹的衬衫。衬衫是一个拉式衣领，他穿着宽松，几乎搭到了他的膝盖。没有可见的疤痕或文身。”

马库斯·努恩是个秘密线人，他说苏格雇用了一个血帮的暴民皮鲁斯，去杀死大个小子。从兰德尔·沙利文的《迷宫》一书中，我们读到："科克伦监狱的一名囚犯提供了一个比较有说服力的关于大个小子的杀戮的解释。这个人说，一个在大个小子被谋杀时，与苏格关押在同一个牢房，血帮的暴徒马库斯·努恩相信，苏格聘请了另一名暴民皮鲁斯，把说唱歌手干了……马库斯·努恩否认了一切。"

德文——从《迷宫》一书中，我们读到，一个洛杉矶地区监狱的犯人，只给了他的名字"德文"——打电话给大个小子前女友基姆（后我读到的一篇关于在《人物》杂志的歌手）的管理公司，说他肯定枪杀大个小子的杀手是一个血帮成员，他收到了肯纳的 50000 美元酬金。枪击案发生后，枪手立即逃往芝加哥，德文说，但他现在回到了洛杉矶，在死囚牢唱片公司工作。

安托万·萨芬（又名波比）知道熟悉死囚牢唱片公司的罗珊娜·莫尼克·史密斯。他嫉妒苍鹭。萨芬向洛杉矶警察局提供了信息，大个小子被苏格的打手队杀死了。此外，从《迷宫》这本书中我们读到："两名在职死囚牢唱片公司员工，一名男性，另外一名女性，在大个小子死后的第一周内，就联系了洛杉矶警察局……男性员工说，他曾经听过苏格吹嘘安排了大个小子的谋杀，而女雇员告诉警方，她相信肯纳实际上安排了这一谋杀，并且她可以提供肯纳是'主要的毒贩'的信息。"（兰德尔·沙利文，《迷宫》）。

作为在谋杀之夜将吹牛老爹和大个小子带到彼得森博物馆派对的汽车车队中最可靠的见证人，尤金·迪奥给洛杉矶警察局侦探留下了深刻的印象。在他与警察的访谈中，迪奥，一位纽约州的假释官，强烈谴责了瘸帮犯下了这个罪，他的推理主要是因为他当天在彼得森派对上遇见的帮派成员向他显示的"只有爱，没有别的"。

迪奥描述的那个似乎在派对后他们等车时跟踪吹牛老爹他们的"伊斯兰国的家伙"，一直是目击者们提供的最有趣的声明。当穆斯林当天晚上从人行道走近时，迪奥说，他"似乎正在检查他们"——

特别是吹牛老爹——在走向北面方向之前，从那里，黑色黑斑羚开过来用不了十分钟。

“吹牛老爹和迪奥留到演出结束。当他们离开颁奖典礼时，一些伊斯兰国的成员在门口拦住了吹牛老爹。吹牛老爹跟他说了什么话，然后说：‘尤·穆斯塔法告诉他，你和我都很酷。’迪奥说，他不知道发生了什么（穆斯塔法是法拉坎的儿子）。那个不知名字的伊斯兰国成员对吹牛老爹说：‘我想跟你说说，因为你不尊重东方的兄弟。’然后吹牛老爹要穆斯塔法告诉他，一切都很酷，穆斯塔法把他的手伸出来，对话结束了。穆斯塔法和吹牛老爹是亲密的朋友。（迪奥认为，当伊斯兰国成员为别人而不是为其他伊斯兰国成员作安全保卫工作时，‘他们是半个浑蛋’。）”

迪奥注意到在聚会上有几个死囚牢的人。其中一个脖子上有一条死囚牢链条的人来到吹牛老爹面前，说：“你吹牛老爹那都是胡说，我们都知道。他穿着一件蓝色的西装，身高 5 英尺 6 英寸到 5 英尺 7 英寸，比较健壮。然后一个脖子上挂着死囚牢链条的女孩来到吹牛老爹面前，说出了一些不知道什么东西。”

“他们即将离开时，迪奥告诉司机去取他们的车辆，并将其停在停车场的出口处。当吹牛老爹、大个小子和其他团体人员离开派对时，他们站在入口处，与一些女孩照相和交谈了大约半小时。当他们站在那里时，迪奥看到一个看起来像是来自伊斯兰国组织的人走过停车场。伊斯兰国组织的人穿蓝色西装。然后，吹牛老爹几分钟后说，‘让我们离开这里’。

“随着每个人进入车辆，交易站在卡车的一边。当他站在这辆卡车旁边时，他在寻找其他伊斯兰国的成员，因为他们从来不会单独行动。但交易没有看到任何其他成员。那个穿蓝色衣服的伊斯兰国成员手中拿着一块白色的手帕，开始以很快的速度向费尔法克斯大道向北走向威尔希尔大道。可能是伊斯兰国成员的人离开迪奥（约 5 英尺），他穿着中等蓝色西装，白衬衫，蓝绿色的领结，有一个足球头与后退发丝，5 英尺 9 英寸，165—180 磅，棕色皮肤，轻微的胡子，大约 26—35 岁。”

迪奥说，警察从来没有向他展示过阿米尔・穆罕默德的照片，但纪录片制片人尼克・布鲁姆菲尔德则向他展示过；在相机上，显示给了迪奥与谋杀有关的六个人的照片。迪奥立即挑出了一张照片，并说：“那就是他，在那里。”照片中的那个人是哈里・比卢普斯，又名阿米尔・穆罕默德。

当大卫・马克因为银行抢劫而被捕时，阿米尔是第一个到监狱里探访他的人。他通过使用假的名字，假的社会保险号码和停止服务的电话号码得以进入，稍后将会详细讨论。阿米尔和大卫・马克的友谊可以追溯到 20 年前的俄勒冈大学时代，他们是大学的室友和运动员。

迈克尔・罗宾逊：据罗宾逊说，他在康普顿的一个脱衣舞团遇到了穆罕默德。穆罕默德承认对大个小子的谋杀。

迈克尔・罗宾逊，又名“疯子迈克”，已被证明对警察署、联邦调查局和美国缉毒局非常可靠。所有执法机构都希望罗宾逊的信息保密，以便继续依靠他的信息。因此，法官在这案件中封上了他的名字。但是在典型的查克・菲力普的风格中，菲力普和《洛杉矶时报》攻击了疯子迈克的信誉，然后透露出了他的名字。

兰德尔・沙利文在他的《滚石》杂志的文章中说：“时报没有报道的是疯子迈克在他的证词中的一致性和清晰性。他没有被试图让他摔倒的城市律师找到一处矛盾的地方。”

2006 年洛杉矶市的大个小子遗属律师佩里・桑德斯说：“那个证词进入十分钟后，我知道这个家伙将会是我们在法庭上的一个非常好的见证。”“他来到这里，他只是想告诉你曾经发生的事，如果你不喜欢的话，你就见鬼去吧。”

让桑德斯和另一位大个小子遗属的律师罗布·弗兰克愤怒的《洛杉矶时报》的文章的部分，是查克·菲力普引用疯子迈克在2005年2月3日证词的那部分，表示他承认他关于马克和穆罕默德参与谋杀的信息，是来自他的二手资料。

事实上，他从来没有说过这是另外一回事：迈克解释说，他所知道的关于这个案件的大部分情况，都是由值得信赖的朋友和与家人关联的人提供。迈克自己的一个兄弟曾是一个职业杀手（直到他自己在床上被谋杀），并因此熟悉了也被认为是一名合约刺客的穆罕默德。“他对我的兄弟并不陌生，”线人注意到，“两个杀手在同一团伙。”

当“疯子迈克”终于在一个名叫瑞克·詹姆斯的死囚牢唱片公司职员的康普顿的房子里遇到穆罕默德时，罗宾逊提起了大个小子案。穆罕默德立刻把他的声音降到了“杀手的耳语”说：“如果我兄弟还活着，我会死的。”显然意味着他自己的兄弟会因为他的泄密杀了他。“（他说）‘我不会在这里谈论它。’”

这里需要区分机密可靠的线人和玩弄系统的人的差别。洛杉矶警察局监狱线人韦蒙德·安德森显然是一个玩弄系统的人。他原来说苏格询问了为杀害大个小子签订一个合同的事宜，该声明被重复了。

尽管疯子迈克声称知道穆罕默德是多么危险，但他仍然遵循联邦调查局的计划，于2003年12月，开车向南驶往圣迭哥，敲开了穆罕默德当时居住的房门，去录下了他承认有罪的声明。但是穆罕默德，“看到我的时候就惊呆了，”迈克回忆说，“以为我来到那里是想杀了他。”拒绝让他进去。

这个故事后来在2006年失败的洛杉矶警察局“谋杀说唱”调查中，被首席侦探格雷格·卡丁重新描绘。事件在他的版本中，穆罕默德看到罗宾逊的那一刻，他关上了门，叫了警察。虽然卡丁整个错误地描述了这一事件，但它是一个有力的控告，尽管联邦调查局将罗宾逊带到穆罕默德的房子引起了所有这些麻烦，他们在事件发生后并没有保护罗宾逊。

3.需要警觉的干扰、误导和破坏

虽然盗贼王国的王室人员[①]专注于试图向盗贼王保证，他们为国王策划的枪杀并不是真正针对他的，但拉斯维加斯的调查人员被邀请前往康普顿考察，观看在多重司法管辖情况下，对犯罪团伙进行扫荡时，如何迅速而强大地使用警察权力。为什么拉斯维加斯警方感兴趣？他们不是已经明确表示，他们认为枪杀与帮派无关吗？

他们表示过，贝克尔说，他们去加州似乎有两个原因。一个是因为他们受到邀请，另一个是看他们是否可以收集一些对他们正在研究的线索有用的信息。拉斯维加斯警察告诉康普顿他们的线索是什么了吗？

似乎，他们不仅告诉了，而且说得很清楚，他们认为这是一起以某种方式与苏格有关的谋杀。洛杉矶警察局警官肯尼思·诺克斯在关于死囚牢的报告中说，拉斯维加斯警方正在寻求关于苏格的任何信息，尝试对他就游戏违规立案，因为他最近购买了一个游戏俱乐部

① 指谢丽莎、小雷吉·怀特、肯纳等人。

（火烈鸟东路 1200 号的 662 俱乐部）。

但是还有更多的。其他机构也在分享信息，但也许没有与康普顿。1996 年 9 月 10 日，拉斯维加斯大都会警察局的侦探佩奇还通知诺克斯，联邦调查局探员丹麦 · 马伦正在对死囚牢和苏格进行调查。诺克斯向拉斯维加斯警方更新了关于苏格的信息。第二天，诺克斯接到了联邦调查局探员丹麦 · 马伦的电话。他向诺克斯表示，他们现在有一个关于死囚牢和苏格的调查（诈骗腐败和有组织犯罪）。联邦调查局主要对任何洛杉矶警察局所知道的因枪支违规，毒品，敲诈勒索或恐吓犯罪等对死囚牢实施的逮捕感兴趣。

拉斯维加斯警察在踏入康普顿前一定已经明白，康普顿警方要与他们分享的信息不是他们有兴趣听的信息；没有证据表明拉斯维加斯警察曾经去康普顿追寻线索，他们只是一个“调查团”——为自己的目的。为什么他们已经怀疑了？

他们已经读过康普顿警察对犯罪团伙扫荡的整个原因，发现它缺乏信誉！

如前所述，肯纳炼金术已经充分发挥作用；他需要使第三要素（破坏调查）如此之大，不仅可以说服媒体和世界，更重要的是说服苏格。所以肯纳和红骑士开始采用曾经见效的战术。

首先，他们需要将目前调查的状态转变为值得离开或无法成功起诉的调查。最后一个很好的例子是雷伊剧院，他们以这种策略：“说这是一个帮派事情”，这样就没有人会碰它，就像威尔希尔侦探们放弃了对雷伊剧院的调查一样。

为了做到这一点，他们雇用了那位让雷伊剧院的侦探相信了的人。但在这种情况下，简单的一个电话不会起作用。不是不尊重，但相比国内最大的说唱艺人和最大的说唱标签的头儿被杀，凯利 · 贾姆森案简直不值一提。一个案件必须要做，而且必须要大于奥兰多 · 安德森，而安德森和他的帮会成员是关键。

康普顿侦探蒂姆·布伦南写了一份支持搜索令的宣誓书——这也恰好是一项虚构的作品。宣誓书写得是非常丰富多彩的，但是错误的。这个文件开始了整个“奥兰多·安德森参与”推理：

大约一个半月到2个月前，“死囚牢”相关的特拉万·朗，与其他几个皮鲁斯帮成员，凯文·伍兹又名“K.W.”和莫里斯·吹牛老爹又名“律莫”、朗又名“托盘”，在莱克伍德购物中心的福洛克专卖店中，与7—8个“南端夹子”发生冲突，“南端夹子”团伙成员拿了“托盘”的“死囚牢”项链。

1996年9月7日，拉斯维加斯米高梅酒店迈克·泰森拳击赛之后，还有一大批“死囚牢”人士和一些血帮成员。随行人员曾看到过几名南端瘸帮人员和一些血帮成员。随行人员在拳击赛中看到了几名“南端瘸帮”人。“死囚牢”人士在大堂里观察到一名单独的“南端瘸帮”团伙成员。“托盘”认出这名“南端瘸帮”成员，是莱克伍德购物中心抢他的“死囚牢”项链的人之一，并将他指给图派克看（图派克的手臂上有一个新鲜的“MOB”文身）。图派克面对“南端瘸帮”会员，说：“你来自南方？”并开始打他。其他一些血帮人员也开始打击“南端瘸帮”。这场斗殴被安保人员平息了，“死囚牢”人员离开了。

“死囚牢”的人在前往“662俱乐部”的几辆车上，“苏格”和图派克在第一辆车。另外一些开车跟着的人，包括，“笨雀”（阿尔顿·麦克唐纳），“脖子骨”（罗杰·威廉姆斯），“母狗”（亨利·史密斯），“小怪人2”（艾伦·乔丹），“托盘”（特拉万·朗）——都是“暴民皮鲁斯”，和图派克的安全人士弗兰克。随行人员在火烈鸟和拉斯维加斯大道上停下来，这时一辆凯迪拉克在图派克和“苏格”的车旁边停下，卡迪拉克上至少有两人。乘客出来“骂着脏话”，拿出枪，开始射击，击中了图派克和“苏格”。

凯迪拉克车上的嫌疑人逃走了，被“死囚牢”人员认为被警方抓获了。枪击后，“皮鲁”和“死囚牢”人员在“662俱乐部”（662号码与电话上的字母一致，拼写为“MOB暴徒”）见面。蒂米—卢“蒂姆·麦克唐纳”，暴徒詹姆斯“詹姆斯·麦克唐纳”，“托盘”等人出席了。“托盘”告诉大家，枪手是他们在米高梅打的同一个人。“托盘”说他知道这个人，枪手是“南端瘸帮”的“基夫D”（基思·戴维斯）的侄子。当我们回到康普顿（带有“SSC”）的时候，帮派成员说“这是开战”（帮派战争）。几个帮派成员星期六和星期日离开拉斯维加斯，回到康普顿。

作为创意叙述的样本：没有人实际证实这一点，或者蒂姆·布伦南从哪里听说的，蒂姆·布伦南自己并不在那里，蒂姆·布伦南宣誓说他是被告知：

“托盘”认出了“南端瘸帮”（谈到奥兰多·安德森）“成员是在莱克伍德购物中心夺取他的‘死囚牢’项链的人之一，并将他指给了图派克。”

图派克的个人保镖弗兰克·亚历山大，并不肯定特拉万·朗认识任何人。他只是说，朗在图派克耳边低声说了什么，他们就飞跑过去了。亚历山大强调，图派克从来没有说那句经常被人提到的“你来自南方吗？”的话。

亚历山大在拉斯维加斯警察局做证时说：“他们在打安德森时，图派克什么也没有说。”“没有。”

在米高梅最接近图派克的人是弗兰克·亚历山大。他明确表示，他没有听到朗对图派克说的话。只有两个人可以确认说了什么：图派克和朗。

那么这话是从哪里来的呢？它来自一名正在寻求法官签署搜查令的警务人员的创意描述。真的很难相信，这个描述居然成了定论。

在蒂姆·布伦南的誓言里面，奥兰多·安德森被描绘成最顽固的罪犯。有目击者在蒂姆·布伦南宣誓书中做证说，看到奥兰多·安德森带有手枪和AK–47，而且在另一个墙上挂有奥兰多·安德森的文凭的地方也发现了枪支，一名被保护起来的告密者告诉警方，安德森是1996年发生在南布里斯1409号凶杀案的元凶，乔治·麦克在9月10日的枪击案中确认了安德森就是那个射手，他也被认定为1996年4月12日的埃尔伯特·韦伯案的射手，一位代理人表示，安德森拥有四支枪。约翰·希伯勒是一名目击者，指出奥兰多·安德森作为埃伯特·韦伯谋杀案中的凶手，除此之外，安得森也应该对图派克·夏库尔的谋杀案负责。

然而，奥兰多·安德森从未被指控犯有这些罪行；没有证据可以控告他或起诉他。

莱克伍德购物中心的故事也是文件的一部分。绝对没有证据表明这是一个真实的故事，事实上，有几个迹象表明这个故事是由死囚牢唱片公司伪造的。9月12日，在苏格的家，小雷吉·怀特要弗兰克·亚历山大撒谎，告诉警方，说奥兰多·安德森9月7日下午6点半曾经试图去抢图派克的项链。这发生在9月25日蒂姆·布伦南发布编造的莱克伍德购物中心故事之前。弗兰克很不情愿地同意告诉警方，奥兰多·安德森在晚上早些时候被抢了链子。苏格和雷吉似乎认为他们需要一个理由来解释奥兰多·安德森在米高梅发生的争吵。亚历山大在10月1日告诉了警察关于6点半时的抢链门。

“这个康普顿警察撰写了关于我的一切的这些谎言，使我的生命陷入危险，给我的家人带来压力。难道他们不知道图派克有多少粉丝吗？我不敢离开家。晚上睡不着，这份证词已经破坏了我的生活。”——奥兰多·安德森[①]

根据布伦南的证词，两名男子从凯迪拉克出来，用点 40 格洛克口径手枪向不到 13 英尺外的宝马一连发射了 13 发子弹。坐在汽车乘客一侧的图派克·夏库尔被击中了三次，一次打在了他的臀部，一次在右手，致命的伤口在胸前。布伦特·贝克尔问弗兰克·亚历山大：“有人离开了车吗？”亚历山大回答说：“没有人下车。”

据苏格指出，图派克·夏库尔在被枪击的时候试图跳进车后座，但是苏格把他拉回到了座位上。两个轮胎在炮火中被击穿。

苏格的头部或颈部受了轻伤。苏格转向图派克问道：“图派克你还好吗？”

图派克·夏库尔在看到苏格头上的血之后说：“我？你他妈的头上中枪了！”

可悲的是，那天晚上的事件没有一个单独的其他的记录来确认苏格或布伦南所讲的故事。事实上，法拉、考克斯、格林利奇和亚历山大的陈述和证词都与他们的相矛盾。在 2008 年 8 月的图派克基金会，与考克斯、格林利奇和亚历山大的对话中，三名证人都同意，根本没有人下车。如果有，他们一定会看到一个人站在他们面前，向车开火。在那种情况下，就算没人反应，凯迪拉克也很难逃离。

蒂姆·布伦南以当晚发生的事情的错误信息当作官方依据，提交

① 安息吧：1974 年 8 月 13 日至 1998 年 5 月 29 日。

了上述“可能原因声明”，以获得搜索令。请记住，这是在图派克去世后不到两个星期提交的，康普顿警察局完全没有管辖权来调查谋杀案。他们先发制人抢夺拉斯维加斯警方的调查。由于这不是执法机关具有特定目标的典型搜索令，所以这种搜索几乎不会发现证据。如果你不知道你在找什么，你可能找不到它。蒂姆・布伦南的宣誓书是一个仅有一半事实，另加赤裸裸的谎言和无理猜测的巨型“摸底”。

这是拉斯维加斯大都会调查人员在抵达加州之前读过的。他们知道他们走进了什么地方。

最近，奥兰多・安德森的前律师，接受了被称为安东・比特的互联网无政府主义者安东尼・巴塔利亚的采访提问。律师被问及酒店的混乱。“我认为这是你知道的，人们只是假定。”律师评论道，“因为奥兰多被殴打，他被殴打得很厉害，然后他从殴打现场走到了酒店，但那是他住的地方，因为他是真的受伤了。

“我的意思是说，如果你看到那个录像带，你会看到他们对他的肋骨和整个身上踢得很厉害，我的意思是说，他周围到处是人，想一下，他能够起来出门报复吗，我觉得很不可能，你知道，如果这是几个星期后发生的，那么我认为这样会比较合理，但不是那个晚上。”

“宣誓书充满虚构。那里没有哪一个可以获得证实。我们不知道为什么康普顿警察会这样写，但这充满谎言。”

Vibe 杂志就挨打一事采访了奥兰多・安德森。

奥兰多・安德森说：“我真的不知道为什么苏格会说这样的话。”“我甚至不知道苏格。”

“就我们而言，”安德森的律师告诉 *Vibe*，“无论苏格说什么，他都是有他自己的目的。我们也将他列为诉讼对象。针对奥兰多没有任何证据。如果他们进行适当的调查，他们很有可能会发现谁杀死了图派克。”

Vibe 杂志然后问道："在法院的证人席，你说苏格没有参与你的殴打；他试图阻止它。现在你对他提出参与你的殴打的诉讼。"

"那时候，"安德森回答说，"我担心我的生命安全。"

"你害怕苏格阵营吗？死囚牢的人？"

律师说："我们不想评论他担心的是谁。"

康普顿警方没有逮捕、控告和起诉嫌疑人或收集有关图派克杀害的证据，他们确实制作的事件捏造版本，作为当时发生的事情的理论。应该指出，蒂姆·布伦南当时正在为老雷吉·怀特工作。记得这个名字吗？老雷吉·怀特是小雷吉·怀特的父亲，当时应该只是死囚牢的安全主管。对于最终负责苏格和图派克安全的人来说，他的父亲是否会影响当晚发生的事情的"官方依据"呢？死囚牢内部人士从来没有听说过"莱克伍德购物中心奥兰多·安德森奖章抢劫事件"，直到图派克·夏库尔被枪杀一周之后，这不是讽刺吗？那个故事怎么变为安德森在枪击之夜下午六点半左右，抓住了图派克的链子呢？谎言刚刚开始形成。它们将在未来 18 年继续变形。

为了总结整个不断演变的奥兰多·安德森的故事，我们来看看凯西·斯科特怎么说："扯上奥兰多·安德森，那个殴打没有意义。"

布伦特·贝克尔说："我们所有的信息都来自蒂姆·布伦南。"

那么奥兰多·安德森在夹头组织中是否有足够的力量来让他的朋友们跳上车，或者一个更为遥远的场景，拿起电话，指挥一场枪杀。第二种情况将表明一吨的重量，特别是如果他不在车里。

还需要指出的是，拉斯维加斯警方认为，奥兰多·安德森没有足够的时间来采取行动杀死图派克；尽管曼宁将因为不可思议的原因而撤回此声明。布伦特·贝克尔仍然认为是这样的，而且他还相信这个。在 2002 年 12 月的 VIBE 故事中，时间表上被驳斥了，据计算，安德森要在 2 小时 32 分钟内，在拉斯维加斯的星期六晚上从标题上的指定地点，即米高梅大酒店大堂和图派克被枪杀的东火烈鸟路之间来回，是不可能的。问一个团伙成员，甚至最低层的人，可以告诉你“街上的话”是什么。“街上的话”就是朗和安德森在福洛克运动用品商店干了一仗。事实上，我们不知道安德森出现在拉斯维加斯是不是常有的事。

这是一个更大的信念飞跃，相信在莱克伍德购物中心有一个阴谋几乎是滑稽的。那只是帮派人员做的事情。但是，通过要求安德森来斗殴现场，甚至骗他在那里等待一个他认为可能出现的朋友的能力，肯定是有可能的。所以很容易否认任何涉及安德森的理论需要一个福洛克运动用品商店的阴谋的争论。

凯西・斯科特补充说：“我的意思是说，他被滞留和殴打了一会儿，警察没有做任何事情。他们甚至没有把他带到楼下。警察没有扣留或采取保护措施，只是把奥兰多带到米高梅的楼下，与他谈论了这个殴打的事。他只是说：‘不，他不想提出指控，’于是，他们以快乐的方式送他去。”

弗兰克・亚历山大试图从事件发生的时间角度来分析。“现在，我以前从来不知道安德森是谁。只要有趣，讽刺，无论你想从四月到九月，雷吉为什么要告诉我特拉万和奥兰多・安德森在莱克伍德购物中心打了一架，现在我们知道了，几个月后，图派克和奥兰多・安德森在米高梅进行了同样的斗殴，然后一切都从那里开始。”

然而，红骑士和康普顿警察局令人信服，因为当时拉斯维加斯侦探并没有多说话。他们也不尊重阿菲莉・夏库尔或遗属，因为没有一个来自家属或死囚牢的人提出过给帮助捕获凶手的人一分钱的奖励，他们认为这种缺乏支持阻止了任何可能因为赏金原因出面的人提供信息。

奥兰多・安德森就发生在米高梅的斗殴事件向米高梅公司提起诉

讼。作为报复，对奥兰多·安德森提出了异常死亡的诉讼。图派克的律师逐字驳斥了字面上剽窃的蒂姆·布伦南的宣誓书。除了基本撤销莱克伍德购物中心事件外，涉嫌枪杀的指控与布伦南誓言所提出的指控是一样的——同样错误的：

苏格和图派克在第一辆车里，一辆苏格拥有的宝马。

原告被告知并相信，并据此指称，跟随的车辆中的一些人是阿尔顿·麦克唐纳、罗杰·威廉姆斯、亨利·史密斯、艾伦·乔丹、巷和“弗兰克”。

车队在火烈鸟大道和拉斯维加斯大道上停下来，当时一辆白色的凯迪拉克在图派克和苏格的车旁边停下。

凯迪拉克至少有两名，可能有更多的人。

原告被告知并相信，并据此称邦德是凯迪拉克的司机，而安德森是凯迪拉克的乘客。

原告被告知并相信，并据此称安德森从凯迪拉克出来，来到宝马的乘客侧。

原告被告知并相信，并据此声称，当接近宝马时，安德森拔出枪，开始向宝马射击，有意或无意地击中了图派克和苏格。

考虑到这是针对错误致死的诉讼，这似乎是奇怪的，对枪杀事件完全没有事实根据，除了投诉的准备工作完全没有想象力，而且投诉是在枪杀后一年提出的。显然，除了蒂姆·布伦南的报告之外，还有一些其他信息可以用来提交投诉。

律师甚至没有将亚历山大的名字搞对——尽管图派克遗属认识亚历山大。被引用的“弗兰克”成为一个“车上的一些人”。该遗属最终与奥兰多·安德森以大约25000美元达成和解。奥兰多·安德森就米高梅的殴打对遗属提起诉讼。图派克遗属的律师唐纳德·戴维解释说，尽管没有人真的知道为什么，除了苏格被认定为被告之外，小怀特列在安德森案的被告中。

如果苏格被认定是被告，那么只是保安头目而不是实际运行死囚牢的小怀特没有理由作为被告。但是，如果怀特在苏格被关进监狱时是死囚牢的事实上的首席执行官，他可能有理由是。肯纳最适合做证确定小怀特和死囚牢的伙伴关系；具体说明他们的职责。奥兰多·安德森在做证时也很可能知道这些信息。

据唐纳德·戴维介绍，达成和解协议后不久，奥兰多·安德森就被杀了。他的回忆与告诉我们的消息来源一致，那就是，苏格知道和解方案，并想要其中的一部分；安德森在拒绝苏格的提议并同意和解后几小时内，在洗车时遇害。AP 在 2000 年 8 月 18 日报道："他的遗属声称在安德森被杀几个小时之前，他的律师被告知他将从图派克遗属处收到 78000 美元的和解费。"

康普顿市在 1999 年 10 月和 11 月，对康普顿警察局进行了调查。肯尼思·罗勒军士，弗雷德里克·雷诺兹军士和杰里·帕特森警官在一份内部的 95 页的报告中详细报告了腐败事件，导致市议会解散康普顿警察局和签约洛杉矶地区警署部门。该报告引用的是已被转交给联邦调查局的，1997 年 4 月 23 日缴获的 60 公斤可卡因事件。联邦调查局没有收到毒品的记录。

"由于几乎完全缺乏管理的规则和条例，以及部门管理层的监督，前局长郝力·泰勒，前上尉珀西·佩罗丁，前中尉老雷吉·怀特和少数军士应对此负责。"

在 1994—1995 财政年度，图派克死亡前一年，没收的缉获近 200

万美元。但这些收入几乎都没有记录。在整个图派克枪击案的拍摄和调查中，腐败显然是一直存在的。

这里是一个令人难过的讽刺。有充分的证据表明，康普顿的警察非常腐败。而康普顿警察局却实际上被纳入了地区警署警长的部门。在95页的腐败报告中，许多被提到的警官进入了洛杉矶警长部门的高层。腐败的结果导致了19名警长的被起诉和李·巴卡警长的辞职。

难道投赞成票解散康普顿警察局的公民，实际上是为了让地区警署警长重新雇用这些腐败警察？

达到了自己的目的，怀特让大家都知道苏格是该进监狱的那个人。在1996年9月17日，警察日志中记录到：

“早班监视警官杰特和山本正在制定一个防止犯罪活动的细节，以解决位于奥克斯纳德街18730号，211套房的死囚牢唱片公司的帮派活动问题。警官杰特与死囚牢的保安头目雷吉·怀特谈了话，怀特先生告知，自从图派克去世以后，马里奥·苏格·莱特现在使用康普顿的流氓黑社会作为自己的贴身保安，而且他们都被武装起来了。”

为什么小雷吉·怀特告诉执法部门，苏格正在使用罪犯来保护自己？这是不是一个明显的缓刑违规？消极攻击的行为？

4.影响

由前康普顿侦探蒂姆·布伦南和罗伯特·“鲍比”·拉德管理的网站解释说，大部分在康普顿警察局工作几年的人都是帮派的专家。他们声称这些都是从“这些在我们面前的人，尤其是郝力·泰勒和雷吉·怀特”身上学到的。显然，小怀特的父亲老雷吉·怀特曾经在康普顿警察局，是那个被蒂姆·布伦南提到的雷吉·怀特。

布伦南解释说，泰勒和老怀特来自瘸帮和血帮的起源地，洛杉矶中南部和康普顿地区。该网站还说，今天的专家们已经采纳了并且也在教授下面的人，泰勒和老怀特曾经说过的话。“他们生活在黑帮团伙形成的历史中。”

该网站也开始对老雷吉卷入康普顿帮派团伙的情况作了一些介绍。事实证明，老雷吉和泰勒让康普顿警察局成立了第一个持续运行的帮派部门。蒂姆·布伦南和拉德写道，帮派成员尊重泰勒和老雷吉，因为他们理解帮派团伙。

在这一点上似乎很清楚，如果帮派和老雷吉之间相互尊重，那么至少会有与这个团伙进行公开和直接的沟通的机会，这就对腐败的康普顿警察是否滥用了这种尊重来影响这些帮派产生了疑问。

蒂姆·布伦南和拉德声称，泰勒和老雷吉告诉处理帮派事务的警官，为了真正取得成功，他们必须“了解帮派成员”，他们每天都在街上观察和联系帮派成员。“对于布伦南，似乎每个在康普顿的人都知道郝力和老雷吉。”

虽然这是一个很好的信息，但它不足以暗示老怀特能够对康普顿的帮派施加不必要的影响。所以当时这个角色似乎是摇摆不定的。

2010年，那个1999年康普顿腐败报告出现，并解释了老雷吉是否有能力过度影响甚至控制帮派的任何问题。在1999年的报告浮出水面之前，看起来老雷吉只是能够通过帮派参与死囚牢的合法和非法事务帮助小怀特；正如洛杉矶警察局侦探弗雷德·米勒所说的那样。

如果帮派尊重老雷吉，他们至少会以同样的尊重听从小怀特；一个理论再也不能证实另外一个六年。

该网站的证词证实，布伦南和拉德对老雷吉及他的安排的坚定承诺，也可能使得他们像帮派一样受到不适当的影响和妥协。弗兰克·亚历山大的秘密录音提供了一些提示。“雷吉订了红地毯，他说，‘我试图做正确的事。’”

康普顿警察部门由洛杉矶地区警署兼并后，老雷吉继续在康普顿工作。他对他知道的他儿子离开康普顿警察局后的工作和生活，保持沉默。

拉德、布伦南和老雷吉在1989年成为帮派凶杀科的一部分，直到2000年仍然在帮派单位。就其本身而言，重要的是要注意，康普顿市及其主要城市职能部门，因腐败而被解散……从市长以下。

蒂姆·布伦南在康普顿警察局的搭档罗伯特·拉德，被问及他是否相信苏格对康普顿警察局以及拉斯维加斯警察局的控制权和影响力“需要有一个巨大的阴谋？”

拉德肯定，认为苏格本人控制了或有能力控制这么多的人力的想法是“可笑的”；对一个人来说，这似乎有点多。但要更清楚苏格的影响力更多的是一个“网络化”的影响范围。不幸的是，许多人都失去了这种区别，比如说拉德表示苏格也必须控制美国缉毒局（DEA）和“其他所有人”。

谈到美国缉毒局，苏格正在被美国缉毒局进行调查。苏格在两个州有 17 份调查令，涉及几起凶杀案和阴谋谋杀案，当时执法部门在死囚牢唱片公司办理调查令。苏格被定罪，并因一起成功的缓刑违规指控的起诉，度过了六年徒刑。

但是，这个问题比那个更为局限。唯一需要苏格通过代理人施加某种影响力的执法部门是拉斯维加斯警察局，后来是洛杉矶警察局；康普顿可以说已经在小怀特的影响范围了。这绝对是在老雷吉的影响下。

苏格有过暴力的历史，任何其他人都会不断面临法律动荡。苏格不断躲避法律纠纷，而不能躲避他犯罪的程度。警方，地方检察官办公室和美国检察署都在寻找“大定罪”，允许这么多较小的违规行为溜走。死囚牢付酬的警务人员往往看到的是另一回事。执法机关发现苏格“有事”，针对他并指控他。调查令已被签发，但苏格可能会提前获得通风报信。

那些日子有完没完！

康普顿警察局被解散。发布的报告谴责郝力・泰勒和老雷吉对警务人员的管理，质询他们在履行职责时的个人行为，并提出一大堆未解答的问题，大部分与丢失证据有关——洛杉矶警察局存在的一个常见的问题。

无论是否认为苏格控制了康普顿警察局和洛杉矶警察局的整个行动，“受影响”一词仍然是完全相关的。在某些情况下，影响力可以等同于事实上的控制。肯纳没有控制拉里·龙戈；他操纵他。小雷吉·怀特没有控制康普顿警察局；他直接或间接地影响了，通过他的前任搭档凯文·杰克，凯文·杰克仍然在康普顿学校工作，在死囚牢为小怀特工作，或直接通过他在康普顿警察局内非常有影响力的父亲。

影响也发生在洛杉矶警察局。在史努比狗狗的谋杀案中，证据从太平洋分局消失，而谢丽莎·莱特是他的经理，凯文·盖恩斯是谢丽莎的男朋友。凯文·盖恩斯也与死囚牢有着密切的联系，他与戴维·马克和拉斐尔·佩雷斯密切合作。

凯文·盖恩斯的行为对洛杉矶警察局有影响。戴维·马克的行为对洛杉矶警察局有影响。拉斐尔·佩雷斯的行为对洛杉矶警察局有影响。死囚牢的保安瑞奇·麦克库里为洛杉矶警察局工作。洛杉矶警察局花费了数百万美元来洗清这些官员所造成的恶劣“影响”。每个人的个人行为都会对整体产生影响。这是因为作为一个整体，我们经常被迫对信息和影响做出反应。

德洛雷斯·塔克的行为对苏格、图派克和时代华纳都有影响。丹·奎尔对时代华纳，新视镜和图派克都有影响。任何时候，一个人必须对另一个人所做的事情做出反应，他对另一个人的行为产生了影响。苏格、怀特和肯纳清楚地影响了洛杉矶警察局、康普顿警察局和拉斯维加斯警察局。

由于死囚牢唱片公司的影响范围，康普顿警方并没有机会。在他们看来，他们承认自己已经向拉斯维加斯警察局转发了线索，但被忽视。这表明，康普顿警察对拉斯维加斯警察的影响不足以激励拉斯维加斯警察对康普顿的意见采取行动。康普顿警察可能对苏格有“足够”的证据意味着什么，但说他们的证据强大到足够可以实施逮捕是不公平的；在历史上不是这样。

作家凯西·斯科特表示，苏格在拉斯维加斯时，他让拉斯维加斯警察从他那里领取薪水，暗示苏格对他们有影响。事实上，在不当班的时候，警务人员被雇用去做保安，关闭街道，或者为影片摄制组看孩子。事实上，雇用这些人员的公司，大部分时间都是通过城市或地区警察机构来支付服务费用。没有任何进一步的以文件或其他特别形式支持的证据，单凭他们在公共场合或在662俱乐部作为安全人员，就说一个下班的拉斯维加斯警务人员是在“死囚牢”的“工资单”上，未免太鲁莽。

但更重要的是，对警察部门的影响仅止于此，警察部门真的不是发挥影响力的地方。真正需要有影响的地方，是警方将案件移送去被起诉。根据警方针对苏格的指控数字和他所拥有的实际定罪数量，他的律师对起诉索赔有很大的影响。

根据警方对苏格的指控数量和他所拥有的实际定罪人数进行判断，他的律师对起诉索赔有广泛的影响。

苏格的傲慢给了他唯一可以利用的缺点，他相信奥兰多·安德森同意不提出指控，就不会把警察带到他的门前。在内华达州，受害者不必在这种情况下对嫌犯提出指控。拉斯维加斯大都会警察不需要安德森提出指控。他们可能发现苏格在斗殴的录像带上，我们现在知道这是足够撤销苏格缓刑的证据。所以就其本身而言，苏格依靠其他层面的影响力，或苏格自己知道他对奥兰多·安德森有影响力足够的影响力去串通一气，或至少足以不用担心回家。

5.真相

事情的简单事实是，图派克因金钱而死亡。这简直就是抢劫。他被杀害，因为对某些人来说，图派克死了比活着更值钱。他正在转型，造成了不确定性。那些正从图派克的收入来源受益，但也许很快就会失去它的人，从图派克的死亡中获益最多。

我们基于新出现的自首信、支持访谈和事实，对那天晚上发生的事情的看法是，肯纳、小雷吉·怀特和谢莉莎·莱特策划了谋杀。迈克尔·摩尔在枪杀发生的当时，正在小怀特旁边，他从怀特的无线电里听到“做到他们了”的声音。之后，“不要在无线电上说话”的声音据说被另外的人听到了。肯纳和小雷吉·怀特通过律师乔治·凯利思策划解除了保镖的武装。如果苏格被杀，苏格的妻子谢莉莎·莱特将继承苏格在死囚牢唱片公司中的所有股份。

小雷吉·怀特是最后一个拥有在图派克谋杀案中使用的枪的人。这是从“蓝调之家”的奥特洛斯之一侯赛因·法塔那里没收的，枪被弹道测试并进入联邦数据库。凯文·哈克取走枪并把它交给了小怀特。

根据自首信，小怀特参加了一个帮派峰会。他征询了关于杀死苏格和图派克的事宜。他获得了绿灯，挑选了士兵。雷吉给了他们关于苏格和图派克将要在哪里的信息，他们被赋予了必要的工具来进行暗杀，包括谋杀武器。这些人从平流层酒店的租车公司租了一辆白色的汽车。他们执行了谋杀计划，开车到加利福尼亚州的贝克，在那里，他们部分拆卸了汽车，并返回南加州。

据说这名枪手是与瘸帮相关的说唱歌手，他有谋杀动机——他的歌曲被图派克盗窃。他早些时候已经就歌曲被盗找到图派克，被图派克的保镖殴打。他磨刀霍霍，发誓报仇。

其他的枪手是血帮成员，一人负责射杀苏格。帮派分子经常在犯罪之前嗑药或醉酒，这往往导致了一个拙劣的工作。此外，他们并不是非常好的枪手，使用的是常规弹药来射穿车辆。所有这一切导致了那天晚上苏格躲过一劫。对于他们在枪杀中的作用，枪手被给予一张现金支票作为报酬。他们的动机是金钱和报复。但阴谋者的动机是盗窃图派克的钱和音乐，以及盗取死囚牢唱片公司的所有权和管理权。

将苏格踢开，他们可以把唱片公司带入一个新的轨道，以更加企业和商业友好的面貌代替恐惧、恐吓和朝不保夕的氛围。图派克很快就会成为一个没有人会愿意面对的问题。苏格的流氓黑社会形象造成了法律纠缠，同时犯罪企业的初始资金也从黑社会开始。死囚牢唱片公司的各种刑事调查在苏格死后很容易被撤销。谋杀能解决这么多问题！

“做到他们了”来自无线电作为枪手的成功宣告，因为谁能想象，可能发射了多达 13 颗的子弹，居然没有杀死苏格和图派克？苏格的重量 315 磅，身高 6 尺 3 英寸，这是一个很难错过的目标。但是枪杀纯粹失败了。在当时，图派克没有死亡，苏格甚至没有受伤。图派克获得了 50% 的生存机会。他在医院治疗。策划谋划的人正在忙于做伤害控制。在康普顿进行了战略性的枪击和暗杀，以防止可能的泄密，一个非常协调和不断演变的封面故事也正在编造。虚假信息机器正在绞杀事实。小雷吉・怀特在拉斯维加斯警察局对每一个接近枪杀现场的人员进行质询时，都坐在旁边。

看起来似乎拙劣的一个暗杀，很快就开始产生结果。几天后，图派克死了。10 月 22 日，由于康普顿警探理查森的证词，苏格的缓刑被撤销。

“根据康普顿警察局帮派单位对安德森的采访，在苏格被送进监狱几年后，专案组没有发现他的任何违规行为，他最终只是被发现在奥兰多・安德森的袭击中违规（图派克被枪击的那天晚上）。”

——ComptonPoliceGangs.com（由蒂姆・布伦南和罗伯特・拉德主持的一个网站）

康普顿警察面谈了安德森？那个面谈和录像带被用在法庭上作为送苏格进监狱的原因？记得那个在运行康普顿帮派单位的叫老雷吉・怀特的名字吗？小雷吉・怀特策划了苏格的缓刑违规？理解了奥兰多・安德森作为人证在苏格的听证会上做证的事实。这与安德森在康普顿警察局采访中提供的证词直接相矛盾。

肯纳以最酷的被动攻击风格，让监视带成为证据，并安排了安德森的证词，将苏格送到监狱。肯纳已经通过协调更换助理地区检察官和法官来解决苏格受到的特殊待遇。苏格可能不知道他被玩了。

阴谋者被留下来运行唱片公司，窃取图派克和其他死囚牢艺人的钱的行为在继续，会在一段时间内保持隐秘。诉讼会发现大部分的盗窃行为，但是从图派克和其他人身上偷走的许多东西绝对不会被人知道。

在枪杀的夜晚，保镖被解除武装。路线被设定了，抵抗被限制。自首信涉及六条限制路线的路障。它谈到“小怀特先生”详细给予了苏格和图派克将在哪里的信息。它谈论帮派会议。更多具体细节提供给接受自首信的克里斯·布莱克斯福德。但是很明显，图派克和苏格不得不走。

图派克试图将他的母带从金库中取走。他已经解雇了肯纳。可能有更多的机会除掉图派克，但那时可能会有更多的并发症。时间不多了，一旦“图派克退出死囚牢唱片公司的媒体景象”开始，将难以控制，而图派克的计划已经在启动。这是同时消除图派克和苏格的机会。库存里有 200 首歌曲。围绕这些歌曲的合同是模糊的。所有权在死囚牢唱片公司的一边。死囚牢唱片公司相当确定他们能够在图派克品牌下发行许多专辑。

众所周知的是，在任何犯罪企业中都有秩序。帮派杀人或暴徒杀戮并不随机进行。只有获得许可才能杀人。单独行动的人终将死亡。即使是一场政变，只有当各派团结起来推翻现有的领导层时，才能成功地组织起来。必须有会议来组织这样的杀戮。有策划、有电话、有组织。在失败的行动之后，还有后果。他们必须向调查人员隐瞒真相。他们必须向苏格隐瞒真相。紧随其后的杀戮集中在那些知道一些事的人身上。当苏格即将被释放时，杀戮集中在苏格的内圈人士。他们必须提早做准备为苏格出狱的那天。他们不得不阉割他，使他不能报复。

一场处理图派克谋杀调查的运动开始了。红色骑士小雷吉·怀特押送并听取了每一个物证见证图派克谋杀案的警方采访。但是，同样重要的是，让苏格不知道 1996 年 9 月 7 日发生的事情的真相。苏格与保镖等人举行了许多会议，以确保这点。红骑士小怀特指示保镖向苏格说谎。因为苏格永远不会知道那些最贴近他的人计划从他身上夺走一切。小怀特的杀死苏格的原始计划失败了。国王苏格正在采取预防措施，以使他不成为一个容易的目标。有关于他人头价格的传言。有人预言苏格会在圣诞节前死亡。但是有一个策略把他送进监狱从而废掉他，即使他没有被杀害。根据加州法律，这意味着他将无法开展业务。他别无选择，只能委托这些最贴近他的阴谋杀害他的人，来管理他的王国。

"'苏格多年来已经树立了很多敌人，'蒂姆·布伦南说，'为苏格工作的一些人现在已经变成反对他的人了。'"

图派克刚死，红骑士小雷吉·怀特立即抱怨死囚牢欠他 6 万美元，他们没有付钱给他。死囚牢支票登记册每两周以 15000 美元计算，相当于两个月内没有支付。他不能支付保安人员，拖延他们两个月的支付是可怕的。随着民事和刑事案件的堆积，法律费用也在增加。三名赚钱者中的两名，已经离开了唱片公司；第三名死了。但是小怀特没有担忧。他谈到很快保险箱里将再次充满现金。有传闻说，约有 5000 万美元图派克的劳埃德伦敦劳合社人寿保险政策是以苏格为受益人。开销正在被削减，死囚牢的所有设备、家具和资产都被储存。

阴谋者在苏格的耳边嘀咕，促使东海岸 / 西海岸对抗。他们玩弄苏格对于吹牛老爹的仇恨。他们在苏格的脑海中把杀死图派克的凶手钉死在吹牛老爹。记住，他们只需要一个人相信是吹牛老爹负责。苏格上钩了。诺克斯上尉正在塔扎纳的康—安录音棚巡逻，直接从小雷吉·怀特那里收到报道，说苏格已经违反了他的缓刑。小怀特告诉诺克斯，苏格现在正在用血帮作为他的保镖——明确的缓刑违规行为。诺克斯也被告知苏格出国旅行了——另一次违规。负责任的警察诺克斯，将所有这一切都报告给了指挥系统。苏格与法律冲突。在图派克被枪杀 45 天后，苏格被羁押，因为违反了他的缓刑规定。

肯纳设计了拉里·龙戈的陷阱。当这一切都出现时，苏格将不会得到法庭上的任何怜悯。他前往监狱服九年刑期，他将会在五年内被关押，在那里他将被排除在音乐世界之外。他的收入来源现在是公平的比赛：秃鹫在盘旋。但苏格有肌肉；他有资源；他会回击，他会是无情的，他们向他兜售了吹牛老爹为图派克的死负责的理论。

那么为什么要杀大个小子？报复！有力地销售正在起作用。

苏格已经指责吹牛老爹为他的亲密朋友贾·罗布斯在亚特兰大的死负责。苏格开始怀疑。9 月 7 日发生的冲突故事已经开始浮出水面。苏格发现护卫被解除武装。他发现有关小怀特要求保镖撒谎。现在是一个大胆的举动——误导的时候了——一种促进行动。他们需要创造一个分心。他们需要保持苏格的头脑被图派克和贾·罗布斯的死报仇所占据。他们的目光瞄准了拿走吹牛老爹的什么东西——他的顶尖艺人！他们开始阴谋杀死大个小子。它成了一个狂想。谁能把它卖给苏格？其中一个奥特洛兹被选上。他的声音将成为凝聚杀死大个小子任务的怒吼，一定要为图派克的死报仇！大赛克希望与苏格更紧密地联系。这将使他们以超越正常的友谊捆绑在一起，让小怀特重新掌舵。

将苏格踢开的行动已经开始。他被判入狱九年，但还活着。事情变得复杂了。苏格并没有真正相信在图派克遭枪击后立即被告知的所有事情。他当晚在车里。他能很容易就被杀掉。小怀特被发现说谎。小怀特试图说服他，弗兰克·亚历山大需要被杀害。诺里斯已经把亚历山大的事情摆平了，但并不十分可信。苏格能信任谁？小怀特对肯纳播下了不信任的种子，那里显然有一个裂痕。曾经是如此容易。肯纳租了龙戈的房子，让苏格搬进去。操纵副检察长的感觉是苏格被法院毫无怜悯的真正原因。肯纳将健康问题归咎于他离开苏格案件的原因，但真实情况远不止于此。他在所有死囚牢唱片公司的人周围不再感到舒服。他担心他会是下一个消失的人。小怀特对肯纳不信任的种子正在萌芽并扎根。肯纳感觉到不信任和隔阂。

苏格认识到自己被孤立和背叛了。他想找到这一切的真相，但他必须先解决好自己的事情。离开了很长时间，他需要有人来为此负责。他所创造的一切都在摇摆不定，不得不去思考自己的未来。

而他最近的未来是监狱，在那里，那些可能会让他心烦意乱的人具有相当强大的能量。即便苏格有自己的跟班和人脉，但只要一个错误举动就可能产生很严重的后果。

在外面控制他的帝国可能意味着内部的安全。他需要测试周围的人来确定忠诚度。小怀特带来了一个与苏格认为对谋杀贾·罗布斯负有责任的吹牛老爹扯平比分的计划。该计划似乎是一个快速完成苏格需要确定的——信任谁——的合理的方式。

现在参加阴谋杀死苏格和图派克的小怀特可以讨好苏格，不断地画一幅希望的照片，这下一次听证会意味着自由，或者他可以上诉，但苏格开始感觉到他需要在监狱里待很长一段时间。小怀特的表演工作，假装不知疲倦地努力让苏格离开监狱，掉了一身肉。他进一步帮助苏格痴迷于计划谋杀大个小子。苏格坚持认为，这次袭击发生在洛杉矶，便于发送信息。东海岸的说唱歌手知道苏格在监狱里感到安全很多。他们开始向西走。大个小子在洛杉矶近一个月才被杀害。安全预防措施变得越来越松散，苏格、小怀特、大赛克、比卢普斯、佩雷斯和麦克等的机会来了。没有错误的余地。这不会是由一个帮派的小朋友来处理的。这将由专业人士处理。

对于小怀特来说，很明显，这可以把他永远地放在驾驶的位置上。他可以重新获得苏格的信任，同时把他陷害。如果苏格被认为是大个小子的凶手，苏格将被关一辈子。由于苏格在图派克谋杀期间没有被杀死，把苏格永远关押将是下一个最好的事情。苏格对吹牛老爹的仇恨将是他的毁灭。小怀特知道苏格一件事，无论多少手指指向苏格，无论当局对他的压力多大，苏格都不会直接对执法人员说话，他将永远不会出卖小怀特。苏格将对谋杀说唱歌手全权负责，不会暗示任何其他参与者。小怀特知道他所选择的人会做同样的事情。拉斐尔·佩雷斯因偷窃和分发毒品被捕时，从来没有牵连到与他关系密切的警察身上。大卫·马克从来没有告诉过钱或者其他两个参与银行抢劫人在哪里。小怀特终于知道，使用错误的人导致了太多的纠缠。图派克是政变，大个小子将是天鹅挽歌。大个小子在西海岸越来越舒服。他越来越粗心。肯纳的权力已经削弱了。现在是政变的时候了。

流亡的国王苏格，当他在监狱时，是更容易去管理。在里面他被视为皇室。有想要音乐交易的看守为苏格提供特权。手机，通常不允许在监狱里用，被偷进来给苏格。在大个小子的杀戮之夜，他能够与小怀特和他的团队进行沟通。

女子被送到大个小子的阵营来监视大个小子的举动。他们鼓励大个小子参加彼得森的派对，他们得到了他的确认。在派对中有一些监视员让团队得知大个小子的一举一动。那些监视员熟悉警察使用的策略，因为他们是警察。他们在前一天晚上就参加了以便应付所有必要的最后一刻的调整计划。在谋杀的夜晚，他们到处分散开来，知道他们的角色。每个人执行完美的计划。随着大个小子的随行人员向汽车移动，大家各就各位，准备行动。

为了分散注意力，一名男子在彼得森博物馆前面的消防车旁边停下，下了他的车。他的枪掉在附近的消防员可以清楚看到的地上。用一个戏剧性的动作，他捡起来，扣上扳机，看看枪是否还能工作，然后他向空中射了几发子弹。没有匆忙或试图向复制他的车牌号码和无线电呼叫的消防员隐瞒他的身份。“开枪射击”在洛杉矶是严重事件，这将会使保持少数在巡逻的几辆车，用相当一段时间开过来，对司机实施抓捕。深夜在洛杉矶西区，这个单一的行动使大多数巡逻车辆不再巡逻。

有目击者在彼得森看到大卫·马克和拉斐尔·佩雷斯。他们正在监控大个小子。他们正在使用手机来传送一举一动。当他走近停车场时，他们密切关注他，当大个小子坐进 SUV 时，通知了团队。他的车辆接近威尔希尔。阿米尔在等待的 SS 黑斑羚中；他掉过头开到旁边来。阿米尔是司机和射手。他放下胳膊，用穿甲弹准确地只击中了大个小子的车门。在车里没有别的人被击中。这是精确的。一会儿，SS 黑斑羚做了一个快速的右转，然后一个左转，消失在夜里。雪松西奈医院距离酒店只有几分钟的路程，火速将大个小子送到医院，但击杀完成了。大个小子死了！

通过密谋杀害大个小子，小怀特和苏格的关系被重新激活：被渴望血液的需要得以更新。小怀特重新得到了苏格的青睐。百万破裂碎片的混乱在继续，直到小雷吉·怀特掌舵死囚牢唱片公司，然后神奇般的混乱结束了。

附录1：迈克尔给警察局长贝克的信件[①]

亲爱的贝克局长：

我希望写这封信的情况不同。我在市中心扶轮社会议的观众席上——在那里你代替康尼·莱斯，当时她迟到了——我成为你和康尼带领的洛杉矶警察局内部变革的大粉丝。我经常说，那次会议是我参加的唯一最佳的扶轮社会议——请记住，我是一个十年的扶轮社会员。

我今天写信给你，是关于在2014年6月24日交给洛杉矶警察局副局长柯克·阿尔巴尼斯，指挥官凯文·麦卡锡，队长威廉·海耶斯和侦探达伦·杜普雷的说唱歌手图派克谋杀案和苏格谋杀未遂案的自首信的泄露事件。第一次泄露发生在2014年7月7日，来自达伦·杜普雷的前合作伙伴格雷格·卡丁。完整的信出现在2014年8月18日，六天后，苏格在西好莱坞夜总会被枪手射击，同时他们呼喊：“你杀了图派克。”

---

① 迈克尔注：信中主要对洛杉矶警察局在图派克谋杀案调查中泄露自首信一事，提供分析说明，但至今未收到回信。

我们在泄露的信件上发现了洛杉矶警察局的记号。弗利·斯佩克在信件上设置了一个特殊的边框，当泄露的信出现时带有那个特殊的边框。一年前，罗素·普尔和弗利·斯佩克提交了 IA：CF NO 14-001995——关于该信的内部事务投诉。

我在 2015 年 1 月 9 日和 6 月 28 日写信给你，没有回应。我们要求你正式回复此电子邮件和经过认证的信，以便让我知道调查的处置情况。

许多社区人士警告我，我的生命现在处于危险之中。最近小雷吉·怀特在 YouTube（视频网站）采访中威胁弗利·斯佩克。他说："我和弗利·斯佩克先生没有完……如果我可以杀了大个小子或图派克，杀他应该不是一个问题。"弗利·斯佩克，罗素·普尔和我不是报道雷吉·怀特杀死图派克的信息的来源——洛杉矶警察局是这些信息的明确来源，当他们泄露了自首信，从而阻挠了调查。

在我获得的大个小子民事审判中的法庭文件中，小雷吉·怀特被洛杉矶市和洛杉矶警察局列为大个小子谋杀案中的嫌疑人，他是"自首信"上说的策划苏格和图派克谋杀案的嫌疑人。他也恰好是格雷格·卡丁的朋友和达伦·杜普雷的前合作伙伴。小雷吉·怀特是前康普顿警官，他也是前康普顿警官和洛杉矶地区警长，老雷吉·怀特的儿子。许多人害怕小雷吉·怀特，因为他与执法部门有强有力的联系（他为死囚牢唱片公司雇用了所有下班警察）。

当克雷·"骨"·斯隆——前苏格谋杀案审判的主要见证人，与达里·杜普雷在电影《观看结束》一起工作时，情况变得更加复杂。为什么有人与图派克和大个小子的案子的嫌疑人有这样多的联系？这只是一个疏忽吗？还是故意的？

凯文·哈基说他把由联邦调查局进行过弹道测试的点 40 格洛克交给了小雷吉·怀特。他进一步说，枪后来被用来杀害说唱歌手图派克·夏库尔。保镖迈克尔·摩尔在枪杀案发生的夜晚被取消了保护图派克的任务，因为他拒绝了雷吉解除武装的命令。雷吉让摩尔在枪杀案发生的时候靠近他，摩尔说，他在图派克和苏格被枪杀时听到“做到他们了”的声音来自怀特的无线电。这封信支持这个证据，并且提到枪手，小半死（唐纳德·史密斯）有复仇的动机作为杀死图派克的原因。小半死的 2012 年专辑封面为“死严重”，你可以看到被杀的图派克的形象。

让我们给出洛杉矶警察局怀疑的好处。如果自首信不经意地交给了一名在谋杀案中与嫌疑人不友好的侦探，那么它会得到适当的调查。所有涉嫌参与的人都将被提起质询，给我们信的克里斯·布莱克斯福德，将被联系和询问该信的来源。由于洛杉矶警察局泄露，失去了宝贵的时间和机会。但仍有希望洛杉矶警察局最终将做正确的事情，即使它导致了进一步的难度。

在为写那本《图派克：187》翻阅成千上万页的案卷时，我们发现了警官凯文·盖恩斯（谢莉莎·莱特的男朋友，有资料表明，他也是谋杀案的幕后嫌凶）在图派克和苏格被枪杀的夜晚，在拉斯维加斯为洛杉矶警察局执行特别任务。弗兰克·莱加公开表示，凯文·盖尼斯的谋杀是洛杉矶警察局批准的“处决”。显然，那天晚上，在拉斯维加斯有几个洛杉矶警察局警察，暴露洛杉矶警察局参与了谋杀苏格和谋杀图派克会给部门带来明显的尴尬，但通过泄露信以避免这种尴尬和掩盖泄露将是更加有害的。

我们只是想要真相，无论它指向哪里！

你在兰帕特丑闻时代不是警察局长。那个时候发生的任何事情，不能责怪你。

你在洛杉矶警察局领导了一场彻底的改革，我赞赏你做出的这些努力。

现在是让这份自首信的泄露事件完全透明的时候了，现在是时候重新检查兰帕特时代的所有腐败警察，把他们的丑闻公布于众，如果可能的话将他们绳之以法。如果他们参与了谋杀图派克和大个小子，他们应该被追究责任。如果他们参与了苏格的谋杀未遂案，他们应该被追究责任。如果有被洛杉矶警察局官员批准的“处决”，所有相关人员都应该被追究责任。

洛杉矶是从来没有存在过的最多样化的社区。通过解决这些犯罪并将肇事者绳之以法来尊重这种多样性。图派克和大个小子粉丝不断地说，如果艺人是白人，没有什么能阻止把凶手绳之以法。很难与那些粉丝争论，因为似乎洛杉矶警察局是在阻碍调查。

你知道，当发现洛杉矶警察局扣留了数千页暗示洛杉矶警察局警察参与了谋杀案的文件时，对大个小子的死亡诉讼的第一次民事审判被裁定为一个错误。你知道雅·梅·克里斯特的证词暗示洛杉矶警察局摧毁了数千份指向洛杉矶警察局参与谋杀大个小子的文件。你也知道，韦蒙德·安德森的阻挠第二次民事审判的证词是被强迫的，因为文件被塞给他以便他审查案件，他的证词被人诱导。我们会相信洛杉矶警察局没有参与说唱歌手图派克的谋杀案吗?

请检查我们发现的线索和持续涌入的线索。请帮助保护那些因为图派克谋杀案的自首信的泄露而现在生命处于危险中的人。许多做见证或寻求真理的人现在已经死了，但真相已经泄露，不能停止。

罗素·普尔和我是你把凶手绳之以法的合作伙伴。罗素在警察部门工作有 19 年的时间，对于获得起诉和定罪所需的步骤有很好的处理经验。我们已经发布了相关信息的快照（参见图派克谋杀事实）。

我曾经被告知，谋杀米奇·汤普森的信息并不如这个信息这样引人注目，导致了一个经得起上诉的定罪。这些案件可以解决，犯罪者可以被绳之以法。

期待有一天会看到一个积极的结论！

祝一切顺利！

迈克尔·道格拉斯·卡林

2015 年 7 月 8 日

附录2：克里斯·布拉奇福德[1]的陈述

1998 年 5 月，我知道的一个“五鹿胡佛腐帮”的帮会人员来告诉我，他知道谁杀了图派克·夏库尔。他告诉我，谢莉莎和雷吉·怀特是幕后元凶。

秘密线人说，起初，在圣费尔南多谷的巴尔博亚公园有一个聚集在一起的不同帮派聚会。这被伪装成血帮 / 瘸帮帮会间的停战会议。但这其实为怀特试探一下，看杀害图派克需要多少钱。怀特希望获得所有图派克材料的所有权。

他说，是怀特，在图派克被谋杀的夜晚，告诉杀手，图派克和苏格一起，将在那里。那些不在计划中的人被送到拉斯维加斯的 662 俱乐部。

有 3 个人被雇用做这项工作：格雷戈里·哈里斯·史密斯又名“小半死”（出生于 1979 年 11 月 28 日），马尔科姆·沙巴兹·巴顿（出生于 1972 年）和丹尼·尤金·巴顿又名“白男孩”（出生于

① 长期追踪报道图派克谋杀案的洛杉矶记者。

1974 年）。

秘密线人在瑞色达住在丹尼·巴顿的隔壁，与他一起做了一些建筑工作。秘密线人说，丹尼·巴顿告诉他，“我杀了婊子养的图派克，我在那里！”他有一个谈话的录音，但我不能理解它的一个字，因为磁带的质量差。

1998 年 6 月初，秘密线人告诉我，马尔科姆·巴顿“厌倦了隐藏它”，并相信他会被谋杀。所以，他想自首并讲述整个故事。我和马尔科姆在电话上交谈，我们设定一个会议。他说他会带来一个谋杀武器，并想做一个摄像采访来保护自己。

1998 年 6 月 5 日，我出席了会议，并收到了一封手写的信（这是由秘密线人的姐妹写的，转录自马尔科姆告诉她的）。该信声称小半死对图派克感到不满，因为图派克偷了他的一首歌，《布兰代有了一个宝宝》。小半死在拉斯维加斯被一些图派克的人殴打了。这封信还说，怀特与黑帮人员见了面，并对图派克的头发放了赏金。马尔科姆说他是那个应该杀死苏格的枪手。小半死是应该杀死图派克的人。他引用马尔科姆的话说，“我可以打电话给你的一个安全的号码，并给你衣服，汽车，街道的细节情况，并描述你需要知道的任何事情，证明我在那里，晚上图派克试图逃跑，像一个小丑”。这封信还说，马尔科姆会在 KTTV 录音棚放下一件谋杀武器。

马尔科姆从来没有出现在瑞色达的会面，但当我回到电台时，保安告诉我一个年轻黑人试图给我在保安亭留下一个包裹。公司政策禁止他们接受它。我再也没有听到过马尔科姆的消息了。

秘密线人还告诉我，丹尼收到了一张 10 万美元的现金支票作为酬金。丹尼签了支票。秘密线人说，凶杀三人组在拉斯维加斯的平流层酒店租了一辆珍珠白色的凯迪拉克，然后把它拆开倾倒在贝克的一个打捞场。使用了三支枪：英特拉泰克 TEC−9 手枪，点 45 和一个格洛克。丹尼的枪卡壳了。马尔科姆射了两次，错过了他的目标。他还说脖子骨将被杀死，因为他知道枪手的身份。事实上，脖子骨在以后被杀了。

秘密线人说，丹尼·巴顿的母亲，在谷里作药物顾问。当时马尔科姆才被释放出监狱。

一年左右，秘密线人告诉我丹尼·巴顿想和我见面。随后，他和秘密线人去了电台，跟我谈了半个小时。图派克的谋杀案从来没有被提到。秘密线人后来告诉我，丹尼只是想感谢我。小半死已经为另一起谋杀付出了生命。

跋1：罗素是美国英雄

图派克死了；大个小子死了；苍鹭死了；阿尔顿·“笨雀”·麦当劳死了；菲力普·沃尔德马里亚姆死了；兰迪·（伸展）·沃克死了；杰克·罗布斯死了；布鲁斯·理查森死了；特里·卡特死了；潘杰死了；“Eazy–E”死了；威廉·“下巴”·沃克死了；大卫·“边缘”·达德利死了；鲍比·芬奇死了；亨利·“母狗”·史密斯死了；詹姆斯·韦恩·麦克唐纳死了；凯文·迈克尔·布雷尔死了；文斯·“V”·布坎南死了……有无数与此案有关的人现在已经死亡，很少有案件曾被追查或已经被解决。

我们发现我们正在美国一个有趣的与这些案件有关联的十字路口。

黑色，蓝色，变色或色盲……

眼泪，汗水，血液……

这是反对奴隶制、种族主义和反对无法实现真正平等的公民权利的斗争的延续吗？这些斗争中已经产生了这么多的自由斗士。当他们登高振臂呼喊而没有人听到，美国人该做什么？人的本性告诉我们，要么提高声音，要么找到更有效地抗议的方式。美国人真的希望那些在世界其他地方存在的升格为暴力的抗议活动吗？叙利亚？埃及？突尼斯？法国？夏洛特和达拉斯可能是一个转折点。不尊重国歌已经造成了很大的攻击性，但是没有一个人在这次抗议中受到伤害或死亡。坏人的声音说得很大，淹没了重要的声音。现在是美国真正需要去开始对话，并且尊重那些为赢得更完美的和谐社会而做出贡献的所有人的时候了。

我所有的黑人朋友都有自己的警察故事。他们谈到，仅仅因为他们是黑人，就会被有种族歧视的一个或很多警察抓住，似乎不要正当理由就把我的朋友的脸按在地上。如果只有一个人，告诉我一个关于他们如何只是在做着他们自己的事情，但却被惹上法律麻烦的故事，我会以为我被骗了……但是，因为我知道事实上每一个黑人都有自己的一个故事（或者多个故事），我相信这个问题现在必须解决。

我们国家是一个法治国家。在美国，法律是王。正义应该是没有颜色的。这就是我们代议制民主的前提。法律需要可信的当局执行，否则，我们会陷入无政府状态。我在墨西哥边境亲眼看到了无政府状态。无政府状态不是我们所需要的。美国是否继续走像达拉斯狙击手攻击导致无辜警察被杀的同样的错误道路呢？菲尔伯·考斯塔警官？詹姆斯·韦恩·麦克唐纳警官？我们是否允许无辜的人因为皮肤的颜色而被按种族归类，或更恶劣的，被枪杀？我们必须适应每个公民手中都有相机的新现实，这个现实改变了我们社会的力量。

我写了两本关于美国英雄罗素·普尔的书，罗素·普尔记录了洛杉矶警察局内部在 20 世纪 90 年代的腐败现象。权力结构发生了震动，他像雷霆砸向他们，要求将腐败的官员绳之以法。他要求正义的立场得到了他解决的数百起凶杀案调查的支持。他来自一个警察家庭的血统，教会他为正确的理由做正确的事情。他不能容忍人为画线，他从来没有试图调查其他警察，因为他不在内务部。但他在调查一些指向警察的谋杀案时，被洛杉矶警察局的上司告知，停止他的调查。警察部门内部的腐败不是神话。康普顿警察贪污腐败报告详细描述了这个部门是如此腐败，需要解散。可是，这个部门不是被解散，而是被吸收到了洛杉矶地区警署部门。于是，这种腐败的残余分子来到了地区警署的内部，从苏格的案件中我们知道，一名地区警署的下班警长让枪手进入夜总会，企图在 2014 年 8 月 24 日谋杀他。所以我们知道腐败最有可能在洛杉矶的警务工作内部滋生和蔓延，如果我们有怀疑，我们可以在最近的洛杉矶警长的监狱丑闻的定罪中看到。

我们需要警察，我们需要法律和秩序。但是，这并不意味着我们需要警察参与雇凶杀人。这可能只是一小部分越过红线的警察，也可能是他们中的大多数。如果不透明的话，我们不可能知道。就像我在《图派克：187》《混世魔王》和《苏格的故事》中详细描述的，我在调查中发现的事实是，警察在下班兼职时，将他们的警察徽章卖给最高出价者。在唱片公司运行的时候，有 100 名警察在死囚牢唱片公司工作。这些警察中的许多人兼职比上班当差赚取更多的钱。那么他们的忠诚在哪里呢？

一旦一名警务人员堕落，他们就会在不断升级的犯罪活动中变得更容易被操纵。回到兰帕特丑闻时代，管理层用另一种方式看待警官们为死囚牢唱片公司兼职工作。这导致了凯利·贾米森在伊丽莎白剧院被殴打致死，布鲁斯·理查森的被谋杀，洛杉矶警察局证据储藏柜的被盗，一起 722 万美元的银行抢劫案，以及从未侦破的图派克和大个小子的谋杀案。所以显然，以另一种方式看待兼职，不会产生积极的结果。在图派克和大个小子的案件中，他们两人都是在有数以百计的目击者的情况下被公开处决的，谋杀案调查由警方有选择地决定不将凶手绳之以法，因为显然黑人生命并不重要。在图派克被枪杀的那天晚上，苏格也是受害者，他也并没有由于当晚对他的未遂谋杀而获得正义，相反，他却因违反缓刑规定而被调查并被判处 9 年徒刑，验证了他的黑人的命也不重要。现在，1996 年苏格可能不是一个好人。关于他的传言会让我如果遇到他，立即不喜欢他。但不是直到被证明有罪前无罪推定适应于所有美国人吗？不是美国允许每个人拥有法律的正当程序吗？

监狱系统关押着数百万宣称自己无辜的人。他们中的大多数可能是有罪的，但是有很多是由制造的或者压制的证据，不道德的检察官以及来自证人的强迫的谎言而被定罪的人。在每一个被证明清白的和释放的每个囚犯背后，可能还有许多其他无辜的人永远不会真正地得到公正。

审判和法庭是被告被放置在显微镜下的地方。世界正在快速发展，使每个公民都能够受到审议，没有人会对高度的审议感到舒服。但是，从最近的这次总统大选中，我们知道的一件事，那就是美国对我们领先的两位总统候选人的高等重视。从他们早上睁开眼睛开始直到深夜眼睛闭合为止，每个微观表达都被分析，每一个字都被记录下来，每一个行为都被放在一个非常公开的展示台上。警方正在接受一些同样的审议。要求警察完美是不公平的，但是，要求他们都保持难以腐败的非常高的标准还是合理的，每一笔无法解释的财富都应该接受调查。

对于普通公民来说，信息很清楚，那就是与警察的任何牵连都充满了风险。与帮派的对抗也可能是危险的。所以对大多数人而言，避免帮派和警察是最好的。那些在遭遇中幸存下来的人，可能需要依靠法院系统来保证“宪法”规定的人人平等的权利。目前的系统对待每个人都是一样的吗？

苏格因为自卫性质的谋杀案而获得一个“恶棍”的名声和必须

支付 2500 万美元的保释金，在那个案件中，（再一次）他作为一个受害者，被故意当作罪犯。洛杉矶警察局警察拉斐尔·佩雷斯和大卫·马克违反了他们的公众信任，只是受到轻微的警告。洛杉矶警察局警察弗兰克·莱加承认，对警察凯文·盖恩斯的谋杀是洛杉矶警察局上司指示的制裁行动，他虽然被解雇却得到了养老金。协助试图谋杀苏格的枪手的警长，在警长管理层发现他的罪行一年后被解雇，尽管有 37 个监控摄像头和数百台电话记录了当晚在俱乐部发生的事件，证实了每一个细节，但是，枪手或牵连的副警长都没有被起诉或试图被起诉。警察总是似乎得到了怀疑的好处，他们选择性地行使其调查权力。嫌犯被戴上很多罪名，无论是有罪还是无辜。

我写了一篇关于“摘下正义的有色眼镜”（不要盲目执法）的文章。吉姆·麦克唐纳找到我，说，难道盲目执法不是一件好事吗？我现在明白了……在整个时间里，调查员、检察官和法官都对被告人怀有偏见，但这些人需要掩盖他们的正义之眼。既然我们有这么多的视觉证据，现在是当局做出决定，遵守我们的“宪法”，不再把那些犯罪案件看成白色、黑色、棕色、黄色、粉色或绿色的时候了。也是不再把那些犯罪看成警察或罪犯的时候了。现在是审查他们被指控犯罪的证据以确定有罪或无罪的时候了。

摄像头无处不在，并将继续增加。我们应该拥抱所有这些视频证据，以确定有罪或无辜，并通过在每个街角放置摄像头来帮助强化手机证据，以迎接更有序的社会。证据需要存储在不能被篡改的地方，普通公民有监督权，并且可以访问存储的视频设备以避免被破坏或者隐瞒，以便任何审判结果都不被操纵。现在是美国适应这个新的透明世界的时候了，无论我们喜欢还是不喜欢，每个公民都在显微镜下。如果每个美国人都宣誓不会因为任何理由而歧视任何人，那不是更容易了。真理是一件不可阻挡的强大武器。

马丁·路德·金说得最好，“不要以他们皮肤的颜色，而是要以他们品格的优秀来评判一个人”。所有生命都重要吗？黑人的生命？警察的生命？我认为马丁·路德·金会根据人物的品质来衡量每个人的生命，他会用来自多个摄像头的不同角度的视频证据来判断每个行动。当我们力争不断创造更完美的社会时，看得见的司法将让位于色盲的司法并最终过渡到盲人司法。也许那时，我们可以与朋友和邻居一起和平地观看体育赛事，从我们的多样性变成一个整体，因为我们都骄傲地唱着同一首和平的新国歌，庆祝和纪念马萨诸塞州莱克星顿的第一枪，从1775年7月29日到现在，他们用鲜血浇灌了自由之树，作为士兵，奴隶，被错误定罪的人，第一个反应者，报信人，或者因公殉职的警察。

对美国做出贡献的每一个伤口，每一个瘀痕，每一颗眼泪，一滴汗水，特别是每一滴鲜血，都是爱国的。美国不仅仅是一个国家，而是一种态度，一种自信，一种思想。美国是一个梦想！我们朝积极的方向每前进一步，都使美国梦变得更为现实。每个为正确的理由做出正确的事情的冒着生命危险或者冒着被人反感风险的举报人，正在建设这个梦想。

谁是爱国者？做出最大牺牲的士兵肯定是爱国者。服役过和幸存下来的士兵也必须得到承认。献出他们生命的第一反应者有资格成为爱国者。即使那些曾经走过危险胡同的人，在十分危险的交通地点停下来，或者冲入燃烧的建筑物，或任何英雄举动都有资格成为爱国者。那些让我们停下来检查我们伟大的国家的每一个抗议者都是爱国者，每一个不公正的受害者都是爱国者，每一个用汗水建立我们国家的工人都是爱国者。每一个由于不公正而流泪的母亲，父亲，兄弟，姐姐、儿子或女儿都是爱国者。我们共同构筑未来，缝制美国旗帜的每一个牺牲都值得我们在混沌世界中得到认可。我们是一个法治的国家，更重要的是我们是一个人民的国家。

罗素·普尔是一名美国英雄，他面对当时洛杉矶警察局的腐败，挺身而出，直到他生命的最后一刻。罗素，如果我到天堂，那是一个伟大的“如果”。如果我到天堂，你不在那里，我会知道一定还有一些更高的地方。

我花了接下来的两年半时间继续调查。每条线索都让我们更接近真相，但到目前为止，这些线索都证实了罗素·普尔已经给出了一个完整的故事。我联系了前康普顿市长，他确认了许多信息的真实性并提供了一些新的细节。我也在康普顿与其他一些提供更多信息的人进行了交谈。我去了拉斯维加斯很多次，与图派克被枪杀时在米高梅大酒店工作的保安人员进行了交谈。他们证实，下班的康普顿警察会在帮派人员可能会出现的像迈克·泰森拳击赛这样的事件中工作。

可能解决这个案子的罗素·普尔的线索来了又走了。媒体机器一直在加班加点，以诋毁罗素，他的线索和所有相信这些线索的人。美国数字有线电视卫星电视频道（A & E）做了一个系列报道，福克斯（Fox）也做了另外一个系列报道，现在美国电视网（USA）又将做另一个系列报道。关于图派克的电影推动了一个像黑社会组织传言的帮派报复图派克的理论。现在，由约翰·尼德普饰演罗素·普尔的《谎言之城》即将上演。

多少次，当我需要一个酣睡的时候，我就会来到中国。我也曾与自身做斗争，包括对抗失眠。我走的每一步都得到了露西的支持。我最近挖掘出了超过 5 万多页的文件宝库。当我正在筛选它们时，我发现塞尔吉·奥罗布莱托曾经预测我会找到的证据文件。这是一个将死囚牢唱片公司与中央情报局联系在一起的文件。

这让我反思了几个月。很明显，这些谋杀是由一个更高级的组织精心策划的。这让我想起了克林特·伊斯特伍德引用的几句台词——“墨西哥军队在这边，美国军队在另一边，我在中间？不，谢谢……太危险了。”现在我看到地区检察院办公室和警署在一边，中央情报局在另一边，而我在中间。克林特·伊斯特伍德还说，一个人必须知道自己的局限性。

如果他们只是那些在做他们认为正确的事情的士兵们会怎么样呢？就像那个我和罗素的阿姨叔叔一起在努力拯救的泰国人这样的士兵？像许多正在保卫中国，美国或其他国家的士兵？像在毛主席的军队中作战的露西的母亲一样的士兵？

露西的话在这些需要作决定的最后时刻来临。除了极少数人以外，所有对这些谋杀案进行调查的人都已死亡。犯罪嫌疑人现在都已有家室，而且过得很好。在美国没有任何限制调查谋杀，所以他们都可以被审判、定罪，并被收监或者面临死刑。那又会有什么用？对包括图帕奇、大个小子、苍鹭、邦特里、奥兰多·安德森、罗素·普尔和其他 20 多人在内的所有被谋杀了的人而言，这真的会公正吗？就像露西纪录片开头的那些在所有这种毫无意义的杀戮中失去了儿女的母亲们，他们的这些谋杀真的会因为从更多的母亲们身边带走更多的儿子而得到了复仇吗？现在，对于这些失去了儿女的更多的母亲和父亲们呢？或者，现在是不是知道这些谋杀案的真相已经揭示得足够了的时候了……我们原谅他们的一切，只要求他们去成为那些失去了亲人的人们的儿子、女儿、父亲和母亲。去为他们做一些他们失去的亲人会为他们做的事情，用一颗想要别人宽恕自己的心去宽恕别人。

我想起了罗素去世的那个夜晚，露西的翻译告诉她她需要立刻离开我，她惊恐地蜷缩在床上的样子……但她却留在了我身边。那是人们梦寐以求的爱，那是经受时间考验的爱。她的人生旅程给了我是否应该继续追求真理以实现公正这一问题的答案。她的爱使我能够宽恕那些为了执行他们的任务，在那个命多乖舛的夜晚，枪杀了那两位给了我们现在已是我们生活的组成部分的如此多的音乐的天才说唱歌手的枪手。对那些谋杀了图派克、大个小子以及包括罗素·普尔在内的所有试图揭露真相的人的凶手，我要对你们说，不要再犯罪了。我把这一切都交给上帝去解决，因为我不能再参与进来。

2015 年 9 月 5 日，星期六，罗素·普尔的葬礼。他的家人邀请我出席，同时告诫我不要谈论关于图派克和大个小子案件的一切。他们已经忍受了罗素长期以来追求案件真相所带来的苦痛，现在他更是为此付出了他的生命。

我见到吉姆·麦克唐纳，与他的谈话让我产生了更多的疑问。因为警署不会告诉我谁参加了与罗素的会面。再没有人提到这些，因为大家谈论的都是罗素·普尔的日常生活。“正直的大写的罗素”似乎是今日的主题。罗素在洛杉矶警察局任职期间的工作得到了肯定，他对警察腐败的揭露也受到了赞许，他为坚持真理而做出的个人牺牲也受到颂扬。

当天有很多警察或前警察出席，其中许多人谈到与罗素·普尔一起工作。我很想说点什么，但还是选择了保持沉默，因为我想尊重他家人的意愿。

葬礼后的第二天，我登上了飞往中国的飞机，那里有露西和我的安全。

当我无法在洛杉矶安然入睡时，我知道一旦我到了中国，我就能够充分休息。

现在，我要去中国，远离这让我的神经一直处于高度紧张的是非之地。

我的脑海又浮现出罗素去世那天晚上，露西在恐惧中惊魂未定的样子。她当时可以去许多别的地方，但她选择留在我身边。生活艰难时，她是一个站在我旁边的女人。无论是在美国还是在中国，还会有许多其他的风险，露西会一如既往地陪在我的身边。

也许这些谋杀案永远不会解决，但露西和我的爱情将永远持续下去。

当我的生命处于危险之中时，她就在那里。

迈克尔·道格拉斯·卡林

2017.10.1

跋2：迈克尔也是一名英雄

作为迈克尔·道格拉斯·卡林最亲近的朋友，我见证了他冒着时刻都会遭遇被谋杀的风险，介入这起美国式谋杀的调查以及根据调查撰写成书的整个过程。

2015 年 8 月 19 日，洛杉矶的早晨依然是一如往常的阳光灿烂。迈克尔告诉我，今天晚上我们会和罗素有一个美妙的晚餐。原本上午他要和罗素一起去开一个非常重要的会议，但会议方却临时告知迈克尔不用去了，只要罗素一个人前往即可。迈克尔知道那是个特别重要的会议，突然不让他去参会，除了感到有些蹊跷之外，并没多想什么。

我非常渴望见到罗素，听迈克尔说他曾是个非常有名气的洛杉矶警局高级调查官。因为我喜欢看美国警匪大片，常会把他和电影中机智勇敢、永远打不死的英雄连在一起。

应该说我“见到”过罗素，那是通过中国人发明的微信中的视频聊天程序。一次与迈克尔的视频聊天时，我没想到罗素会抢过迈克尔的手机对着我说：“嗨，Lily 你好吗？迈克尔这家伙真是幸运，找到一个漂亮的中国女人。”他边说边摇晃着脑袋诙谐地一笑。迈克尔告诉我，他和罗素、R.J（R.J. 是好莱坞电影制片人，他曾担任电影《泰坦尼克号》的制片）。三个人正在合作写一本书，内容涉及重新调查美国著名说唱歌手图派克 20 年前被谋杀的真相。他们掌握了很多证据足以说明真正凶手依然逍遥法外，真凶的身份令人吃惊。他们的愿望是完成这本书，并将真相公之于众，使真正的凶手受到法律制裁。我已懵懂感到他们的调查行动是危险的，甚至随时都有可能遭到暗杀。在纠结于无法用语言和迈克尔做深入沟通的时候，能与罗素共进晚餐，又有能讲流利英语的华人朋友也会参加那天的晚宴，我非常期待能快点见到罗素，通过他们之间的谈话我希望会知道更多真实的情况。

等待罗素的时间过得很慢，从下午五点我们坐在距离罗素开会的现场很近的星巴克等他的电话，直到将近晚上七点仍然没有他的消息。我忍不住问迈克尔：“快七点了，怎么还没有罗素的电话？”迈克尔平静地告诉我，他散会就会给我电话。话音刚落，迈克尔的手机铃声响起，他像往常一样起身接听电话，我并不知道是谁打来的，只是看着他突然有意地背对我们开始不停地走动，急促地说着什么，直至走到一个僻静的角落。那个电话时间很长，当我再次回身看迈克尔时，他已经快步走到我们的面前，让会说英文的华人朋友告诉我：“罗素死了。中午因心脏病在会议现场猝死。”然后他下意识地说：“这是谋杀。”我们几个人几乎同时站起来，半天无语，谁都反应不过来到底发生了什么事？迈克尔突然急促地拉着我的手说：“我们必须马上回家。”

迈克尔大步流星地往家走，我几乎无法跟上他的脚步。回到家时只见他的面色苍白，并告诉我：“很有可能凶手也在找我，因为我掌握的很多证据中，是罗素在洛杉矶警察局时找到的最新细节和影印文件。我不相信罗素是心脏病猝死，他的身体非常健康。我相信罗素是被谋杀的，但是凶手是行内人，一定会制造假证来证明罗素是死于心脏病。我现在要做的是必须连夜把书全部写完，然后快速上传互联网。”此前，我知道他们的书一旦成功发行将会引起轰动，他们已经做好了新书发售的预案，但是面对迈克尔临危之际的选择，我虽有太多的事想问、想说，但是因为语言障碍，我连一个字都说不出来，只有一脸茫然地看着迈克尔急速敲打键盘的背影发呆。

我永远忘不了 2015 年 8 月 19 日洛杉矶那个艳丽而惊悚的黄昏。按照约定，我们在那个夜晚将与罗素一同共进晚餐，万万没有想到我们等来的却是“罗素猝死”的噩耗。罗素是前洛杉矶警察局重大案件的高级调查官，他和迈克尔是最好的朋友兼合作伙伴，他们正在合作撰写追寻一宗枪杀案真相的书和纪录片，书中披露的内容和细节将会令美国震惊。恰在此时罗素猝死，迈克尔的直觉告诉他，也许这又是一起“谋杀”。关于罗素之死，所谓的证据调查与各种猜测一直没有停止，他的死因至今仍然是个谜。

2016 年 11 月，罗素去世一年后，好莱坞著名影星约翰尼・德普主演的新片《谎言之城》正在拍摄中的消息引起了我的关注。约翰尼・德普将扮演罗素，罗素的故事将会搬上银幕。这个消息对我来说意义非同寻常。我仔细打量着约翰尼・德普扮演罗素的人物造型：哇，他看起来太像罗素了！看着罗素本人和德普的造型对比照，我的思绪无法控制地回到了那个惊闻噩耗的夜晚。

那是个夏日的夜晚，但是我的手心儿却攥出了冷汗。只见迈克尔从窗帘的缝隙观看外边的动静，然后关掉所有的灯光，只留一盏微弱的小台灯伴随着他奋笔疾书。我看不懂他在写什么，也不敢打扰他一点点。我几乎是屏住呼吸蜷缩在床上，耳朵警觉地听着门外的动静。

我观察着那扇已经被迈克尔反锁的门，脑海里突然展现出恐怖电影的画面：有人一脚将门踹开，用枪射杀迈克尔之后快速离去。为了杀人灭口。也许我也会成为被射杀的对象。现在我该怎么办？那扇单薄的门能顶得住坏人的突然袭击吗？越想越惊悚，于是我环顾四周之后静悄悄地走到门前，搬起迈克尔健身用的四个大哑铃堵住门，再用两把大沙发椅将那扇门死死顶住。

夜已经很深了，迈克尔还在不停地写，我仍然蜷缩在床上毫无睡意。我心里非常害怕，但又无法用英语说明白我复杂的心情。我想给美国的华人朋友打电话让他们把我接走，但是又不忍心扔下迈克尔独自面临险境。如果我的生命真的出现危险，我还有女儿和我 80 多岁的老妈，我不能就这样在美国完结生命啊。我生在新中国，长在红旗下，一生从未见过极端的悲惨场景，在我充满安全与和平的人生字典中，从未与“谋杀”二字有过任何接触。虽然我喜欢看好莱坞的侦探电影，但怎么也不会想到电影一样的情节就这么真实地出现在我的面前，我该何去何从……正当我发呆之时，迈克尔轻轻走过来用手抓着我的双肩说：“谢谢你仍然停留在这里陪着我，I love you！”那一刻我的英语脱口而出：“I want to go home，I love my country，I Iove my mother and my daughter，but I don’t care about my life，I will be with you”.（我想回家，我爱我的国家，我爱我的妈妈和我的女儿，但是我不在乎我的生命，我会和你在一起）说出这些话像是在告诉我自己，该发生的就让它发生吧，我将听从命运的安排。

当我的心渐渐变得宁静时，睡意袭来，我睡着了！

洛杉矶的阳光跟没事儿似的照样早早升起，迈克尔轻声叫醒我说：“一切都结束了，我把书已经全部传向互联网。”随后我的华人朋友开着车来接我们，带着我们向一个较远的酒店驶去。

来到酒店，我曾经问他："你有两个非常棒的儿子，你爱他们，你也爱你的妈妈，他们一定希望你活着，如果你遭遇了像罗素一样的谋杀，他们会失去你，你将给他们带来怎样的痛苦你想过吗？"他说："我知道。但是我爱真相，我希望真正的幕后凶手能进监狱，我希望更多的好人不再面临被杀的危险，总要有人捍卫正义，这是我的责任。"这样的回答让我一时无语，毕竟在我的周围还没有遇到过这样豁命去捍卫所谓"正义"的人。我追问："为了追求'真相'你宁可牺牲自己的生命？真相跟你有什么关系？你明明知道凶手是强大的，而且他们在暗中，你在明处铤而走险，如果出现意外让你的家人为你担惊受怕，承受失去你的痛苦，你觉得这样做值吗？"他目光坚定地看着我说："I love the truth（我爱真相）！"只有这一句话，不再多加解释。那一刻，我不知用什么语言表达我的无语和无奈，我的劝说对迈克尔来说毫无意义。他脸色苍白，仍然处在失去罗素的悲痛中。来到酒店之后，他又是一整夜没睡赶写了一篇《罗素是美国的英雄》的文章，并直接发至互联网，以此来悼念他亲密的好朋友罗素的逝世。

现在想起当时的情景我依然感到后怕，因为我不知道如果我们不及时离开迈克尔的公寓会发生什么？或许因为我们的离开又避免了什么？总之，在短短的几天之后，迈克尔把我送到飞往北京的洛杉矶机场。在临分手之前，我劝他暂时不要直接回公寓，先临时住在朋友家里。他当时答应了，但是后来我知道他还是回到了自己的家中，显然他已经做好了面对可能发生危险的一切准备。

在飞回北京 13 个小时的旅途中我毫无睡意，脑海中仍然想着迈克尔送我到机场的情景……以往每次他送我去机场，我都会告诉他："赶紧走，不要回头看我。"因为每次送别总是伤感的，我们都不愿意看到对方的依依不舍。他的确那样做了，头也不回地在人群中渐渐远去。那天，他送我去机场，一路上总是握着我的手，很少说话。到达机场后我们几乎无语，对视凝望之后匆匆告别。我仍然告诉他："你走吧，不要回头看我。"我怀着复杂的心情看着他渐渐远去。当我顺着扶手电梯上到二楼时，无意中听到有人叫："Hey Lily."我猛然回头，看到迈克尔不知从哪儿上到了二楼能见到我们过安检的隔离带，他远远地向我挥着手，那一刻，我的眼泪夺眶而出，但是我已无法走近他，不能再给他一个安慰的拥抱，只是远远地望着他，我们相互挥着手告别……

飞机上几乎所有的乘客都已安然睡去，好像只有我在被调暗的蓝色微光中想着心事。2013 年 10 月 23 日是我第一次见到迈克尔的日子。如果没有中国女高音歌唱家吴春燕要在好莱坞的杜比剧院，也就是"奥斯卡金像奖颁奖典礼"的舞台上举办她的个人演唱会，如果我没有接受跟随拍摄题为"好莱坞响起中国声音"特别节目的任务，如果摄制组的编导和摄像在临近出发前，没有被美国大使馆毫无理由地拒签，如果我托朋友在洛杉矶帮忙找到的华人摄像师，能够接受我们每天支付 150 美元的劳务加设备的预算，我就不可能认识迈克尔，也不会有写这个离奇故事的今天。

当我再次回到洛杉矶时，已是 2014 年 2 月 13 日"情人节"的前夕。迈克尔正专心地做着他的一部电影的后期，那部电影讲的恰是一个歧视女性会遭报应的故事：一个终日酗酒的丈夫酒后毒打虐待自己的妻子，被幼小的女儿看在眼里，当她成长为一个少女之后，用枪结束了酒鬼父亲生命的故事。迈克尔一向痛恨歧视女性的男人，也许这与他幼小时所目睹和经历的记忆有关。

情人节之后的一个上午，迈克尔说要去见一个很重要的人，那个人就是当时还在洛杉矶警察局任要职的罗素。当他回到家里时拿出一封手写体的信件，他说那是罗素交给他的一封当年枪杀说唱歌手图派克的凶手在监狱里写的忏悔录，那个凶手害怕他在监狱里会被谋害，因为指使他行凶的幕后真凶是很有势力的人，而且仍然逍遥法外。为了让罗素能保护他的性命，所以他写了那封忏悔录作为交换，并愿意协助罗素对图派克枪杀案进行再度调查，因为此时罗素已经发现图派克枪杀案（编号 187）卷宗的很多材料被撤换或丢失。迈克尔告诉我，罗素感到愤怒，他不希望让更多的人受害。因为迈克尔是个出过很多书的作家，所以他希望寻找到更多的证据，然后让迈克尔写成书，将真正的幕后指使者通过书的发行昭然天下，让真凶受到法律的制裁。

之前，迈克尔对十几年前被枪杀的图派克案件并没有过多了解，但是就在他与罗素见面之后的那天起，他放下了手中正在剪辑的，也是他个人投资的电影，义无反顾地投入与罗素和 R · J.（电影《泰坦尼克号》的制片之一）及一位纪录片导演组成的团队中，开始了他们再度调查图派克枪杀案真相的自觉行动。

图派克曾是美国非常知名的黑人说唱歌手，有人说他被枪杀源于他的说唱歌词中，充满了对美国社会对黑人歧视的宣泄；也有人怀疑他的同伙及相关律师界人士参与了分割图派克数亿美元财产而动用枪击预谋结束了他的生命。

迈克尔和罗素不停地寻找着与枪杀案有关的证据细节，在大量的图派克生前参与各种活动和发生冲突事件的影像中，定格搜索识别犯罪嫌疑人新的证据。当然，他们的确找到了几乎是第一手的诸多材料。当有一天团队中的纪录片导演连续几次接到恐吓电话，并开始担心自己的妻子和一对幼小儿女的生命安全已经受到威胁时，迈克尔和罗素等每个人都开始意识到了自己的生命也会有遭遇不测的可能，但是没有一个人停下继续调查的脚步。

由于我不能听懂太多的英语，所以我无法时时掌握和理解他们的调查行动所面对的是怎样的险境，我只能靠直觉去揣摩迈克尔的警觉行为所给他的生活带来异样的变化：他不再开车出门，因为他知道GPS定位系统会被追踪而给他带来麻烦。他留起了很长的头发，有的时候还会用猴皮筋儿扎起细细的小辫儿，因为他的头发不是很多而且柔软得像婴儿的头发，所以他梳辫子的样子很像个不入流的艺人。我并不喜欢他留长发的样子，在中国人的传统观念中，年轻男人留长发还算说得过去，不过也会被认为有些另类。但是对于50多岁仍然留着长发的迈克尔来说，着实让我在中国朋友面前表现出难以做出恰当解释的困惑。因此，围绕恳求迈克尔剪短头发的话题，我们发生了无数次的争执。我希望他回到最初留着精干短发的状态，但是，他总是回避我的话题，并且开玩笑地说："我是个艺术家！"美国人的教育使他们形成了每个人都有自己独立的性格，任何人不可以强迫他人做任何事，哪怕是自己的父母都不可以干涉孩子们的自由。因此我只能试着商量提点儿小建议，同时还要学会尊重他的选择。真正让我悟到迈克尔留长发的缘由是在罗素猝死之后。

关于罗素猝死的医学定论，一直是罗素的妻子和儿子们不能接受的事实。因为罗素的身体一直处于良好状态，而且他刚刚做过体检，没有发现任何心脏异常提示。但是洛杉矶警察局相关人员参与调查的验尸报告中，明确给出了罗素是因突发心脏病而猝死的定论。

尽管罗素的死因像迷雾一样仍然困扰着罗素的亲人和罗素生前的好友及同事们，但是送别他的葬礼在延迟多日之后还是按惯例举行。迈克尔参加了他的葬礼，并见到了突然痛失父亲的罗素的两个儿子，看到他们痛哭悲伤的那一刻，迈克尔想到了他自己的两个儿子，因为非常凑巧的是罗素的两个儿子和迈克尔的两个儿子都是同岁，一个28岁，一个29岁。我见过迈克尔的两个儿子，他们都是很棒的美国军人。迈克尔告诉我，他不忍看到罗素的儿子那样的悲伤，将来会常去看望他们，并希望自己要像父亲一样地去爱他们。从 2015 年到 2017 年的现在，迈克尔几乎每个月都会和他们通电话，问候他们的生活，但是他仍能感受到罗素的两个儿子想念他们的父亲那种挥之不去的哀伤。

参加罗素葬礼之后的第二天，迈克尔便简单收拾行李急速踏上了飞往北京的旅程。我希望迈克尔尽快换个环境让心平静下来，我认为在最敏感的时期他马上离开洛杉矶是最安全的选择。迈克尔接受了我的意见，快速做出飞往北京的决定。

按飞机正常落地的时间我打出足够的提前量，早早行驶在去接迈克尔的首都机场高速路上。我心里想的是不能让迈克尔孤独地站在机场等我，我要用柔和的微笑去融化他疲惫至极的身心。那天机场高速出奇地堵，我几乎是一步一步地爬行着往前移动，恰在那天，迈克尔乘坐的航班居然提前了一个小时落地北京。我焦急地想象着迈克尔走出机场看不到我的身影，他该是怎样的沮丧？迈克尔应该是等了我一个多小时之后我才赶到机场。我跑着进入机场出口大厅，远远地看见了留着长发的迈克尔一动不动地盯着远方，当他见到我之后没有往常的拥抱，他看上去面无表情，脸色苍白，身穿素色的 T 恤衫，能看得出他还未从痛失罗素的悲哀中走出来。我说："很抱歉，你失去了一个好朋友，但是你必须照顾好自己。"回到家里，他安静地睡了很长很长的时间。

迈克尔在北京过着安全并安静的日子，有一天我像突然感悟到什么似的问他："你坚持留长发是为了安全，因为你网页上的头像是素描短发，现在你留长发是为了改变你的形象，不易被坏人轻易认出你就是网络头像上的迈克尔。"他默默地低头称："Yes."此时，我沉默无语。如果有人问我：他到底是怎样的一个迈克尔？我不知道用什么样的语言来概括我对他的理解和认知。我不了解美国人，更不理解为了追求真相而不怕死的迈克尔。但是，我常常把对他的生活细节的观察记在心上：当我不小心丢钱时，他会说："捡到钱的人需要它。"当我们出外旅游住酒店去吃早餐时，尽管没有看到前来打扫房间的工作人员的身影，他会主动去找她们并给出 5—10 美元不等的小费，可是他自己日常的消费却十分简朴；当我遇到堵车走错路而顿感急躁时，他总是会说："安静下来，你不能控制的事就要用享受的心态去面对。"当我听到他在电话里大声地叫："Hi，my brother，how are you？（嗨，兄弟你好吗？）"我会问他在和谁通话？他会告诉我那是他的儿子。在中国，我很少听到父子之间有这样的称呼和像哥们儿一样如此热闹的谈笑风生；当我们一起去看电影时，他时常会被影片中的英雄行为感动得热泪盈眶，但他不愿意让别人知道他的内心是柔软的；当得知罗素猝死的消息后，他明知自己也有被谋杀的危险，仍然没有选择躲避和放弃写作，还在网络上发文《罗素是美国英雄》。

作为他的女友，我无法理解眼前的迈克尔到底是怎样的人？我曾问他："你明明知道做这些事有危险，如果你出现意外，你的儿子和妈妈也会像罗素的家人一样悲伤，你为什么不为他们想想？追求真相和你有什么关系？你不怕死吗？"他的回答冷静而简单："我爱我的国家，总得有人去追求真理，让更多的好人不再受到伤害。I love the truth！（我爱真相）"无论我理解不理解，这就是真实的迈克尔。我能做到的只有尊重他的选择。除此之外，既然我已经了解了他的处境以及他的追求仍未曾有离开他的意念，我告诉自己，无论发生什么，我都要做好准备去面对。我和迈克尔有了一个默契的约定，因为洛杉矶和北京有 15 个小时的时差，也就是说当我睡觉时，是他的白天，他总会给我的微信留言："I'm home，safe（我回家了，安全）。"

我也习惯了凌晨醒来看一眼他的短信然后再睡去。

我无从知道好莱坞的著名影星约翰尼·德普是如何知道了关于罗素的故事？我不知道是因为罗素的死感动了约翰尼·德普，还是因为罗素生前曾调查过的充满传奇的重大要案吸引了德普？我也不知道在电影里，他所扮演的罗素是怎样的一名警察、怎样的一个父亲、怎样的一个丈夫、怎样的一个不怕死的美国英雄？但有一点我相信，通过电影艺术的加工和演绎，关于图派克被枪杀的死因和罗素猝死的情节设计，都将会随着电影《谎言之城》的放映而再次引起美国社会的关注。也许迈克尔书中的新证据也会像尘封的谜底一样被揭开。

在我心中，罗素·普尔是一个英雄，迈克尔·道格拉斯·卡林也是一个英雄！

露西写于北京

2019 年 4 月 2 日